$ 26.00

Mañana tendremos otros nombres

Patricio Pron

Mañana tendremos otros nombres

Premio
ALFAGUARA
de novela
2019

Este libro ha sido escrito con el apoyo de la Fundación BBVA a través de la concesión
a su autor de una de las Becas Leonardo a Investigadores y Creadores Culturales de 2018.

Primera edición: mayo de 2019

ISBN: 978-1-644730-02-7

Impreso en Estados Unidos – *Printed in USA*

En su año cuarenta y tres de vida, William Stoner
aprendió lo que otros, mucho más jóvenes,
habían aprendido antes que él: que la persona
que uno ama al principio no es la persona que
uno ama al final, y que el amor no es un fin sino un
proceso a través del cual una persona intenta
conocer a otra.

JOHN WILLIAMS, *Stoner*

I. Veinticuatro horas

1

Una línea de luz había ido deslizándose por el suelo hasta alcanzar el montón de hojas de papel. Eso significaba que uno de los últimos días de ese verano estaba terminando, o comenzaba, Él ya no lo sabía. Durante una época solía jactarse de que podía dormir siempre y en todos los sitios, sólo tenía que cerrar los ojos y un instante después el mundo diurno terminaba. Pero en ese momento llevaba dos días sin dormir, y se preguntaba si alguna vez recobraría esa capacidad suya. Las hojas de papel se habían ido acumulando a sus pies en las últimas horas; habían caído más o menos cerca dependiendo de la fuerza con la que Él las había arrancado y arrojado. Ya no sabía si había comenzado ese día o el anterior, pero la idea le había parecido magnífica: arrancaría una de cada dos hojas de todos los libros que quedaran en el apartamento y después volvería a ponerlos en su sitio, como si nada hubiese pasado. Ella se había llevado sus cosas cuando Él estaba fuera pese a que le había pedido que lo hiciera en un momento en que ambos estuvieran en la casa. Pero Ella —que siempre había sabido más y mejor qué era lo que a Él le convenía, o lo que más se adecuaba a su naturaleza— había querido ahorrarle la escena —y de paso ahorrársela a sí misma, por supuesto— y se había llevado sus cosas en su ausencia. ¿Quién había dicho que el amor es un ladrón silencioso? No podía recordarlo ni le importaba. Ella no se había llevado todas sus cosas, sin embargo —Él suponía que no tenía aún dónde ponerlas—, y había dejado sus libros junto con los suyos, en las estanterías del apartamento.

A Él la idea de compartir la biblioteca no le había parecido la mejor ni la más conveniente, no por una sensibilidad excesiva frente a la propiedad privada —aunque, desde luego, solía ser muy celoso de sus cosas—, sino más bien debido a que sabía que tenía una cierta compulsión a quedarse con los libros de los otros. No era un ladrón, por supuesto. Pero había notado que en un par de rupturas anteriores se había hecho sin quererlo con libros que habían pertenecido a sus novias. No muchos, ni siquiera los que ellas le habían regalado —y que, tiempo después, le habían hecho pensar que nunca lo habían conocido realmente—, sino libros que habían sido de ellas y que Él nunca les había devuelto. Un pensamiento lo reconciliaba consigo mismo, a veces: que si ellas no habían notado su ausencia, si no le habían reclamado los libros ni le habían reprochado que se los hubiera quedado, era porque, en realidad, y de forma profunda, ellas no los necesitaban, o no los necesitaban tanto como Él, que tampoco los necesitaba en absoluto. Al final, ante el acontecimiento de la separación y de los terribles cambios que había suscitado y todavía iba a provocar, ningún libro era necesario, pensaba en ese momento. Una vez, sin embargo, al comienzo de su relación, Ella lo había tomado de la mano sorpresivamente y lo había conducido al interior de una librería frente a la cual habían pasado cuando regresaban de almorzar; se había detenido ante una de las estanterías y se había quedado mirando los libros con la expresión seria y reconcentrada que Él le había visto ya en alguna ocasión y que volvería a ver —y a amar— durante los cinco años siguientes, y a continuación había ido extrayendo de los anaqueles seis, siete libros que le había puesto en las manos sin decir una palabra. Al salir de la librería, después de que Ella pagara, se los había entregado diciéndole: «Los necesitas». Pero Él —se decía— ya no podía afirmar por qué Ella creía que Él necesitaba esos libros ni cuáles habían sido, aunque lo recordaba perfectamente. De hecho, se acordaba muy bien de todo, lo cual constituía un problema dadas las circunstancias. La mitad de las páginas de los libros que Ella le había regalado reposaba en el suelo ya, separada del resto mediante el procedimiento de arrancar una de cada dos hojas, en lo que le parecía que era la forma más apropiada de repartir los bienes: si pudiera —pensaba—, cortaría también por la mitad la cama, la mesa, cada una de las sillas, las estanterías, las lámparas, los vasos, los platos, el fregadero, las plantas. Debía de haber una forma de separar también los recuerdos, de modo que, de todo lo que habían hecho juntos y les había sucedido, Él sólo se quedara con la mitad para que le fuese más liviana la carga. Desde luego hubiese sido mejor que Ella no lo dejara, pero eso ya había sucedido y Él —que alguna vez se había jactado de tener una extensa vida amorosa previa a la aparición de Ella pese a que sólo había tenido dos parejas y, en ambos casos, por no demasiado tiempo— había descubierto, repentinamente, que no sabía cómo seguir adelante, que Ella se había llevado, también, las instrucciones para hacerlo. Afuera había calles y edificios y terrazas que debían de resplandecer con rabia al comienzo o al final del que era uno de los últimos días de ese verano. Más allá, pasando las sórdidas urbanizaciones, debía de haber enormes espacios desiertos y los prados de los que hablaban los poetas y los enamorados, pero Él lo creía imposible y ya no albergaba esperanzas de volver a ver todo aquello algún día. Pensaba en Ella, o más bien la sentía; mejor dicho, sentía su ausencia y la forma en que pesaba sobre Él desde el día anterior y pensaba que, si Él fuese un ladrón, un ladrón reputado y eficacísimo, robaría su ausencia y la arrojaría al mar para que nadie pudiese continuar padeciéndola, mucho menos Él. Pero no era un ladrón, por supuesto: pasaba una hoja y arrancaba la siguiente y continuaba así libro tras libro, intentando no pensar en lo que hacía, sabiéndose víctima de un dolor tan profundamente paralizante que no le permitía siquiera continuar llorando, sintiéndose solo por primera vez en mucho tiempo, hablando solo, tratando de recordarse a sí mismo —sin conseguirlo por completo— que no todo aquello que habían dispuesto que permaneciera unido se había roto y se había separado como las hojas que arrancaba de los libros y yacían a su alrededor, en el suelo, poco antes de que Él las recogiera y las arrojara a la basura.

2

Ya estaba por completo despierta cuando su amiga atravesó la puerta y la cerró suavemente para dejar el apartamento; había despertado mucho antes, en el instante en que D. se había sentado a la mesa de la sala y había comenzado a desayunar fingiendo que su amiga no estaba allí. Ella había preferido simular que continuaba durmiendo porque de otro modo hubiesen tenido que empezar a hablar y hubieran acabado abordando la razón por la que estaba allí, en el apartamento de D., fingiendo que dormía en su sofá, escuchando los ruidos que su amiga hacía mientras cruzaba una y otra vez la sala preparándose para salir a trabajar. D. era de esas personas a las que les resulta imposible abandonar su apartamento sin volverse al llegar a la puerta para recoger algo que olvidaban.

Ella permaneció un rato más entre las sábanas después de que D. se hubiera marchado al fin. Escuchaba los sonidos que emitía el edificio y respiraba profundamente. La tarde anterior había anunciado que no iría a trabajar y se había propuesto comenzar a buscar un nuevo apartamento, pero no se veía con fuerzas para hacerlo. Un hábito que conservaba de la adolescencia la hizo tratar de imaginar cómo la vería otro en ese instante, al principio de algo que en ese momento aún parecía sólo un final. Si alguien pudiera observarla entonces, pensó, se vería obligado a preguntarle cómo había llegado a esa situación, qué hacía acostada en el sofá de una amiga portuguesa con nombre de cazadora, con una maleta a sus pies de la que todavía no había extraído nada, infligiéndose todo ese dolor y produciéndoselo a otra persona. ¿Por qué lo había dejado? Como todas las preguntas, ésta tenía una respuesta simple y una respuesta compleja, pero a Ella no le gustaba ninguna de las dos y prefería no pensar siquiera en la pregunta, que, sin embargo, era inevitable si deseaba continuar jugando ese juego infantil de verse a través de los ojos de los otros, allí, recostada en la sala de un apartamento que no era suyo, respirando pesadamente.

Cuando por fin se levantó, prefirió demorar algo más su salida a la calle y se puso a deambular por el apartamento. Ella lo conocía bien; había estado en él en otras oportunidades, y sin embargo, le parecía estar recorriéndolo por primera vez, con las potestades de las que no había dispuesto en las otras ocasiones, en las que cierta urbanidad le había impedido hacer lo que hacía en ese instante y lo que siempre deseaba hacer cuando entraba a una nueva casa, abrir cajones, fisgonear en los armarios, mirar debajo de las camas; buscar, en fin, en los objetos y en su disposición, algo que le hablase de sus propietarios, como si todas esas cosas fueran las pistas de un crimen del que sólo Ella estaba informada. Naturalmente, el crimen era la identidad, la personalidad escondida u oculta de los habitantes de esas casas, cuya ausencia en ese momento ofrecía, paradójicamente, la oportunidad de conocerlos. La D. que emergía de los escasos objetos que tenía, y que Ella podía abarcar con sólo desplazarse por el apartamento, era distinta a la que conocía, una mujer joven y más o menos irreflexiva que había llegado a Madrid unos años atrás porque deseaba continuar con una relación amorosa que, a pesar de ello, había terminado poco después. ¿Quién había dicho que las relaciones que funcionan en un sitio tienden a no funcionar en otro? No lo recordaba, pero había una verdad ligeramente desalentadora en ello que D. tal vez conocía de antemano pero había desestimado con el encogimiento de hombros con el que por lo general se enfrentaba a las opiniones que la contrariaban y a los errores que cometía. La D. que surgía de los objetos que había reunido en ese apartamento desde su separación era distinta, pensaba Ella. En sus cosas y en la disposición de esas cosas había un imperativo de orden y simetría que no parecía casar con la forma en que solía comportarse con otros o hablar de sí misma, como si su impetuosidad y la alegre improvisación con la que lo hacía todo sirvieran a los fines de disimular la necesidad profunda de un orden sin alteraciones, una disposición clara de las cosas en un apartamento cuyos objetos hablaban con tanta locuacidad de quién era ella en realidad que, de haberlo sabido, posiblemente no hubiera dejado que nadie entrase en él nunca.

Se preguntó si el apartamento que ambos habían compartido hasta el día anterior reflejaba al menos parcialmente su personalidad como lo hacía el de D., o si lo que revelaba era la de Él o, mejor, la existencia de una personalidad que era el producto de esa especie de animal bifronte que es toda pareja: no era el único apartamento que habían habitado en los cinco años que habían estado juntos, pero sí el primero en el que Ella se había imaginado por algo más que el periodo que establecía el contrato de alquiler, por un tiempo que hubiese podido denominar, en otro momento, con una frase vacía de significado, «para siempre». Ella sabía que la expresión tenía un sentido algo distinto al que había tenido en el pasado, cuando su trabajo y el de Él, tan diferentes, eran sin embargo un refugio medianamente seguro ante las intermitencias de la vida laboral y Madrid no expulsaba de su interior a parejas como la de ellos, que habían vivido aquí y allá hasta encontrar ese apartamento desde el que podían ver un trozo de un parque, varias calles, unas terrazas en las que nunca había nadie y en las que el sol resplandecía encegueciéndolos cuando las contemplaban, detenidos en un instante de ensoñación o de ociosidad. Ella se preguntó si Él estaría en ese momento mirando las terrazas, con los ojos entornados, y deseó que estuviese bien, o al menos mejor que Ella, aunque sabía que esto era improbable. Pensó que tal vez debía llamarlo y sacó su teléfono móvil de la bolsa en la que lo había metido la noche anterior; había ocho llamadas perdidas de Él y varios mensajes que decidió que no leería. Se puso a pensar qué había sucedido, en qué circunstancias y por qué habían decidido —aunque en realidad sólo había decidido Ella, que le había impuesto su decisión de una forma que sabía odiosa y triste— dejar de ser una pareja, desarticular el animal bifronte, el monstruo que habían sido, separarse definitivamente.

3

No sabía por qué se habían separado; de hecho, cuanto más pensaba en ello, más difícil le resultaba decir qué había sucedido. Quizá Ella había tomado la decisión durante ese verano, cualquiera de los días en que había regresado al apartamento y le había resumido su jornada, le había preguntado por la suya, habían cocinado juntos, habían discutido cuál de los dos había olvidado comprar una cosa u otra, habían reído, luego habían visto un filme o se habían puesto a leer, uno al lado del otro, en la cama o en el sofá de la sala, habían leído por última vez en el día sus redes sociales —en el teléfono, apresuradamente—, se habían lavado los dientes en el baño alternándose en el uso del cepillo eléctrico, del colutorio, del lavabo, se habían acostado y Él, como siempre, se había dormido el primero, dejándole el mundo diurno —y sus dificultades— a Ella. Tal vez —seguía Él— todo había sucedido un día así, sin hechos de trascendencia ni la promesa de que fueran a producirse al día siguiente. Quizá todo lo que había pasado era que Ella había comprendido —como lo había hecho Él, tiempo atrás— que no había ni habría ya más que eso, la repetición de algo banal y que no merecía ser repetido, excepto que se lo dignificase asimilándolo con la idea de que eso era la felicidad y de que era así como ésta era o se manifestaba.

Naturalmente, eso era la felicidad o lo más parecido a ella que podía obtenerse, pensaba; pero podía entender que esto a Ella no le resultase suficiente. Al comienzo todo tenía un sentido que parecía haber perdido, aunque tal vez sólo hubiera perdido la apariencia de tenerlo. Quizá fuese por esa razón que Ella había decidido buscarse un amante, posiblemente durante alguno de esos viajes que hacía con regularidad. A menudo pedía un coche prestado y recorría los suburbios durante horas, en busca de inspiración, o visitaba otras ciudades, algunas tan alejadas que se veía obligada a pasar la noche fuera. Él la había acompañado una vez en una de esas excursiones y se había dedicado a observarla discretamente, a estudiar su rostro detenido en un gesto de atención e impaciencia, sus ojos claros entreabiertos como si hubiera algo frente a Ella —al otro lado del cristal, al fondo de la carretera— que la encandilara. Pero no había nada, o nada que Él pudiera reconocer, como si ambos tuvieran formas distintas de mirar, o como si sólo Ella viera y Él estuviera ciego. Al conducir, Ella era decidida y torpe; sus manos revoloteaban sobre las palancas y los botones como si le resultasen extraños al tacto y no estuviera segura de lo que hacía. Su estilo, por lo demás, era espasmódico pero confiable, y presumía de no haber tenido nunca un accidente, ni una sola vez.

La inspiración de esos viajes, a los que nunca lo invitaba, y la de los que hacía a otras ciudades y a otros países, por lo general más prolongados, no encontraba reflejo en sus obras, o al menos Él no lo veía. Era como si su sugestión tuviera un carácter negativo, como si Ella observara las casas y los edificios, y en especial los de la periferia, como ejemplos de lo que no se debía hacer, para evitar un error en el que de otra manera hubiera caído. Él creía haber visto ese aspecto, la originalidad excepcional de su trabajo, tan pronto como lo había conocido, cuando, al final de una noche que ambos habían pasado juntos en el apartamento de Ella, una de las primeras, le había pedido que le mostrase su trabajo y Ella había abierto su ordenador y le había permitido estudiar unos planos y las fotografías de unas maquetas. Esos edificios iban a ser construidos a lo largo de aquel año, pero Ella nunca se sentiría satisfecha con el resultado, sobre el que no tendría ningún control: habían quedado en manos de alguno de los tres propietarios del estudio en el que trabajaba, y el hombre había añadido unas decoraciones exteriores que Ella había descrito una vez como «los garabatos más o menos geométricos de un niño idiota aburrido en clase» y, en otra oportunidad, más directamente, como «penes y escrotos de ancianos colgando sobre una puerta». Cuando Él le había pedido que le mostrara uno de esos edificios, en una de sus excursiones por la periferia, Ella se había negado, pero Él había buscado más tarde las imágenes en internet: las decoraciones constituían lo que el público consideraba la «firma» de aquel arquitecto, uno de esos proyectistas españoles que gozan de un prestigio notablemente inferior al de sus colegas más reputados aunque, en contrapartida, construyen cosas que no se convierten en ruinas casi de inmediato. Pero no se parecían a ningún escroto, o eso pensó. La fuerza original de los planos que Ella le había mostrado aquella noche había desaparecido por completo, sin embargo, y Él iba a notar su ausencia en cada una de las obras que Ella iba a concebir pero no a ejecutar en los años siguientes, que iban a ejecutar sus empleadores en el estudio de arquitectura, todos hombres mayores aficionados a los ángulos rectos y a los planos superpuestos como los de la mirada de un estrábico.

¿Cómo vivía Ella con eso? Quizá no se lo había preguntado lo suficiente, absorto como estaba en la escritura de sus libros y las otras cosas que hacía, todas ellas presididas por una libertad y una disponibilidad para las que requería, por contraste, un orden algo férreo, cierta previsibilidad en los acontecimientos mundanos que probablemente Ella no había tolerado. Cada vez que pensaba en eso sentía que le faltaba el aire; sus emociones se alzaban formando una gran ola que primero se elevaba ante su vista y a continuación se lo tragaba, desmembrándolo con su fuerza. Y sin embargo, no podía dejar de hacerlo, echado en el suelo o en la cama, muchas veces a oscuras, víctima de un dolor físico que sabía que Él mismo estaba produciéndose de alguna manera, pese a no ser quien había propiciado el intercambio de lugares comunes con el que Ella había terminado con Él, un intercambio que en otras circunstancias le hubiera provocado risa. Ella había dicho, simplemente: «Quiero hablar contigo». Pero después había comenzado a llorar: siempre había pensado que Ella parecía más blanda que Él pero que, en realidad, era más dura, y en ese momento descubrió que estaba equivocado, que era Él quien parecía más blando que Ella, pero, de hecho, era más duro. Varias horas más tarde, Él había incurrido también en el cliché, pero no se arrepentía de lo que le había preguntado por tratarse de un lugar común sino por la respuesta que Ella le había dado, que hubiese preferido no escuchar. «¿Tienes otro?», le había preguntado. Y Ella había respondido que sí.

4

Al principio Ella había pensado en decírselo de otra manera. Se había imaginado viendo la televisión y respondiéndole, a su pregunta, desde la cocina, de si quería algo: «Sí. Quiero irme de aquí». Que fuera Él quien preguntara por qué, o mejor aún, quien pensase que estaba haciéndole un chiste, que sonriera al verla reunir sus cosas, que cerrase la puerta a sus espaldas con una carcajada y que siguiese riendo mucho después de que Ella hubiera tomado el ascensor y desaparecido de su vista. Nada de ello era posible, por supuesto, pero Ella se había refugiado en planes de ese tipo durante las semanas anteriores, durante todos esos días en que había soportado la opresión en el pecho y el nudo en la garganta y todas las otras cosas que siempre había creído metáforas, no manifestaciones físicas reales, de un vislumbre que devendría decisión tomada en un momento u otro, que era ya una decisión a la espera de que Él la conociese. ¿Por qué había decidido separarse de Él? Un tiempo después alguien iba a presentarle unas estadísticas que explicarían, según esa persona, lo que Ella había decidido y por qué lo había hecho. Pero iba a rechazar esos argumentos, incluso aunque, en algún sentido, la exculparan, atribuyendo su decisión a su edad, a sus ingresos, a una cierta inercia que constituía la manifestación más explícita de cómo eran los tiempos y cómo eran las cosas. Ella iba a rechazar esos argumentos, sin embargo, porque había decidido asumir su responsabilidad y que su decisión fuese un producto de lo que le sucedía y de sus convicciones en lo que Ella creía —también de lo que deseaba, por supuesto—, y no una inevitabilidad estadística. Que fuera, pensaba, producto de lo que sintió por primera vez en aquella ocasión, cuando sucedió lo del pájaro.

Aquella tarde, dos días atrás, al regresar del trabajo, Él ya había dispuesto dos sillas frente a la ventana más grande del apartamento. Lo hacía a veces, por lo general a comienzos del verano, para aprovechar el sol: le gustaba que lo encandilase mientras leía, que el calor se le expandiese por el rostro y por el nacimiento del cabello y lo cubriera mientras su mente estaba en otro sitio, como si el sol fuera una de esas mantas bajo las que se ocultaba para leer cuando era niño, aparentemente a solas en un mundo minúsculo pero por completo personal al que no podían ingresar ni sus padres ni sus hermanos. A Ella —a la que no le gustaba tanto el sol como a Él, a la que Él solía ponerle una silla detrás de la suya, para que la luz le bañara las piernas pero no llegara a tocarle el rostro— le parecía que todas las decisiones que Él tomaba, y en particular la de convertirse en escritor, que había tenido lugar mucho tiempo antes de que lo conociera, eran el producto o la prolongación de ese deseo infantil de protección y aislamiento, una manera de continuar jugando los juegos de la infancia. Nunca se lo había dicho, sin embargo: pensaba que, puestos a ello, su respuesta sería que todo lo que hacemos en la vida adulta es una prolongación o un producto de lo que fuimos cuando niños. Una vez le había permitido que Ella lo observara escribir, y Ella se había quedado impresionada por el gesto de profunda concentración que se había instalado en su rostro tan pronto como había comenzado a teclear. Con regularidad, se ponía de pie y se dirigía a buscar una botella de agua a la cocina, o ingresaba al baño. Más habitualmente, se ponía de pie y volvía a sentarse de inmediato sin saber por qué se había levantado y qué había pensado ir a buscar. A veces, también, alzaba el rostro de la pantalla del computador en el que escribía y miraba a su alrededor, como si estuviera buscando algo: si lo hacía, si buscaba algo, Ella no sabía qué era; sencillamente no podía ver lo que Él veía. Nunca supo por qué Él, después de teclear de manera frenética durante un rato, cerró el ordenador y puso fin al experimento. Tal vez no podía escribir sintiéndose observado, pensaba. Más posiblemente, sin embargo, Él había comprendido que Ella estaba viendo algo de lo que se avergonzaba, algo que Ella ya no podría apartar de su mente cada vez que le contase que había estado escribiendo o alguien le preguntara por Él y por su trabajo: un rostro infantil, el rostro de un niño que se tomaba demasiado en serio el placer de inventar cosas y hacérselas creer a otros. No había nada más en su actividad como escritor, aunque Él escribía lo que llamaba, algo pomposamente, «no ficción», lo que significaba que su margen de invención era reducido o casi inexistente. O sí, también estaban el entusiasmo siempre breve que provocaban la finalización de un libro y su publicación, y los viajes y el hartazgo que parecía sentir poco después: pasado cierto tiempo, no tenía ninguna gana de que se le mencionaran sus libros y, si alguien lo hacía, tendía a sumirse en un singular estado de alerta, como un animal que se hubiese detenido demasiado rato junto a una charca, colmando una sed que ni él mismo sabía que tenía, y de pronto comprendiera que estaba ofreciendo su cuello a los depredadores.

Una brisa seca y caliente entraba por la ventana trayendo los sonidos habituales del barrio, los bocinazos, las risas, el ruido de los helicópteros que observaban Madrid desde el cielo y proyectaban su sombra ominosa sobre las calles y los edificios desde que alguien cometiera un atentado, unos años atrás. Vivían lejos de los hospitales, pero a veces se oía la sirena de una ambulancia que intentaba vencer la resistencia de los otros conductores, de los turistas —que recorrían el centro de la ciudad en grandes cantidades desde que todos aquellos sitios donde solían vacacionar se hubiesen vuelto demasiado caros o excesivamente peligrosos— y de los repartidores en bicicleta, que se desplazaban como langostas dejando a su paso un rastro de sudor y frustración y unas pizzas o las otras cosas que las personas compraban cada vez más por internet. En algunos minutos caería el sol y ellos tendrían que disponerse a cambiar de actividad o a continuar leyendo en otro sitio, tal vez en el dormitorio, pero entonces una sombra cruzó la ventana y se estrelló contra el extremo opuesto de la habitación, aleteando nerviosamente. Él se puso de pie, a Ella el libro se le cayó de las manos: el intruso no encontraba la salida. No era un pájaro grande —no pudo reconocer de qué especie se trataba, y después sólo recordaría que tenía un plumaje claro de un color impreciso, como el de un bollo dulce cubierto de polvo—, pero soltaba un chillido agudo y angustioso mientras rebotaba contra las paredes de la sala perdiendo pequeñas plumas y rompiendo objetos. En un momento cayó en el fregadero de la cocina y se quedó allí por un instante, Ella no sabía si porque sus patas resbalaban sobre la superficie metálica o porque se creía a salvo en la pila, pero Él no tuvo tiempo de acercársele. De inmediato el pájaro retomó el vuelo y se estrelló contra una lámpara y a continuación contra la estantería con los libros. Ella esperaba que el reclamo de la ventana abierta fuera evidente y le permitiese abandonar la sala, pero el pájaro parecía haberse vuelto ciego a la luz. En su desesperación había violencia así como orgullo y fuerza; un corazón que martilleaba con pequeños golpes y se proponía destruirlo todo. Era necesario hacer algo, pensaba Ella, pero Él no se movía de su sitio y Ella estaba paralizada: si hubiera podido hablar, si no hubiese tenido la impresión de que debía de hacerlo en una lengua extranjera y que no conocía, Ella le hubiera advertido de que estaba bloqueando la salida, que el pájaro nunca se acercaría a la ventana mientras Él estuviera frente a ella, cortándole el paso. Pero no dijo nada y Él no atinó a moverse hasta que el pájaro golpeó por última vez contra una de las paredes y cayó al suelo. Todo había sucedido en un lapso de tiempo que a Ella iba a parecerle extensísimo cada vez que lo recordara pero que en realidad había sido breve, insignificante en relación con el tiempo que los dos llevaban juntos, y sin embargo, determinante para ellos. Cuando Él dio el primer paso en dirección al pájaro, que yacía muerto a los pies de la biblioteca, junto a un enchufe, Ella tuvo una impresión vivísima del peso de todo aquello que había estado sintiendo en los últimos meses, del puñado de incertidumbres que se habían ido acumulando y ocupaban sus pensamientos cuando estaba en la casa, cuando pensaba en la inevitabilidad de que las cosas continuaran siendo como eran, no importaba cuán buenas fuesen si se las consideraba objetivamente, que las cosas que sentía y de a ratos la paralizaban, en esas ocasiones en que lavaban los platos después de cenar o hablaban en esa especie de lenguaje privado que habían creado juntos, y en el que ya no era siquiera necesario hablar, porque el modo en que vivían y la forma en que ambos se habían acomodado el uno al otro excluían cualquier enfrentamiento verbal, cualquier atisbo de una conversación que no fuese perfectamente civilizada y algo predecible —excepto en relación con un tema que Ella no podía siquiera admitir que recordaba haber discutido con Él, unas semanas antes—, que todo aquello tenía un nombre y era el enorme, imperioso deseo de salir de esa casa y de no regresar nunca, no por Él, a quien amaba ya de una manera simple y un poco inevitable, sino por Ella, porque no podía imaginar que las cosas no fueran a ser ya de otra manera, que el tiempo que restaba antes de que envejeciera y muriera, o que muriera Él, que era un pensamiento que la aterraba, fuera a discurrir de esa forma rutinaria y mediocre, devorándolos. Y fue en ese momento —en el que Él, que había atravesado ya la sala, se agachó y tomó el cadáver del pájaro en su mano— cuando Ella comprendió que iba a dejarlo, que ese mismo día iba a terminar con Él. Y entonces le dijo que tenían que hablar, pero su voz le pareció tan extraña, y lo que iba a decir tan definitivo en sus consecuencias, que comenzó a llorar. No pudo seguir hablando.

II. Una semana

1

No había nadie, no estaba enamorada de ningún otro y sabía que no lo estaría durante mucho tiempo, así que ¿por qué había inventado que tenía un amante? No lo sabía: cuando Él se lo había preguntado, Ella había dicho que sí prácticamente sin darse cuenta, como si Él estuviese exigiéndoselo. De hecho, quizá lo hiciera para explicarse a sí mismo, y poder narrar después, a otros, por qué Ella lo estaba dejando. A Ella, con el tiempo, iba a parecerle que había sido cruel y que había cometido un error, que tendría que haberle dicho la verdad y esperar que Él la comprendiese, aunque ni siquiera Ella fuera capaz de hacerlo por completo. Pensó que lo protegía al darle una explicación, por más trivial que ésta pareciera; era por ser trivial, pensó, que su explicación lo protegería, que protegería su visión de sí mismo y lo que Él creía que era o había sido su relación con Ella; al fin y al cabo, las personas que estaban en pareja se enamoraban de otras personas que también estaban en pareja o estaban solas: pasaba todo el tiempo, y era tal vez doloroso, pero al menos era algo, algo que podía decirse y podía comprenderse, no lo que Ella sentía, así que no lo pensó, o lo pensó sólo por un segundo y le dijo que sí, que tenía otro, y después de mentirle cerró los ojos, como alguien que, en el momento en que el vaso resbala de sus manos, cuando ya es evidente que no va a poder asirlo, cierra los ojos porque no necesita verlo hacerse trizas en el suelo para saber que se ha roto, le basta con el estruendo.

2

Le había preguntado quién era el otro, pero Ella se había negado a responderle. Él había imaginado que era alguien con quien trabajaba, alguno de esos arquitectos con los que Ella trataba de entenderse, tal vez en exceso. O podía ser alguien que hubiera conocido en alguno de sus viajes, en esas excursiones de las que nunca le traía nada excepto un puñado de fotografías que al día siguiente de regresar le enviaba por correo electrónico para que las viera cuando lo desease y tratara de comprender qué era lo que Ella había visto y por qué. De alguna forma, en la visión que se había hecho de su amante en las primeras veinticuatro horas después de su separación operaba una especie de compensación imaginaria, porque pensaba que sería alguien muy distinto a Él, alguien tal vez tan joven como Él —aunque ninguno de los dos era joven ya, en breve ambos cumplirían los cuarenta años, lo cual, pensaba, a Él lo dejaba indiferente y a Ella, aunque algo menos, también—, pero con una profesión distinta y un aspecto físico muy distinto del suyo, alguien mejor de una manera u otra, alguien con dinero y unas perspectivas. De todo ello tenía ideas muy concretas que lo angustiaban enormemente pero de las que no podía prescindir; eran, de hecho, lo único en lo que podía pensar desde que Ella lo dejara. De alguna forma, todo su dolor y su ira se habían desplazado de Ella al desconocido que se la había quitado; a sus ojos, había sido seducida. Tenía unos escenarios muy concretos en los que imaginaba que esto podía haber sucedido, y ninguno de ellos suponía ninguna responsabilidad por su parte. De a ratos la odiaba; de a ratos, también, deseaba que volviera con Él, que pusiera fin a su aventura amorosa y regresara a su lado, en cuyo caso Él la aceptaría o la rechazaría, todavía no lo tenía claro. Una parte egoísta y frívola de Él —la parte que atribuía al otro, al amante— le recordaba con regularidad que tenía un libro pendiente y que debía escribirlo antes de que el plazo que le habían concedido para hacerlo terminara: había dinero en juego, no una gran cantidad pero sí la que necesitaba para los próximos meses; otra parte de Él, sin embargo, sólo sentía dolor, un dolor que lo enmudecía y lo paralizaba y le impedía hacer cualquier cosa excepto deambular por el apartamento maravillándose de lo poco que había quedado en él tras la marcha de Ella, fantaseando con cómo ocuparía todo ese espacio vacío, que era metafórico pero banalmente literal; había una tercera parte de Él, podía decirse, y era aquella con la que se contemplaba sufriendo, expresando su dolor de la forma en que le resultaba posible, llamándola una y otra vez por teléfono y revisando sus redes sociales con la esperanza de que Ella diera una señal, a Él o al mundo, de que no era feliz, de que había cometido un error y todavía estaba a tiempo de repararlo. Una de esas tres partes iba a imponerse, de seguro; pero Él no sabía cuándo lo haría y cómo. No había nada, excepto una desesperante extensión desértica de dolor, y Él tenía que atravesarla, se decía. Iba a tomarle meses, sin embargo.

3

A excepción de Él, nadie la había llamado en toda la mañana, lo que le hizo pensar que D. tenía que haber informado ya al puñado de amigas que compartían de que Ella y Él habían terminado. Se preguntó qué les habría dicho. Ella misma no había logrado explicárselo la noche anterior, ni D. se lo había pedido: al llamarla para decirle que había roto con Él y que estaba yéndose de su apartamento, que si podía pasar unos días en el de ella, D. le había respondido que sí y le había recordado su dirección. Todo lo demás había sido muy simple y extraordinariamente difícil al mismo tiempo, como solían ser las separaciones: había pasado la siguiente hora metiendo en una maleta algunos objetos y algo de ropa mientras Él la seguía, llorando, y haciéndole preguntas que Ella no podía responder cada vez que se detenía en alguna de las habitaciones, el baño incluido. Después Ella había cocinado unos fideos, pero Él no había querido comer y Ella tampoco tenía mucho apetito. Cuando arrojó a la basura la mayor parte de los fideos, que formaron una montaña blancuzca y humeante sobre los trozos algo más coloridos de las mondaduras de frutas y de verduras, Ella pensó que era la primera vez que dejaba a un hombre. En todas las oportunidades anteriores habían sido ellos quienes habían roto la relación, sin dar demasiadas explicaciones y de forma siempre imprevista; con uno había continuado teniendo sexo después de la separación, cuando se encontraba con él o él la buscaba. No era algo que fuese a suceder con Él, sin embargo: el sexo en su relación había descrito el recorrido habitual, que iba de la periodicidad y la vehemencia algo maniáticas del comienzo a su concurso irregular, hacia el final, cuando parecía no haber otra cosa para hacer o alguno de ellos sentía una necesidad tan acuciante que ésta era capaz de arrastrar al otro consigo. No era mal sexo —ambos eran amantes imaginativos y generosos—, pero nunca había sido lo más importante entre ambos. De haber tenido que responder a la pregunta de qué era lo que los había mantenido juntos entonces —si hubiera debido contestar a la pregunta que, en algún sentido, llevaba intentando responder desde el momento en que le había dicho que había decidido terminar su relación, tratando de explicarle y de explicarse a sí misma qué era lo que tenían y por qué o cómo habían dejado de tenerlo—, Ella habría dicho que no se trataba de una cosa sino de varias, y que una de ellas consistía en las conversaciones que tenían desde que se conocieron, algo accidentalmente. Eran fuegos de artificio, excitantes intercambios de ideas en cuyo marco Él se comportaba como muy pocos hombres se habían comportado con Ella hasta ese momento, como alguien que sopesaba sus opiniones por más atrabiliarias que le parecieran. Juntos, los dos pensaban mejor, y era en pos de esa mejoría que podían quedarse hablando durante horas, riéndose y discutiendo y azuzándose el uno al otro en una gimnasia verbal que alguien desde fuera —alguien que los viese conversando en un restaurante o compartiera con ellos un autobús o la cola en la taquilla de un cine o en una tienda, por ejemplo— podría haber pensado que era una manifestación de beligerancia; literalmente, que estaban discutiendo. Pero ellos no solían discutir, o sólo lo hacían por asuntos banales que no se acercaban siquiera al aspecto más importante de su relación, que era la certeza que Ella tenía —y Él también, de eso estaba segura— de que ambos eran, digámoslo así, confiables, que no le fallarían al otro, y que compartían un proyecto común, un plan que nunca habían formulado explícitamente y que tal vez sufriera ligeras modificaciones cada cierto tiempo, adecuándose a las circunstancias. Un plan que era el de, podía decirse así, «estar juntos», todo lo que fuese posible y de forma tan consciente y deliberada como pudieran. Sus padres llevaban casados algo más de cuarenta años: se habían conocido cuando estudiaban en la universidad, habían prosperado juntos, habían tenido una hija, habían dado la espalda a sus orígenes y vivido la fantasía de que el suyo era un país rico y a continuación habían tenido que enfrentar la realidad; habían estado intentando separarse durante toda la década de mil novecientos noventa —por esos años habían hecho frente a un affaire de él, a la depresión de ella, a su adicción a las pastillas, de la que sólo se había librado a costa de enormes dificultades—, pero seguían juntos y desde hacía algunos años parecían felices. A Ella le resultaba fácil pensar que eso era lo que quería, lo que, con algunas excepciones, había demandado de todas sus relaciones y lo que éstas nunca le habían dado hasta que lo conoció a Él. Pero acababa de arruinarlo, había dicho las palabras que nunca había imaginado que fuera a decir —las que sus padres, finalmente, no dijeron nunca, por poner sólo un ejemplo— y había roto con Él, en el fondo, pensaba Ella, porque, un día, mientras hablaban de otras cosas, de cosas por completo triviales y que no los afectaban a ellos en absoluto, que hacían referencia a otros y a vidas distintas a la suya, había descubierto que Él no quería tener hijos, que había reflexionado mucho sobre el tema y lo había descartado.

4

Ella había contestado su llamada finalmente, pero Él no había podido articular palabra y los dos se habían quedado llorando en la línea, la respiración de cada uno de ellos enlenteciendo poco a poco y adecuándose una vez más a la del otro, como si lo único que pudieran hacer juntos ya fuera respirar en el teléfono. Cuando por fin Él había podido hablar le había preguntado cómo estaba y había notado en su respuesta una calidez nueva y al mismo tiempo muy antigua, como si Ella hubiera vuelto a ser la misma de los comienzos de la relación, cuando cada cosa que se decían, por banal que fuera, estaba revestida de una intensidad y de una trascendencia extraordinarias, por tratarse de la primera vez que surgía en su conversación o por otra razón cualquiera. Después le había preguntado si había ido a trabajar esa mañana, pero Ella no le había respondido: era evidente que no se encontraba en una oficina, y ya era el mediodía. ¿Quería que comieran juntos?, le había preguntado; al responder que prefería no hacerlo, Él le había preguntado si estaba con el otro, pero Ella había dicho que tenía que marcharse y le había cortado. Él había arrojado el teléfono al extremo de la habitación y luego lo había recogido y había vuelto a tirarlo y en ese momento estaba tratando de serenarse, de volver a respirar como lo habían hecho juntos un minuto atrás a través de la línea, pensando en la banalidad de la ruptura y el profundo dolor que causaba.

5

D. la llamó durante su pausa para el almuerzo; hablaba en susurros para que las personas que comían a su lado, en el comedor de la empresa donde trabajaba desde hacía algún tiempo, no escucharan la conversación. Después de aprender el idioma y atravesar la larga serie de trabajos ignominiosos que eran prescriptivos para los inmigrantes que llegaban al país, D. había entrado en el estudio de arquitectura en el que Ella trabajaba, primero para asistirla y poco a poco asumiendo más y mejores obligaciones en el departamento de cálculo: era de una inusitada eficacia, el tipo de personas que sostienen oficinas completas con su trabajo ante la indiferencia y/o el ligero desprecio de sus superiores. Que todos ellos fuesen hombres sólo ponía de manifiesto todavía más —decía Él, con quien había conversado en varias ocasiones sobre D.— que la indiferencia y ese cierto desprecio que sus superiores le profesaban eran el producto de su condición de mujer y de inmigrante. Ella no estaba por completo de acuerdo, pero, pensaba, era posible que su visión estuviese sesgada por las oportunidades de las que había disfrutado, todas las cuales le habían sido negadas, al menos inicialmente, por una razón o por otra, a su amiga. A Ella, D. le había parecido magnífica desde el primer día, sin embargo, y había puesto reparos a su marcha cuando le habían ofrecido un trabajo mejor en otro lugar. Pero a partir de ese momento su amistad se había vuelto más profunda, aliviada ya de la carga de las dificultades inherentes a compartir un puesto de trabajo. D. llevaba varios años en el país y tenía un español preciso y musical, que se desbocaba cuando estaba ansiosa o tenía prisa; en última instancia, sin embargo, nada de esto —que a Ella siempre le había parecido muy atractivo— ejercía ningún efecto sobre los hombres que la rodeaban, todos los cuales parecían no estar interesados en ella, o estarlo de una forma distinta a la que D. deseaba. Un tiempo atrás, se había aficionado a las redes sociales; primero a las más tradicionales, en las que el flirteo resultaba posible pero era entorpecido por el hecho de que las personas las utilizaban para expresar su «opinión», lo cual, por lo general, decía demasiado de ellas —y casi todo, negativo—, y después se había concentrado en aquellas que tenían como finalidad encontrar pareja o facilitar un encuentro sexual, esto último más frecuentemente. Desde ese momento, D. había tenido varios amantes —a veces más de uno al mismo tiempo, cosa que a Ella la llenaba de admiración—, pero no había podido establecer una relación permanente con ninguno. En ocasiones el problema radicaba en ellos, pero, más a menudo, la dificultad estaba relacionada con la naturaleza del mecanismo por el cual los había encontrado: la oferta era tan abrumadora que hacía que cualquier elección pareciera equivocada, en potencia restrictiva y ajena al juego que todos jugaban allí. D. sabía de dos parejas que habían comenzado con encuentros sexuales propiciados por la red social; casi todos conocían al menos a una pareja así y solían mencionar su caso, pero a Ella le parecía que su mención —cacofónica, insistente— en las conversaciones sobre el tema sólo podía señalar su carácter de excepción, no de regla: pensaba que todas esas parejas que se formaban en las redes de intercambio y de las que todos hablaban eran unicornios, que sólo servían para recordar, a quien lo deseara, que los caballos no tienen cuernos.

Alguna vez había dicho eso o algo parecido en las conversaciones que tenía con sus amigas y éstas habían respondido con frialdad. Una había creado, hacía algún tiempo, un grupo de mensajería instantánea, y Ella —que inicialmente se había limitado a asistir a las conversaciones con un ligero desinterés— había acabado enganchándose a él. Pensaba que no tenía mucho que aportar —tenía una pareja, lo que significaba que estaba en lo que parecía el final de un recorrido que la mayor parte de sus amigas ni siquiera había comenzado a hacer, y en el grupo sólo se hablaba de ello, de la dificultad para realizar ese trayecto—, pero pronto había descubierto que, si tenía algo para ofrecer —además de su lectura, por decirlo así—, era cierta distancia, la posibilidad de observar los esfuerzos que hacían D. y sus otras amigas solteras como quien contempla las brazadas desesperadas de los ahogados desde la seguridad de la orilla. Desde el día anterior Ella estaba ahogándose con las demás, sin embargo, y tuvo un recuerdo vivísimo y doloroso de ello cuando D. la llamó para preguntarle cómo se encontraba. «No muy bien», admitió. D. le preguntó si se sentía cómoda en el apartamento y si necesitaba algo, y Ella respondió que sí y que no, en ese orden: su diálogo telefónico terminaba allí, ante la falta de información por parte de Ella y debido a que todavía no le había contado a D. qué había sucedido, cosa que ambas sabían. D. le propuso tomar un café juntas en el centro de la ciudad cuando saliera de su trabajo, pero Ella le respondió que prefería quedarse en el apartamento. Argumentó que quería desempacar, a pesar de lo cual, cuando do D. volvió al atardecer con una botella de vino blanco y algo de comida para las dos, Ella no había sacado todavía ni una sola de sus cosas. No había encontrado ningún sitio donde ponerlas, dijo, pero la verdad era que no había tenido fuerzas para ello.

6

Nunca había pensado qué haría si algún día Ella lo dejaba, lo cual era una ingenuidad por su parte. En alguna ocasión, sí, se había preguntado cómo sería separarse de Ella, pero de inmediato había resuelto que, si eso alguna vez sucedía, sería porque Él lo deseaba y que, en ese caso, sabría bien qué hacer. No era ajeno al atractivo de otras mujeres, por supuesto, pero creía necesario mantener a raya una inestabilidad y un caos que parecían ocultarse en toda situación imprevista, por seductora que fuera. También sentía una profunda culpa que, en las circunstancias en las que se encontraba, no podía siquiera confesarse a sí mismo por el temor, quizá supersticioso, de que hubiera una relación entre su ruptura y los acontecimientos por los que se sentía culpable; es decir, que la separación fuese un castigo de alguna índole, de alguien, por lo que había hecho y no quería recordar. Años después iba a poder recordarlo todo con claridad, sin embargo; cuando ya no tuviera que pensar que lo había abandonado porque había sabido o intuido o vislumbrado que Él se había acostado con dos mujeres mientras estaban juntos.

La primera vez había tenido lugar cuando llevaban un año o así. Él había sido invitado a hablar acerca de uno de sus libros y después de su intervención se le había acercado una mujer que había comenzado a coquetear. Nunca había sido bueno para reconocer las señales que le hacían, pero en esa oportunidad la mujer había sido clara, tal vez en exceso. Lo que más recordaba era, sin embargo, que se llevaba continuamente una mano al cuello al hablar, como si deseara ahorcarse a sí misma. Él sabía que no se trataba de eso, y la cortejó con algo parecido a la compasión: la mujer era mayor que Él, al llevarse las manos al cuello intentaba ocultar —y en realidad sólo llamaba más la atención sobre— las arrugas que habían empezado a dibujársele en esa zona, un gesto inútil de coquetería que a Él le pareció profundamente seductor, ya no recordaba por qué.

En la segunda ocasión había sido Él quien había iniciado el cortejo; en realidad, quien había dado el primer paso, ya que no había habido cortejo alguno, lo cual a Él le había parecido relativamente sorprendente. Una vez más, estaba fuera de la ciudad durante una de sus giras. Después de la presentación había ido a tomar unas copas con los organizadores y sus amigos, pero éstos se habían marchado y Él se había quedado solo con dos jóvenes que se habían sentado en el fondo de la sala durante el evento. Ya era tarde y había bebido; cuánto era algo que no podía saber en ese momento: había adquirido la que creía una excepcional lucidez y una locuacidad que sólo entorpecía el tamaño de su lengua, que parecía haber aumentado hasta volverse gruesa y pesada en las últimas horas. Él hablaba y las jóvenes lo escuchaban, pero ya no sabía si lo hacían porque estuviesen interesadas en lo que tenía para decirles —y que años después ya no recordaba; algo que seguramente era irrelevante o perjudicial para la visión que ellas tenían de Él y de su trabajo, como suelen serlo, por lo demás, todas las declaraciones de un autor al margen de sus libros—, aunque no parecía importarles. Quizá fueran estudiantes: lo que es peor, tal vez fuesen estudiantes de filología, cosa que, sin duda, las perjudicaría de forma grave, si no lo había hecho ya. Naturalmente, eran menores que Él, aunque es posible que no lo fueran tanto. A Él, sin embargo, en ese momento, la diferencia de edad le pareció enorme; pensó, o creyó pensar, que constituía la razón por la que ambas lo escuchaban en silencio, emitiendo juicios que a veces eran contrarios a lo que Él decía pero estaban atravesados por cierto respeto algo condescendiente. Aún no había cumplido cuarenta años, ¿tan pronto había adquirido la reputación de un escritor «clásico», es decir, respetable, predecible, inocuo, nada atractivo ya? Sus libros provocaban en Él la impresión de que siempre estaba comenzando, pero sabía que sus impresiones nada tenían que ver con las de los otros y que eran estas últimas las determinantes, por diferentes razones. Más tarde pensaría que en aquella oportunidad había vislumbrado por primera vez que no estaba preparado para aceptar la pérdida de la juventud, pese a que siempre había pensado que sí lo estaba. Como todos los demás integrantes de su generación, se consideraba un «joven viejo» y no pensaba en su edad, aunque eso —comprendería más tarde— era el resultado de que no tenía suficiente edad para pensar en ella. Cuando la tuviera no dejaría de hacerlo y de recordar aquella ocasión en la que se vio confrontado por vez primera con el tránsito del tiempo y con el hecho de que no estaba en condiciones de aceptarlo. No lo estaba entonces ni lo estaría nunca, como casi todas las personas. La actitud de ambas jóvenes —sumisa como era— constituía, sin embargo, por esa razón, una forma de humillación y de desafío. Una afrenta algo torpe pero muy eficaz a la que, pensó en ese momento, debía de hacer frente si deseaba cambiar la visión que las dos jóvenes parecían tener de Él y conservar la que tenía de sí mismo. Unas semanas más tarde, un puñado de mujeres iba a denunciar a un productor cinematográfico y a algunos actores; poco después, miles de ellas lo harían en todo el mundo; las historias iban a ser muy similares entre sí y apuntarían a un aspecto en el que pocos iban a reparar: que los abusos que esas mujeres denunciaban no eran el producto de una desviación narcisista de los hombres que las habían violentado —y que, en consecuencia, eran sujeto de la persecución legal, aunque también en este caso todo parecía reducirse en la mayor parte de los casos, y por diferentes razones, a la simple denuncia, a la que se confiaba un poder terapéutico en el que Él no acababa de creer pese a que era posible que sí lo tuviera—, sino de un consenso en torno a las relaciones económicas y políticas entre hombres y mujeres que nadie ponía realmente en cuestión. Durante esas semanas Él iba a recordar que Ella no tenía oportunidades de promoción en el estudio en el que trabajaba, y en el que soportaba la mayor parte de la carga laboral porque sus jefes constituían un anillo impenetrable de masculinidad y senectud, pero podría haber pensado en muchas otras historias que conocía: en casi todas ellas, detrás de cada editor, director de periódico, arquitecto estrella, diseñador gráfico, pintor de talento, escritor reputado, responsable máximo de fundación cultural o de medio de comunicación o de empresa había una o dos mujeres brillantes que permanecían en la sombra, por lo general haciendo el trabajo que sus jefes no deseaban y, en realidad, no podían hacer. Esas mujeres hacían posible involuntariamente la exhibición de virilidad y narcisismo de sus superiores, y nadie era responsable de ello, aunque todos eran culpables —quizá también Él— de ese estado de cosas, que no era denunciado sino por las voces más disidentes, que se soslayaba para que muchos creyesen que el abuso constituía una desviación, un accidente, y no la norma. Sobre todo ello iba a recortarse la misma vieja discusión en torno a la libertad y la responsabilidad, una discusión sobre la que a Él le gustaría escribir un libro algún día, si consiguiese averiguar cómo hacerlo. Pero, por lo general, y con excepción de un puñado de argumentos —sobre los que había comenzado a pensar a menudo, en especial porque no coincidían con sus propias opiniones—, todo lo que se decía se veía perjudicado por la falta de un consenso mínimo en torno a los términos del debate: nadie sabía ya qué era la seducción, qué eran el abuso y el consentimiento; en particular, nadie sabía ya —y Él iba a tener que aprenderlo por su parte, como todos— qué eran las relaciones amorosas y cómo se establecían, puesto que era evidente que la forma en que en muchas ocasiones se habían establecido en el pasado era inapropiada ya, debido a su similitud con las que en ese momento eran repudiadas por buenas razones. En el futuro iba a sorprenderse pensando que nadie mayor de veinte años podía presumir de no haberse encontrado —y peor aún, provocado— una situación que cierto nuevo consenso en torno a las relaciones amorosas consideraba repudiable. No recordaba haber violentado nunca a ninguna mujer, aunque ésa era sólo su opinión y para refrendarla tendría que haber preguntado a todas las mujeres con las que alguna vez había tenido sexo o algo parecido al sexo; pero ellas podrían haberle mentido, o tal vez ni siquiera lo recordaran. ¿Qué iban a decirle? Más aún, ¿qué consuelo iba a encontrar Él en la constatación de que nunca había abusado de ninguna mujer, ni siquiera de la forma más leve? Unas veces pensaba que estaba condenado porque todos los hombres lo estaban, y aceptaba el prejuicio que se extendía sobre Él por pertenecer a un colectivo de depredadores insaciables, incluso aunque Él no lo fuera; otras veces, en cambio, creía que no debía disculparse por algo que no había hecho ni consentía. Ni siquiera se identificaba con las ideas establecidas en torno a su género: de hecho, muchos hombres a lo largo de su vida le habían dejado claro —en vestidores de colegios, en baños públicos, en las conversaciones

45

sobre mujeres de las que siempre era excluido tarde o temprano— que Él no era «un hombre», al menos no de la forma en que ellos lo concebían. No le molestaba su opinión, por otra parte: casi todo el tiempo sabía quién era y no necesitaba hurgar en sus pantalones para recordarlo. Ante las dos estudiantes, en aquella ocasión —y aunque lo pareciera—, no había querido exhibir su virilidad, sino sólo su juventud, o su disponibilidad: se había aproximado lentamente a la joven con la que compartía sofá, la que más le gustaba, y la había besado.

La joven parecía haber estado esperando que Él hiciera eso: no lo rechazó ni fingió sorpresa; cuando Él se soltó de su abrazo unos minutos más tarde, su amiga ya se había marchado, y la joven lo llevó de la mano al baño de mujeres. Lo hicieron en uno de los cubículos; lo que Él más recordaba, tiempo después, eran, además del sabor de su piel, que a Él le había parecido ácido o amargo —nunca había podido diferenciar ambos sabores—, los ruidos que producían a su alrededor quienes entraban y salían de los servicios y el ruido de fondo de una música en la que Él no había reparado antes. Acabaron separándose después de unos minutos, cuando se les hizo evidente que ninguno de los dos alcanzaría el orgasmo: estaban demasiado borrachos para ello, y la joven se vistió rápidamente y le hizo señas de que podía salir. Él ordenó a continuación dos copas más, pero ella no tocó la suya: se marchó en cuanto le pareció decoroso, dándole un beso en la mejilla. A Él, que por un momento había creído que al seducirla le demostraba que no era uno de «esos» escritores y que tenía un escaso interés en su reputación o en lo que se dijera de Él, que aún tenía —de hecho, que compartía con ella— la desaprensión y la espontaneidad de los jóvenes, le pareció evidente que, en realidad, al seducirla había actuado como lo haría un escritor de mediana edad —una expresión terrible, con la que se negaba a identificarse y que, sin embargo, empezaba a calzarle como un guante—, alguien que se apropia de la juventud allí donde la encuentra. Ella también había obtenido algo, por supuesto, pero tenía más que ver con la reputación de Él que con sus intenciones; si hubiera creído que había algo para ganar, o que alguien había ganado y alguien había perdido, no hubiese sabido dónde ponerse, qué papel ocupar.

Un amigo al que se lo había contado —uno de los escasos amigos que había podido hacer a lo largo de su carrera como escritor, cualquier cosa que esto fuera— le había respondido que no debía sentirse culpable porque no había alcanzado el orgasmo: la infidelidad se concretaba, en su opinión, cuando el hombre eyaculaba, y él, que era maniática, sistemáticamente promiscuo, se cuidaba mucho de hacerlo en sus relaciones con mujeres. Su amigo era católico y, como todos ellos, tenía un gran interés por los fluidos: sangre, lágrimas, semen. Pero a Él su argumento no lo había convencido; de hecho, le había parecido una estupidez y en los años siguientes había ido apartándose de aquel amigo suyo discretamente. Sentía una culpa sólo morigerada por el hecho de que Ella no se había enterado ni lo sabría nunca: si había un daño —a su relación, a la visión que Ella tenía de Él y tal vez Él de sí mismo—, había conseguido ahorrárselo; al margen de lo cual, desde el momento en que Ella lo había dejado Él no podía evitar pensar que la ruptura era una especie de compensación, que Él «se lo había buscado», por decirlo de alguna manera, aunque era evidente que la amaba —con una intensidad, por cierto, que la separación había intensificado o de la que había servido de recordatorio— y que lo que había sucedido en aquellas dos ocasiones no tenía ninguna importancia, ni siquiera para Él mismo. Sólo años después iba a comprender cuán estúpido había sido y lo equivocado que había estado en relación con todo ello; prácticamente, también, con casi todo lo demás.

7

Ella se iba a preguntar años después por qué se había negado a sí misma a los hombres, durante su primera juventud pero especialmente durante el tiempo que estuvo con Él. No había tenido muchas experiencias sexuales en esa primera juventud, y todas ellas habían estado presididas por la idea de la inversión, pensaba. Al igual que el resto de las mujeres de su generación, y que otras mujeres de generaciones anteriores, había invertido años en aprender cómo vestirse, cómo maquillarse, cómo comportarse como «una mujer» y ser reconocida como una de ellas: por los hombres pero también, y sobre todo, por las otras mujeres, quienes, por su parte, sabían —porque habían pasado por lo mismo— que nadie «era mujer», sino que devenía una, a través de un extenso y nunca sencillo proceso en el cual la genitalidad desempeñaba un papel limitado y no siempre conclusivo. «Ser una mujer» suponía adoptar unas prácticas que, a modo de juego, eran exploradas por las mujeres durante la niñez —pintarse el rostro, andar con tacones, preferir algunos colores sobre otros—, pero también renunciar a toda una dimensión de la experiencia que, de alguna forma, y a raíz de un imperativo difuso, correspondía a los niños. Las renuncias que ese proceso entrañaba, y las prácticas que imponía, cuya adopción requería una cantidad indeterminada de tiempo y esfuerzo, convertían la feminidad en algo que debía ser invertido cuidadosamente, depositado como un objeto de valor inconmensurable en una relación tan segura como la caja fuerte de un banco. ¿Quién iba a querer dilapidar ese bien en una satisfacción momentánea o una relación pasajera?, se preguntaba. Y sin embargo, Ella le había dicho que lo dejaba porque tenía otro: si en un momento le había parecido una buena idea, ya estaba convencida de que había sido un error, como lo era casi siempre el decir a otro lo que éste quería escuchar. Mientras fingía cenar con D. —porque no tenía hambre, en realidad—, y le contaba lo que había sucedido, Ella revelaba algo y se lo revelaba a sí misma, pero también se ocultaba y le ocultaba cosas a su amiga; principalmente, la razón por la que había dilapidado la inversión que su relación con Él había sido para Ella. D. la escuchaba, por supuesto, pero había algo más en su actitud, una cierta resignación que le hacía pensar que D. sabía que no estaba contándoselo todo. A Ella solía caérsele todo de las manos, en particular cuando estaba nerviosa: cuando D. le preguntó cuántas relaciones había tenido en su vida, se le resbaló la copa de vino y cayó sobre la alfombra. Las amigas se echaron a reír, ante lo apropiado del momento del accidente, y Ella se agachó a secar el líquido derramado. Quizá las revelaciones tenían que hacerse siempre así, desde debajo de una mesa y en balbuceos; pero la verdad es que no había mucho que revelar: había tenido un novio en los años de la adolescencia, más tarde otros dos en la universidad; con el último de ellos había hecho el tránsito a la vida profesional, pero, a excepción de un fotógrafo con el que la había unido una relación no muy satisfactoria que había durado algunos meses, había estado prácticamente sola durante varios años, hasta que había comenzado a salir con Él.

Todos sus novios la habían dejado. Algunos por una razón trivial —Ella solía estudiar algo excesivamente y no tenía tiempo para romances, o eso les pareció al pri-

mero y al segundo; el tercero sólo le dijo que prefería
estar solo—, pero por una razón que no lo era: había
decidido que deseaba vivir en la proximidad de sus padres,
en una ciudad en el norte del país, que les debía a ellos
—en particular a su madre— los años que había pasado
en Madrid estudiando, y que esa deuda tendría que pa-
garla durante el resto de sus días. Acababan de terminar
la universidad. Ella no quería regresar al norte, que era
de donde en realidad provenía, al igual que su novio; lo
intentaron durante algún tiempo, a la distancia, pero la
relación acabó convirtiéndose en una guerra de nervios
que, sin embargo, no duró mucho, ya que los padres
ganaron, por decirlo así.

De todos esos novios tenía noticias, o se las arreglaba
para tenerlas a través de sus redes sociales. El novio de la
adolescencia era el que había tenido una vida más pare-
cida a la suya —un trabajo relativamente estable, una
pareja— hasta que la crisis económica lo había alcanzado, y en ese momento —ya sin empleo y separado por
alguna razón—, la mitad del tiempo se esforzaba por fingir en las redes sociales que su situación no había cambiado; la otra mitad, reproducía artículos de la prensa
más extremista y culpaba al partido gobernante por el
«estado de cosas». El segundo trabajaba como arquitecto en los países árabes y solía compartir fotografías de recepciones de hotel y de comida pedida al servicio de
habitaciones: ése posiblemente fuera el más exitoso a la
vez que el más desgraciado de sus antiguos novios, aunque a Ella todos le parecían desgraciados de una manera
u otra, en lo cual quizá hubiese una proyección de su
propia insatisfacción o de su inseguridad. Alguna vez
había hablado con D. sobre el hecho de que, por una
parte, y tiempo después de haber terminado con ellas,
todas las personas de las que nos hemos enamorado nos

parecen otras, como si hubieran dejado atrás un disfraz que se hubiesen puesto, o, más posiblemente, que les hubiéramos puesto nosotros. Por otra parte, sin embargo, todo lo que hacen después de haber terminado con nosotros es terriblemente predecible: muestra algo que estaba allí y que no supimos ver, quizá durante años. Y eso era lo que había sucedido con el tercero, el novio de la universidad que había regresado a su sitio de origen: seguía viviendo allí, al parecer no muy lejos de la casa de sus padres, con los que se fotografiaba a menudo; cada vez más, fotografía tras fotografía, el rostro de la madre —ya bastante arrugado cuando Ella la había conocido: había sido una madre tardía— degeneraba en un retrato de su miseria moral a la vez que manifestaba el triunfo íntimo de haber retenido a su lado al hijo, el único hombre al que había amado y amaría a lo largo de su vida. (Él también la amaba, por supuesto: su rostro cada vez se parecía más al de la madre, como si el padre no existiese; cuando la mujer muriera, la casa familiar sería suya, y es posible que sólo para entonces aquel novio que había tenido pudiese pensar en buscar a otra mujer, en lo posible una que se pareciera a la muerta.)

Tenía una historia más, pero prefería no contársela a D. porque pensaba que ésta podría malinterpretarla; también, porque constituía un desvío en una vida que Ella prefería imaginar recta, como las líneas que trazaba en los planos y en casi cualquier otra cosa. A poco de comenzar la universidad, en el interregno entre el novio de la adolescencia y el que no había terminado la carrera, Ella había compartido apartamento con una joven de la que se había enamorado; es decir, una joven con la que había empezado a compartir una vivienda y de la que más tarde se había enamorado, después de que una noche en que las dos habían bebido en una fiesta, y tras regresar al apartamento, tuvieran la maravillosa idea de dormir juntas en la cama de Ella porque la habitación de su amiga, que ésta acababa de pintar, todavía olía a pintura. No se había enamorado esa noche, pensaba, sino algo más tarde, cuando habían vuelto a hacer el amor y Ella había superado el desconcierto que había sentido en la primera ocasión, que era como la sorpresa de quien se ve en una cámara de seguridad o en una filmación casera: es uno, está haciendo algo, pero lo que hace o hizo, su propio aspecto, no se corresponde necesariamente con lo que uno piensa de uno mismo y de lo que parece. Con el tiempo, a Ella —que nunca se consideraría lesbiana, pese a ese incidente— había comenzado a gustarle más y más el sexo que tenía con su amiga, y que tan distinto era del sexo con los hombres que había conocido, con su novio de la adolescencia y con los siguientes y con un par de jóvenes más cuyos rostros se le habían desdibujado: los nombres no los había sabido nunca, o ya no los recordaba. Pero no era el sexo que tenía con ella lo que más la atraía de esa relación, sino, sobre todo, la intimidad que habían logrado establecer, la facilidad con la que ambas comprendían y anticipaban el deseo de la otra y la gran cantidad de formas que ese deseo adquiría, liberado como estaba de la obligación de concluir con la penetración, que parecía ineludible en el sexo con los hombres. Para Ella había sido útil someter la idea que tenía de sí misma a la prueba práctica de esos meses en los que había estado enamorada de una mujer, pero no había podido llegar a ninguna conclusión, nada que la atase demasiado. Todo había terminado mal, sin embargo: una noche había regresado al apartamento y se había deshecho de sus cosas rápidamente para meterse en la cama con su amiga. Era un día húmedo y caluroso —algo bastante inusual en Madrid, aunque para entonces los efectos de la degradación del clima ya estaban haciéndose evidentes—, y esa tarde deseaba a su amiga con una intensidad poco habitual. Se había desnudado y había cruzado la sala del apartamento que compartían; ya estaba frente a su puerta, iba a abrirla, pero oyó ruidos: su amiga estaba con alguien. Fue el hecho de que se tratase de un hombre lo que no pudo perdonarle, singularmente, porque le parecía una traición a lo que habían creado y algo así como un retroceso: de inmediato perdió el interés en su amiga y se juró no volver a acostarse nunca con una mujer. Se marchó del apartamento que compartían tan pronto como pudo, y de la joven aquella no volvió a saber en cuanto terminó los estudios. De hecho, nunca la había buscado en las redes sociales, aunque su amiga sí lo hizo: años después le pidió «amistad» en una de ellas, por ejemplo, pero Ella la ignoró y le gustaba pensar que no tenía ninguna curiosidad por lo que fuera de su antigua amante.

Todavía estaban cenando cuando llamaron al apartamento. Ella dio un respingo, pero D. la tranquilizó con un gesto. Cuando D. abrió la puerta, vio que eran dos amigas comunes, E. y A. Aparentemente, el veto a hablar de su ruptura, que D. había impuesto entre sus amistades para protegerla, acababa de terminar y Ella tenía que dar explicaciones sobre por qué lo había dejado, y qué haría a continuación. El problema era que no sabía cómo comenzar: no sabía siquiera qué palabras utilizar para ello.

E. solía decir que no estaba segura de saber qué era lo que los hombres esperaban de ella, pero que todas las veces se lanzaba a complacerlos por si acaso eso la complacía. No solía suceder, como era predecible; pero E. no dejaba de intentarlo una y otra vez, y Ella admiraba en su amiga precisamente eso, no la convicción con la que perseguía la imposibilidad de que un día su deseo coincidiera con el de otra persona, sino su tendencia a la acción y la resistencia al desaliento. E. era singular, le parecía a Ella: su aspecto era demasiado juvenil, pensaba, y adquiría el aire de una impostura —si no recordaba mal, tenía treinta y siete años, como Ella, pero solía vestirse con faldas y camisas que de alguna manera evocaban, no pareciéndose en absoluto a ellos de forma directa, los uniformes escolares, por ejemplo—, aunque bajo el aspecto de ese supuesto engaño subyacía el hecho de que, en realidad, E. tenía lo que podía llamarse un carácter juvenil. E. se vestía como una adolescente para hacer creer a los demás que fingía ser una; la verdad, más pedestre, era, sin embargo, que no había fingimiento alguno, pese a todo, y Ella lo había descubierto poco después de que comenzaran a trabajar juntas. Al igual que algunas otras de sus amigas, E. había sido su becaria, aunque no había durado mucho; los hechos, Ella sólo había podido reconstruirlos algún tiempo después de que la despidieran, porque no había visto —o había preferido no ver, ya no lo recordaba— qué era lo que había sucedido. No había pasado nada extraordinario, sin embargo: dos semanas después de comenzar en el estudio, E. había empezado a verse a escondidas con uno de los arquitectos que trabajaban en él.

Trivialmente, él se le había declarado, o algo parecido, junto a la fotocopiadora, una noche en la que todos se habían marchado ya; tenía mujer y dos hijos, pero solía decirle a E. que estaban «muertos para él», lo cual a Ella le parecía una cosa terrible para decir, incluso —y sobre todo— si era verdad. E. vivía aún con sus padres; de hecho, nunca había conseguido marcharse de su casa. Se veían en hoteles, le contó, y a veces lo hacían rápidamente en el coche de él, si no había nadie en el aparcamiento. Más a menudo, sin embargo, lo hacían en el estudio después de las horas de trabajo. E. solía matar el tiempo en una cafetería cercana; en ocasiones él también lo hacía, pero fingían no conocerse: cuando calculaban que ya no habría nadie en las oficinas, subían por separado y hacían el amor en el sofá de la entrada. Un día Ella le preguntó cómo podía arreglárselas con la precariedad de esa relación, pero E. la miró perpleja, y Ella comprendió que la liberalidad de su amiga y su incapacidad para reconocer la sordidez de la situación en la que se encontraba constituían la expresión en el plano de los afectos de una exigencia de flexibilidad que era el signo de los tiempos. Al igual que buena parte de las personas de su edad —y, por supuesto, de las que eran más jóvenes—, E. no conocía nada que no fuese precario y provisorio y se había acomodado a ello, también en sus relaciones sentimentales, que no tenían plazos, no tenían certezas, sólo una inmensa carga disfrazada de posibilidad para parecer tolerable. A pesar de ello, había lamentado perder su trabajo: una noche, después del sexo, E. y su amante se quedaron dormidos en el sofá de la entrada; a las tres de la mañana, sin embargo, él despertó y se puso furioso: su mujer había estado llamándolo a lo largo de toda la noche, pero su teléfono estaba en silencio. No había puesto ninguna alarma, ni siquiera había avisado que llegaría tarde. E. lo vio vestirse a toda prisa y salir de la oficina sin dirigirle una palabra. Esa misma noche se lo confesó todo a su mujer, que sólo tuvo que presionarlo suave, casi sin proponérselo, para que él diera el nombre de E. Después de eso a ella la despidieron, pero él continuaba en la oficina, lo cual a Ella le parecía profundamente injusto: al fin y al cabo, cada uno de ellos era tan responsable del amorío como el otro. E. creía, sin embargo, que era lo justo, pero sólo en virtud de que había interiorizado la idea de que su situación de becaria la hacía prescindible, alguien que podía ser intercambiado con otra persona para minimizar los daños que una circunstancia u otra pudieran producir, con su concurso o sin él. E. había tenido otros trabajos desde entonces, casi todos por un tiempo limitado; si había vuelto a tener amoríos en ellos, no se lo había contado a sus amigas. Parecía haber aprendido una lección, aunque era evidente —o eso pensaba Ella— que esa apariencia era engañosa, ya que las relaciones que había tenido después, y de las que sí les había contado, reproducían en algún sentido la asimetría de la que había tenido lugar en el estudio de arquitectura o encontraban a E. en el vértice de un triángulo. Quizá E. no quería relaciones estables o con alguna posibilidad de establecerse, pensaba Ella; tal vez sólo quería pasárselo bien, aunque era evidente que lo que E. podía llamar de esa forma era una sucesión de obstáculos.

¿Qué pasaba por la cabeza de alguien en esa situación?, se preguntaba Ella. E. había tenido otro amante, al que visitaba en la casa que compartía con su novia. ¿Qué hace este cenicero aquí, si ninguno de los dos fuma?, le había preguntado una noche y él no había sabido qué responder: habían terminado. No se parecía mucho, pero a Ella le recordaba otra historia, en esta ocasión algo que no le había pasado a E. sino que había leído por ahí. Un hombre de mediana edad, alguien con la conciencia no demasiado limpia —la expresión «mediana edad» era sinónima de la suciedad de conciencia, pensaba Ella—, viajaba en su coche junto a su suegra, a su mujer y a sus hijos; se dirigían a sus vacaciones, creía recordar Ella, cuando el hombre vio unos zapatos de mujer que emergían de debajo de su asiento y pensó que eran los de su amante, que debía de habérselos dejado allí. No quería que su suegra y su mujer los vieran también, por supuesto, así que bajó la velocidad, abrió ligeramente su portezuela y los arrojó fuera mascullando algo sobre un desperfecto menor. Se acomodó en su asiento tras haberlo hecho: un peligro considerable había pasado, pensó. Pero se equivocaba. Poco después despertó la suegra, que dormía en el asiento trasero con los niños; se inclinó y estuvo buscando entre sus cosas y entre las de los nietos durante un buen rato; le preguntó a continuación si sabía dónde habían quedado sus zapatos, pero el hombre, a quien repentinamente lo había inundado un sudor frío, prefirió no responder; de hecho, prefirió no decir ni una sola palabra.

8

«Van a superarlo, ya lo han hecho antes», respondió Ella. Él le había preguntado si ya lo sabían sus padres, y qué opinaban. Él no les había hablado a los suyos de la ruptura todavía, admitió. Ambos tenían con sus progenitores una relación magnífica, basada a medias en una distancia física y sentimental que ninguno atravesaba nunca y a medias en la certeza —compartida por todos, y en particular por los padres— de que las vidas de sus hijos eran demasiado complejas, tan distintas a las suyas que no era posible decir nada acerca de ellas realmente: los estándares morales con los que habían orientado las suyas habían saltado por los aires y carecían de utilidad para juzgar las vidas de sus hijos. No era, pensaba Él, que creyeran que sus hijos vivían en «el futuro». (Nadie hablaba de él desde hacía unos veinte años, cuando los promotores de la idea de que habría «un futuro» se habían rendido, exhaustos.) Más bien debía de parecerles que habitaban en el pasado, que eran los integrantes de una civilización antigua, ya que vivían entre ruinas y las producían sin cesar, trabajaban bajo condiciones laborales que pertenecían a un periodo del que ellos sólo habían oído hablar a sus mayores, creían habitar en mundos virtuales que requerían que se les otorgase una atención y una devoción religiosas, vivían más bien aislados, no podían proyectar nada, estaban perdidos.

Nada de lo que los padres habían vivido los había preparado para tener hijos así: inevitablemente, la comunicación que Él tenía con los suyos sólo contribuía a la producción de malentendidos, pero Ella era más hábil, y tenía con sus padres una relación menos distante, magnífica en algún sentido, aunque no menos triste. Se lo había contado todo, le había dicho, lo cual significaba que no había posibilidad de reconciliación, puesto que sólo les contaba las cosas cuando ya habían sucedido, para evitar que se entrometieran. Aunque Él ya lo sabía, Ella volvió a decírselo mientras recorría el apartamento recogiendo sus cosas: no quería que dijeran nada, era una decisión que Ella había tomado sola, le dijo.

Se habían separado —la expresión seguía pareciéndole irritante— hacía sólo una semana, y sin embargo Ella parecía cambiada, pensó Él. Más de una vez había tenido que admitir ante sí mismo que carecía de esa habilidad para observar a los otros que, según decían, constituye el capital más importante de un ensayista. Él sólo prestaba atención a los cabellos, y las descripciones de sus libros se hubiesen beneficiado de ello si alguna vez hubiera decidido escribir ficción, aunque —admitía— no se habrían beneficiado de nada más, claro. Pero Ella no se había cortado el cabello, y su ropa era la misma que se había llevado del apartamento. ¿Qué había cambiado entonces? A pesar de que le había llamado antes para avisarle que iría a buscar algunas cosas, pese incluso a que conservaba sus llaves, Ella llamó al telefonillo al llegar y después tocó a la puerta, dándole unos minutos: debía de haber previsto que los necesitaría ante la posibilidad de volver a verla, aunque no era imposible, pensó, que Ella también los necesitara. Él —por su parte— los aprovechó para llenar un vaso de agua y bebérselo de pie junto a la pila; en cuanto lo terminó, volvió a llenarlo y a bebérselo, como si acabara de atravesar el desierto. Claro que todo lo que había hecho desde que Ella se había marchado, una semana atrás, se parecía mucho a una ordalía de ese tipo: sin apetito, sin posibilidad de concentrarse en su trabajo —debía un libro a su editora y estaba leyendo para ella la obra de un nuevo autor estadounidense, otra de esas promesas editoriales que se desvanecían de un año al siguiente, como un corte de cabello—, atemorizado ante la idea de salir del apartamento, revisitando de manera obsesiva todo lo que había sucedido entre ellos en los últimos meses, tratando de imaginar por quién Ella podía haberlo dejado y por qué razón. (El repertorio de posibles razones era limitado, pero resultaba prácticamente interminable cuando los elementos que lo conformaban empezaban a ser combinados: por aburrimiento, por no haber podido superar la tentación, porque estaba enfadada con Él, porque el aburrimiento la había hecho pensar que no podía superar la tentación, porque el enfado hacia Él se había convertido en aburrimiento, etcétera.) Dormitando, bebiendo, hablándole a su buzón de mensajes sin tener la certeza de que Ella los escuchaba, de que sabía siquiera cómo acceder a ellos, había y no había atravesado el desierto, y también había tenido un vislumbre, el de que en los últimos cinco años no se había tomado la molestia de hacerse amigos o conservar aquellos que tenía antes de conocerla. No es que les diera la espalda, por supuesto, pero muchas de sus amistades se habían convertido, en primer lugar, en amigos de Ella, y a los demás, sencillamente, les había perdido la pista. A Él su compañía le parecía suficiente; en algún sentido, el grado máximo de sociabilidad que podía permitirse lo tenía con Ella, y se trataba de una sociabilidad extrema, por decirlo así: cuando no estaba trabajando, estaba con Ella, y también a veces cuando trabajaba. Todo lo demás se le antojaba superfluo: se parecía a Ella —también— en el sentido de que la conversación superficial lo aburría y lo agotaba, y tendía, como Ella, a no prestar mucha atención a lo que los otros le decían, que reproducía después de forma no literal, sin utilizar comillas reales o imaginarias. A ambos sólo les interesaba su propia reacción a lo que los otros les habían dicho, y ésa era su principal limitación, como oyentes y en casi cualquier otro sentido.

Nunca había comprendido del todo en qué consistían las reglas que algunas personas atribuyen a la amistad, o las entendía y las desestimaba por parecerle niñerías. La semana había transcurrido sin que ninguno de sus amigos —que se habían convertido en amigos de los dos, o eso pensaba Él— lo llamara, y se dio cuenta de que, por una razón o por otra, y comoquiera que las cosas hubieran sucedido, todos sus amigos iban a quedarse con Ella, iban a continuar a su lado al tiempo que, por respeto a Ella, y por respeto a la relación que tenían con Ella, y para evitar inconvenientes, nadie iba a intentar contactar con Él: de hecho, a lo largo de esa semana había telefoneado a dos y ninguno le había devuelto la llamada, tuvo que admitir, sin dejar de beber un vaso de agua tras otro.

De en qué había cambiado Ella iba a darse cuenta tiempo después, cuando hubiera vuelto a marcharse: se había liberado del peso que en los últimos meses le hundía los hombros y el pecho, y se parecía, o volvía a parecerse, a la que era cuando se habían conocido. ¿Ese peso había sido Él?, se preguntó. ¿O era su relación? No podía saberlo, pero el cambio era visible y a Él le recordaba un cambio de estado, como el tránsito de los sólidos a los líquidos. ¿Significaba eso que Ella se había descongelado? Y en ese caso, ¿era su amante el que había contribuido a ello? Había entrado en la casa con cierta timidez, como si ya no recordara la disposición de los muebles y tuviese que orientarse a oscuras: cuando Él le ofreció uno de agua, Ella lo rechazó, así que Él tomó uno, lo llenó y se lo llevó a los labios sin darse cuenta de lo que hacía. Seguía de pie junto a la pila cuando le preguntó si ya había encontrado un sitio donde vivir y Ella le respondió que había alquilado un apartamento en un nuevo barrio, al sur de la ciudad: por un tiempo prefería no vivir en el centro, agregó. Él le dijo que le gustaría conocer su nuevo apartamento, pero Ella fingió no oírlo. «¿Me dices la dirección?», le preguntó tomando su teléfono móvil para apuntarla; pero Ella, que estaba de espaldas a Él, se dio la vuelta para observarlo: de pronto, todo el peso de las semanas anteriores había vuelto a caer sobre sus hombros, o eso le pareció. «¿Es por tu nuevo...?», comenzó a preguntarle, pero su voz se quebró a mitad de la frase. Se derrumbó sobre una silla y Ella se sentó a su lado, pero no lo abrazó ni le tomó la mano. «No hay nadie, no tengo ningún amante, no te he dejado por ningún otro», le dijo finalmente. Él pensó que estaba mintiéndole, por supuesto; pero de inmediato, y de forma más profunda, la creyó, porque le pareció que estaba siendo sincera y porque el giro en los acontecimientos reparaba su muy lastimado ego y le daba esperanzas. Pensó que tenía que preguntarle por qué le había mentido, en ese caso, pero, a cambio, quiso besarla. Ella se puso de pie como si adivinara sus intenciones y se dirigió a su maleta abierta, que esperaba en el centro de la habitación. En unos minutos la había llenado desordenadamente de zapatos y de ropa que iba a tener que aplastar si deseaba cerrar el equipaje. «Voy a tener que llamar a un taxi», dijo Ella, pero se quedó mirando por la ventana, observando por última vez los techos de las casas vecinas y el trozo de parque que se veía desde allí. Todo había comenzado con aquel pájaro que entró por la ventana y murió en su casa, pensó; debía de ser un pájaro de mal agüero, no importaba que no tuviese plumas negras ni pareciera ominoso: había dado forma a un pensamiento que hasta entonces había carecido de ella. Durante los años que habían vivido en ese apartamento nunca había entrado un pájaro por esa ventana, y suponía que ya no volvería a hacerlo ninguno; tampoco Ella iba a volver a mirar las terrazas de los edificios vecinos ni el trozo de parque a través de ella, y quizá la vida que iba a tener, su vida posterior a ese instante, no fuera como Ella la había planeado. Una vez le preguntó cómo imaginaba lo que tenían en diez, en veinte años, y Él le respondió que lo imaginaba de la misma forma en que era, con ellos estando en el sitio en el que estaban, con las cosas que tenían, con la absoluta disponibilidad del uno para el otro; como una especie de larga conversación. A Ella tampoco le gustaban los cambios, pero en los últimos meses había devenido dolorosamente consciente del tránsito del tiempo; también, del hecho de que lo que tenían no era todo lo que había, sino sólo una parte o un estadio previo. Nunca habían hablado realmente de tener niños, y ésa debía de ser la respuesta de Él a la pregunta que Ella nunca le había hecho. Sin embargo necesitaba una confirmación, una especie de respuesta clara que fuese un hito, un parteaguas en su relación y aclarase las cosas, presentes y futuras. Cuando por fin consiguió preguntárselo, Él no pareció sorprendido; de hecho, le respondió que lo había pensado en alguna ocasión, pero luego se quedó en silencio. «¿Y qué es exactamente lo que has pensado?», había insistido Ella, dándose cuenta de inmediato que la palabra *exactamente* no tenía ningún sentido, en esa frase y al hablar sobre ese asunto. Él la había mirado un instante a los ojos y a continuación había desviado la mirada; le había preguntado en un susurro si Ella quería tener hijos. Ella había respondido que sí.

64

Posiblemente Él hubiera sentido en ese momento algo que Ella no podía siquiera imaginar y Él no podía explicarle. Ella había pensado mucho en el tema, casi desde la adolescencia: había una especie de mandato biológico y ese mandato recaía en primer lugar sobre las mujeres, a las que la biología les imponía un límite, al menos uno temporal. Algunos hombres no sentían ese mandato, no parecían siquiera capaces de comprender en qué consistía. De hecho, eran los más racionales, los que a Ella más la atraían, paradójicamente. Debía de tratarse de algún tipo de mecanismo de compensación: si la parte más racional de la pareja se inclinaba —sin ninguna razón objetiva— por tener hijos, la parte que sentía el mandato y no racionalizaba la idea, que sólo «sentía» que «eso» era «lo correcto», se sentiría ratificada. Pero Él no había actuado de forma racional, o no como Ella esperaba: no había pensado realmente en el asunto, no tenía ninguna idea sobre él, había respondido. Tenía, sí, una especie de aversión, como si se tratase de un mandato de signo contrario: un imperativo biológico a decir que no, o eso decía. Si Ella no lo hubiese conocido tan bien, es posible que en esas circunstancias hubiera apelado a su sentido de la trascendencia. Pero sabía que Él no tenía nada semejante: en esos cinco años había perdido a algunos familiares a causa de enfermedades diversas y, en líneas generales, como resultado de la edad; en todas las ocasiones, Él había realizado sus duelos mayormente a solas y con discreción, y un día le había confesado que Él nunca echaba de menos a personas que hubiesen muerto: su pérdida las conservaba tal como habían sido para Él en algún momento, y eso le bastaba. Su recuerdo no mejoraba a las personas que había perdido, decía; pero les garantizaba la única forma de trascendencia que había. Con los familiares, con los deudos, Él no tenía nada que hacer, y tampoco le interesaban. Una vez, ante una de sus pérdidas de esos años —que no habían sido tan numerosas como las de Él, por otra parte—, Ella había mencionado que su madre le había dicho que, al menos, la persona que había muerto dejaba dos hijos y un marido devoto, pero a Él aquellas palabras le habían parecido consolatorias y carentes de imaginación: no había nada de la muerta en esos hijos ni en el «marido devoto», ninguna continuidad, había dicho.

Ella, en cambio, pensaba que la descendencia y las obras materiales permitían «vivir» a las personas después de muertas; todavía recordaba cuánto la había impresionado, siendo niña, enterarse de que las personas cuyos nombres habían sido grabados en la placa que presidía el banco de la iglesia en el que solía sentarse cuando iba con sus padres a la misa, y que éstas habían donado, estaban muertas ya: sus nombres le resultaban tan familiares que para Ella siempre habían estado vivas. Él, por el contrario, y pese a participar de una industria que veía en las obras de arte —en todas ellas, pero especialmente en las buenas— un «legado» de sus creadores a las generaciones futuras, no creía que esas obras fuesen suficiente para garantizar la trascendencia; por otra parte, le había dicho en una ocasión, quién podía desear que se hablara de él tras su muerte: más todavía, quién podía siquiera desear que hubiera algo si él no estaba allí para asistir a ello. Una vez Ella había hecho un comentario acerca de la obra de un cineasta que acababa de morir, pero Él se había encogido de hombros: había leído un libro de entrevistas que le habían realizado unos años antes de su muerte y consideraba ridículo el interés de aquel hombre por la posteridad. Son sólo filmes, había respondido: que hubieran sido realizados por aquel cineasta, y no por cualquier otro, no tenía ninguna importancia, le dijo, excepto para él y para sus abogados.

Ni siquiera era necesario conocer sus opiniones, las cuales —afirmaba— habían sido traducidas por otra parte por alguien que, parecía evidente, o no entendía polaco o no sabía español. Si la posteridad era eso, dijo, aquel cineasta había perdido el tiempo preocupándose por ella.

(Ella tampoco creía tener ningún deseo de trascendencia, aunque no ignoraba el hecho de que en su trabajo como arquitecta —y en su deseo de que las construcciones que planificaba durasen algún tiempo: al menos lo suficiente para desestimar la fama recientemente adquirida por la arquitectura española, cuyas principales figuras parecían incapaces de construir algo que durase más de una década— había algo parecido a un deseo de perdurar. De hecho, quería tener un hijo para satisfacer un deseo irracional pero también para evaluar la experiencia, para vivirla. El hijo viviría mucho tiempo después de que Ella hubiera muerto, pero Ella no deseaba inscribirse en el tiempo a través de él. Todo lo que Ella podía pensar, todo lo que podía imaginar en torno a la existencia de un hijo, transcurría en el presente.)

(Él, por su parte, sí tenía una opinión acerca de la paternidad, pero, como era habitual en Él, no era el resultado de ninguna observación que hubiese realizado al ver a sus amigos —que ya no eran sus amigos, por cierto, sino los de Ella— tener hijos y convertirse en otros; su opinión sobre la paternidad era una extrapolación del que creía que era el dilema principal que esos amigos habían enfrentado, incluso aunque hubieran fingido que no lo hacían. A excepción de los que «realmente» habían deseado tener descendencia —dos de sus amigos; uno de ellos, por convicciones religiosas—, todos los demás —que tampoco debían de ser tantos como en otras épocas porque ya nadie parecía en condiciones de sostener un hijo, al menos no entre sus conocidos— los habían tenido a raíz del temor de que, si no accedían, sus parejas iban a abandonarlos. A veces el deseo había sido de ella; otras veces, de él —o de cualquiera de los dos o de las dos, en el caso de las parejas del mismo sexo que conocía—, pero siempre, o en casi todas las ocasiones, una parte había accedido o aceptado para que el otro o la otra no la abandonara. Allí había una paradoja, sin embargo, ya que el cuidado que un hijo requería desplazaba el foco de atención de la otra parte de la pareja, de quien accedía, al hijo: quien no lo hacía perdía a su pareja, pero el que accedía también la perdía, al menos durante los años en que el niño requería de mayores cuidados. No había manera de resolver el dilema, pensaba, aunque el «dilema» se presentaba con frecuencia; de hecho, sólo la mención de él podía terminar con una pareja, como si fuese un conjuro.)

(Y había otro argumento, que Él, por supuesto, no podía considerar en ese instante, sentado a la mesa junto a una mujer a la que no había podido darle lo que pedía y que en ese momento, y por primera vez, comprendía que era un hijo. Era algo que había leído en una oportunidad en el ensayo de un psiquiatra retirado, durante la época en la que Él todavía no podía escoger los libros que leía para sus editores, una prebenda inusual en su entorno y que Él había obtenido a fuerza de demostrar, sobre todo, un desprecio absoluto por el dinero y una cierta habilidad para descartar los títulos innecesarios. No recordaba mucho de aquel libro, pero sí tenía presente algo que su autor decía: quienes deseaban tener hijos, afirmaba, padecían un estado pasajero de enajenación que constituía un mecanismo desarrollado para la subsistencia de la especie; en el marco de su pérdida de contacto con la realidad, toda argumentación destinada a ratificar o desmentir la supuesta necesidad de tener descendencia era dejada de lado ante la compulsión de procrear. Por el contrario, quienquiera que tuviera dudas, o que pensase en el tema con mayor o menor racionalidad, no tenía hijos. La naturaleza de los argumentos que se esgrimían a favor o en contra de la paternidad carecía de importancia, en ese sentido: sólo con considerarlos se exhibía una facultad relativamente inalterada para el razonamiento que permitía suponer que el paciente no tendría hijos, al menos no de forma voluntaria.)

«¿Piensas llevarte la escalera de mano?», le preguntó Él. Ella sonrió por primera vez desde que llegara al apartamento. «No la hemos usado ni en una sola ocasión desde que la compramos», reflexionó en voz alta. «Pero yo la pagué con mi dinero», le respondió Él. Ella lo miró fijamente durante algunos segundos y a continuación le dijo, apartando la vista: «Puedes quedártela». «Prefiero que te la lleves tú —respondió Él, y agregó—: Y me la prestas cuando la necesite en el futuro». Ella volvió a observarlo y luego se dirigió hacia la mesa a la que estaba sentado: antes de llegar hasta Él, extrajo de su bolso un paquete de cigarrillos y un mechero y comenzó a fumar. «¿Desde cuándo fumas?», preguntó perplejo. Ella no le respondió. Dio una calada profunda y arrojó el humo antes de decirle que no estaba entendiendo: «Es el final», le dijo. Antes de que pudiesen siquiera pensar en ello, los dos estaban llorando en silencio, cada uno en un extremo de la sala. Ella pensó que ése era el último momento que pasaba a su lado, y le pareció precioso. Él pensó que era el último momento que pasaba a su lado, y le pareció precioso, pero a continuación pensó que la ceniza del cigarrillo de Ella estaba cayendo sobre la alfombra y se odió por hacerlo. «¿Puedo llamarte alguna vez?», le preguntó cuando pudo volver a articular palabra. Ella negó con la cabeza. Si tenía algo para decirle, parecía que ya lo había dicho, y los dos se quedaron en silencio durante un largo rato. Ella volvió a encender un cigarrillo y Él se quedó observándola fumar sentada en el suelo. Pensó que le hubiese gustado decir que así era como la había mirado el día en que se conocieron, pero la verdad era que no había sido así en absoluto: de hecho, ni siquiera había reparado en Ella hasta que la vio, mucho después de haberla visto. A veces los integrantes de una pareja seguían siendo amigos tras la ruptura, pero a Él le pareció que proponérselo era ofrecerle una versión degradada de lo que habían tenido, que además había incluido el sexo y la intimidad: Ella merecía más, pensó, y quizá Él también lo merecía. Ella se puso de pie y cerró con dificultad su maleta. «Todo lo demás, todo lo que encuentres que me pertenezca, puedes arrojarlo a la basura», le dijo. Ambos comenzaron a llorar de nuevo, y Ella lo abrazó: antes de soltarse, lo besó brevemente en los labios y le dio las gracias, pero Él no supo por qué había hecho ninguna de las dos cosas. Ella metió una mano en uno de sus bolsillos y dejó caer un objeto sobre la mesa: eran sus llaves del apartamento, que le estaba dejando. Él fue con Ella hasta la puerta y quiso volver a abrazarla, pero Ella lo rechazó: cuando llamó el ascensor, le pidió que no se quedara allí, mirándola, así que Él cerró la puerta lentamente y se quedó escuchando los sonidos que Ella todavía hacía en el pasillo, al otro lado de la puerta. Le pareció que había comenzado a llorar de nuevo, pero el ruido del ascensor ahogó todos los demás sonidos. Un minuto después, Ella ya no estaba allí.

III. Cinco años

1

Llevaba semanas visitando ese supermercado pero aún le costaba orientarse en él, lo cual significaba que alguien había hecho bien su trabajo: durante los estudios le habían contado que los supermercados son concebidos de manera que todo aquello que es prescindible salte a la vista; la sal y el azúcar, que no lo son, debían ser inhallables, por ejemplo. El supermercado quedaba a unas pocas calles de su nuevo apartamento y a Ella le gustaba visitarlo, después de años de hacer las compras por internet: le recordaba los comienzos de su relación con Él, cuando todavía iban a los supermercados juntos y discutían sobre sus preferencias; todavía carecían de un idioma común, todavía tenían que explicar cosas. («Estaban conociéndose», es la expresión que hubiera utilizado A. para precisar ese estadio, por ejemplo.) Algún tiempo después, iban a compartir una lengua y, paradójicamente, ya no tendrían necesidad de hablar, al menos no de esas cosas: Ella iba a saber de antemano qué tipo de pan comía Él; Él, qué clase de arroz prefería Ella, por qué ninguno de los dos tomaba leche. Más tarde incluso, lo iba a saber la página web del supermercado en la que hacían su pedido semanal: cualquiera de los dos seleccionaba los productos que necesitaban en la lista de los que habían comprado ya y al día siguiente alguien los traía. Él solía darles una propina a los repartidores; Ella no. Siempre había pensado que Él parecía más blando que Ella pero, en realidad, era más duro; sin embargo, había acabado descubriendo que estaba equivocada, que era Él quien parecía más duro que Ella, pero, en realidad, era más blando. Dar propinas no constituía ninguna debilidad de carácter, por supuesto, pero a Ella le parecía potencialmente humillante para quien las recibía y, en su caso, una forma de nostalgia. Él había sido camarero durante un tiempo y sus propinas eran una forma de compensación: se daba a sí mismo lo que no le había sido dado en su momento, a través de otros.

A veces los recuerdos se erguían frente a Ella como las olas gigantescas de un documental sobre surfistas que había visto una noche: enormes y amenazadoras, curvándose sobre sí mismas y cambiando de color a cada instante. Ella sabía que, si esperaba lo suficiente, la ola se derrumbaría antes de tocar la orilla y sólo sería un montón de agua cuando la alcanzara, un residuo inofensivo. Pero no podía esperar tanto, pensaba: en cuanto veía la ola alzarse, se arrojaba contra ella sin dudarlo. Estaba liberándose de la anulación de sí misma a la que —involuntaria pero indefectiblemente, como siempre sucedía— se había entregado para poder estar con Él, para hacerle sitio: a Él debía de pasarle lo mismo. Le había pedido que no volviera a llamarla y Él no lo había hecho, quizá por respeto y tal vez por resentimiento; le había confesado a A. que no sabía nada de Él desde hacía un mes y A. no le había creído. ¿No tenía acceso a sus cuentas de correo? Tal vez tuviese una contraseña fácil de adivinar, le había sugerido.

La historia de A. era algo distinta a la del resto de sus amigas: se había casado siendo todavía muy joven y unos años después había tenido un niño, con el que mantenía una relación ambigua, o eso le parecía a Ella: por una parte, decía que era lo mejor que le había sucedido en la

74

vida; por otra, solía quejarse del tiempo que le quitaba y tendía a delegar los aspectos prácticos de su crianza en su marido. A Ella esto le parecía una contradicción, por supuesto, pero más tarde iba a comprender que ambas actitudes eran compatibles y, en algún sentido, y si podía decirse así, sanas. Constituían una forma de preservación, o eso consideraba A. Naturalmente, su amiga tenía una teoría al respecto, que le había contado en alguna oportunidad, pero Ella nunca había estado tan interesada en esa teoría como en S., su marido, que exhibía una disponibilidad inquietante y absoluta: llevaba al niño al colegio, lo recogía, preparaba la comida de los tres, mantenía la casa en orden, recogía a A. en su trabajo, se oponía regular y tenazmente a los teleoperadores que llamaban para intentar que cambiasen de compañía telefónica o de gas, pagaba las multas. Ella lo había visto en varias ocasiones en compañía de A. y le había sorprendido que prácticamente no hablara. A. tenía un cargo de cierta relevancia en una compañía de trabajo temporal, pero S. no trabajaba; ni siquiera era capaz de mirar a su esposa a los ojos cuando estaban rodeados de personas: parecía haberse acomodado en una posición que por lo general había correspondido a las mujeres, quizá a modo de reparación histórica. Pero, ¿qué compensación podía haber en el hecho de que un hombre hiciera voluntariamente lo que miles de mujeres habían hecho de manera forzada a lo largo de la historia? ¿Y por qué le parecía mejor subordinarse a poner en evidencia la indignidad de la sumisión a otro? Ella no tenía respuestas a estas preguntas y nunca había tenido oportunidad de hablar con él, pero el asunto le interesaba, y volvía a recordarlo cada vez que A. enviaba alguna fotografía en la que apareciera junto al niño, lo que —por otra parte— sucedía más bien poco.

Al preguntarle si accedía a las cuentas de correo que Él tenía, A. se había visto obligada a admitir que ella lo hacía a menudo con las de S. Más todavía, también consultaba su teléfono móvil. Una noche, mientras su marido dormía, A. había descubierto que la luz que caía sobre la pantalla de su teléfono en la mesilla de noche permitía percibir con nitidez —si se lo miraba sesgadamente— el rastro de unas huellas digitales dibujando algo parecido a un cuatro cabeza abajo. Al tercer intento lo había desbloqueado. Desde entonces su relación se había resentido a consecuencia de lo que había encontrado en su teléfono, admitía; ninguna infidelidad, por supuesto, nada que indujese a sospechar sobre su comportamiento, pero sí algo más llamativo y bastante más doloroso para ella: toda una vida interior, unos intereses y unas inquietudes dispersos pero persistentes de los que nunca le había dicho nada y de los que A. no podía hablarle. Su malestar por el descubrimiento tenía dos interpretaciones, pensaba Ella: la primera era que a A. le dolía que S. preservara sus intereses para sí mismo porque sospechaba que ella no los comprendería; la segunda era que le producía indignación que S., por lo demás tan sumiso, no la hubiera consultado sobre ellos previamente para obtener su aprobación. La segunda interpretación era la más acertada y la favorita de Ella, por supuesto.

Un padre le preguntaba a su hijo, cuando Ella pasaba a su lado: «¿Compramos estas flores para tu madre?»; la respuesta del adolescente la sorprendió: «Y yo qué sé. Es tu esposa, no la mía». Al llegar a la sección de los alimentos refrigerados, después de cerciorarse de que nadie la observaba, tomó un paquete de seis yogures y le quitó uno, que escondió detrás de otros alimentos. Desde que vivía sola compraba las cosas en números impares, no sabía por qué; la compulsión era exagerada pero irresistible: en el carro que empujaba había tres botes de mermelada, una tabla de quesos —las cuñas estaban dispuestas en el envase de manera que dibujaban un arcoíris levemente monocromo y eran siete, las había contado—, tres paquetes de jamón de pavo, cinco latas de maíz, tres pimientos, nueve latas de atún, tres velas. Sentía un dolor persistente en la parte alta de la espalda, en torno a la base del cuello, que no podía explicarse, que arrastraba desde hacía varias semanas y por el que se abstenía de cargar grandes pesos: iba a pedir que le enviaran la compra a su casa y no iba a darle propina al repartidor, por supuesto. Tenía que decírselo a la cajera, que en ese instante estaba atendiendo a la clienta que la precedía: la mujer llevaba una chaqueta liviana de algodón porque las temperaturas altas continuaban pese a que el verano había terminado, al menos de forma oficial, y tenía una mirada bovina, de hartazgo, que revelaba que trabajaba en supermercados desde hacía algún tiempo. La música ambiental y el sonido lacerante del escáner de productos generaban un rumor que recordaba el de los aeropuertos: muros y muros de aburrimiento cayendo sobre las personas con el sonido de un enorme bostezo, pensó Ella llevándose de manera instintiva una mano a los pantalones, inútilmente; su móvil, que vibraba con la entrada de un nuevo mensaje, estaba en uno de los bolsillos de la chaqueta. Al extraerlo vio que la fotografía de un pene de considerable tamaño, aunque no demasiado proporcionado, llenaba la pantalla; el hombre que se encontraba a sus espaldas en la fila dejó caer un bote de cristal que llevaba en las manos, la anciana que la precedía se volteó y la cajera miró a los tres con una expresión de asombro: su mirada bovina se había disipado por completo.

2

A menudo tenía la impresión de que todas las canciones hablaban de Ella, o de lo que Él había tenido con Ella durante los cinco años anteriores; a veces, sin embargo, eran cosas las que se la recordaban, o le recordaban cómo se habían conocido: una raza específica de perros, un autobús, una mano extendida en la que alguien ha apuntado algo. A lo largo de todo el primer mes desde su separación había procurado consolarse de su pérdida diciéndose a sí mismo que nunca había estado realmente enamorado de Ella, sino de la idea de que Ella fuera parte de su vida; todo eso había terminado, sin embargo, y a partir de ese momento ya no le importaba lo que fuera de Ella, se decía. Naturalmente, se engañaba. Y la idea de Ella lo asaltaba en dos circunstancias muy específicas pero habituales: cuando tropezaba con alguna de sus cosas en el apartamento —cosas que Ella había dejado atrás, ya fuese porque no las necesitaba o porque las había olvidado—, o cuando hacía por primera vez solo algo que en los últimos años habían hecho siempre juntos. Paradójicamente, era la nueva experiencia la que le parecía la más intensa, no la anterior: cuando trataba de cocinar algún plato que Ella hacía o se ponía una camisa que había vestido en alguna ocasión en que había estado con Ella y había sucedido algo digno de ser recordado —y, de forma más general, o menos romántica, cada vez que tenía que pagar algún impuesto del que Ella se ocupaba antes—, lo que sentía era tan penetrante que le temblaban las piernas y creía que iba a perder el conocimiento. A veces todo ello lo irritaba más allá de lo que podía expresar, a lo que contribuía su incapacidad para conciliar el sueño, que lo sumía en un estado de irascibilidad y lentitud. Pero en otras ocasiones le hacía gracia: como el de otras muchas personas —los solos y los egoístas y los inadaptados de este mundo—, su conocimiento de las cosas provenía de los libros más que de la observación directa, y le causaba un placer no exento de culpabilidad admitir ante sí mismo que parecía una heroína romántica; todo eso que sentía era la manifestación de que, contra lo que había creído hasta entonces, los desvanecimientos de la heroína en las novelas de cierto periodo no eran una exageración o una figura literaria, pensaba: sucedían; de hecho, podían incluso sucederle a Él. De esas historias, que había leído, y a veces traducido —pero sólo al comienzo de su carrera y porque no tenía otro remedio: cuando lo había hecho, había acabado embargándolo un aburrimiento mortal mucho antes de haber terminado—, nunca recordaba el desenlace, previsiblemente conciliador —perdices, etcétera—, sino la ilación, el desarrollo de la trama, a la que siempre distinguían el orden y el sentido. Pero había aprendido a desconfiar de las soluciones literarias, también, porque las semanas que habían transcurrido desde que Ella lo dejara no tenían orden ninguno, y mucho menos sentido. No había progresión, no había desarrollo, no había tránsito de un estado a otro, no había nada: sólo una parálisis que podría haber medido en días de no ser porque esos días resultaban todos iguales y tendía a confundirlos.

Al principio había pensado en conservar el apartamento, tal vez aceptando algo más de trabajo. Pero estaba demasiado asociado a Ella —de hecho, había sido Ella quien lo había escogido, después de considerar otras opciones, cuando habían tomado la decisión de comenzar a vivir juntos— y Él comprendió que quedárselo sólo le haría daño, lo convertiría, como le había dicho M. —su editora, y una de las pocas personas que no habían decidido, en el inevitable reparto de las amistades que tiene lugar tras el fin de toda pareja, irse con Ella—, en el guardián y el curador de una especie de museo de la ruptura, que protegiese y eternizase el final de esa relación.

De hecho, ese museo existía, le iba a decir M. unos días más tarde. Lo había visitado por primera vez hacía unas dos semanas, después de que Él respondiera —por fin— el último de los numerosos correos electrónicos que su editora le había enviado. Nunca había prestado demasiada atención a su peso, pero lo primero que M. le preguntó al verlo fue si tenía problemas de dinero o si se había prometido no comer hasta que Ella regresara: sólo entonces recordó que no había comido prácticamente en todos esos días. Cuando M. lo abrazó, su calidez, que percibió a través de la ropa, y el consuelo que debía haberle ofrecido, se vieron desplazados por un recuerdo involuntario relacionado con la delgadez extrema. Durante los estudios, había tenido una novia que sólo se alimentaba de puré en polvo.

Provenía de una ciudad de provincias, vivía con otras dos jóvenes en una casa de dos habitaciones en un bajo, estudiaba psicología. Recordaba su nombre, desde luego, pero lo que más recordaba eran las noches que pasaron juntos durante un invierno, encerrados en la cocina minúscula de aquella casa, escuchando música y conversando, y luego, cuando las compañeras de piso se habían dormido, o eso creía ella, haciendo el amor rápidamente sobre la mesa o en alguna de las sillas. Él había intentado que se alimentara mejor, pero ella sólo quería comer cosas que no requiriesen elaboración ninguna, cosas que, como el puré instantáneo, ni siquiera tuviesen sabor. Mientras abrazaba a M., pensó que hacía tiempo que no se acordaba de aquella joven: su fragilidad y su delgadez le habían parecido durante un tiempo una forma de fortaleza o de virtud: ella presumía de que sus orgasmos eran muy intensos, que agotaban todas sus reservas; a veces también le pedía que la asfixiara cuando alcanzaba el clímax y perdía el conocimiento durante unos instantes. Él sabía que no era su capacidad amatoria la que la llevaba a esos extremos —de hecho, ésta era más bien escasa y lo seguiría siendo durante algún tiempo—, sino la fragilidad y la voluntad de entrega de la chica; en una ocasión, mientras se vestían de prisa por temor a que las compañeras de piso despertaran y los descubrieran, Él le había visto un cardenal en una nalga, producto de sus embates contra la superficie de la mesa sobre la que acababan de tener sexo: desde entonces solía pensar en ella como en una santa, alguien que se inclinaba por la entrega, por la renuncia y el martirio. No habían durado mucho, sin embargo, y Él no lo lamentaba: ella iba hacia un sitio que Él no podía siquiera imaginar, pero al que no deseaba verse arrastrado, y ella posiblemente lo intuía. Una noche fue a verla y las compañeras de piso le dijeron que sus padres se la habían llevado de regreso a su ciudad, alarmados por las noticias sobre su delgadez que les habían llegado. Una de aquellas compañeras —la más joven de las tres, que tenía el cabello castaño y un pequeño brillante en la nariz— lo había invitado a pasar y a tomar algo con ella en la cocina, pero Él había preferido marcharse, ya no recordaba por qué razón. La chica no le había dejado ninguna nota y Él nunca recuperó los libros que le había prestado, en la única ocasión en que los perdió en una ruptura en vez de adquirirlos y ampliar su biblioteca. Nunca más volvió a saber de aquella joven.

M. lo soltó rápidamente, como si hubiese percibido que la intensidad del recuerdo lo había hecho ausentarse. Debía de haberse convertido en alguien no muy distinto de aquella joven de provincias, pensó, alguien en extremo delgado cuyos impulsos y sensaciones no podía disimular porque lo dejaban exhausto. M. se había dirigido al centro de la sala; había echado una ojeada a su alrededor con los brazos en jarras, como si estuviera reconociendo una propiedad que había adquirido. «¿Por qué no se ha llevado el televisor? Me has dicho que nunca lo usas», preguntó. Al comienzo de su relación, M. lo intimidaba a raíz de su rechazo a considerar los sentimientos de las otras personas, pero con el tiempo había descubierto que la suya no era una negativa consciente, sino el producto de unas experiencias —de las que Él sabía algo, aunque no demasiado— que habían modelado su carácter. La había conocido unos siete u ocho años atrás a través de su editora de aquel entonces, una mujer talentosa y divertida que había perdido su trabajo poco después de publicarle su primer libro, sin razón aparente, pero se las había arreglado para que M. ocupara su lugar: decía que era la persona más inteligente con la que había trabajado jamás, lo cual podía parecer una exageración pero no lo era. M. había escapado de Bosnia cuando era una niña junto con algunos de sus familiares, su madre, una tía y dos hermanos: todos los demás habían muerto, Él no sabía si a manos de los croatas, de los serbios o de otros bosnios; sobre esas cosas M. nunca hablaba, aunque era evidente que habían dejado un poso profundo en ella. La rapidez y la facilidad con las que se había apropiado de todo lo español, incluyendo el idioma, daban cuenta de una voluntad de dejar atrás todo lo que le había sucedido que se ponía de manifiesto, también, en dos aspectos esenciales de su carácter, el primero de los cuales era su enorme desprecio por la visión que los españoles tenían de sí mismos y que ella, al menos en relación con los extranjeros, había conocido de primera mano en la infancia: una generosidad sin límites en la cercanía y un odio y un temor profundos y carentes de raciocinio que los embargaba cuando consideraban su presencia en el país de forma abstracta, a menudo bajo la influencia de los peligros imaginarios que propalaba la prensa. Todo aquello que M. había vivido, y de lo que no quería hablar, se intuía también en un segundo rasgo de su carácter: la dureza con la que juzgaba a los demás, a Él en este caso. No cabía la posibilidad de inscribirse siquiera en la competencia que M. parecía haber creado, y a la que jugaba todo el rato, de quién sufría o había sufrido más, pero M. había decidido que también había lugar en ella para Él a condición de su renuncia inmediata y sin condiciones a toda forma de resistencia, que lo ponía completamente en sus manos, por decirlo así.

M. había bajado a comprar algunas cosas de comer y se las había preparado, aunque era evidente que Él también sabía hacerlas; después se había sentado a verlo comer y se había burlado cínicamente de su dolor. Al igual que Él —y que Ella, en cierto sentido—, M. no solía prestar mucha atención a lo que se le decía y era incapaz de reproducir de forma literal una conversación: en su mundo, todo lo que valía la pena pasaba a pertenecerles, se convertía en parte del diálogo que mantenían consigo mismos, como les sucede, por lo general, a las personas que tienen dificultades para acallar sus pensamientos. Algo después, cuando todo hubiese terminado, Él iba a intentar reconstruir su conversación de aquella tarde, también, en busca de pistas de un desentendimiento imperceptible pero esencial entre ambos, pero sólo iba a poder recordar algo parecido a un tono, una melodía: el murmullo de sus frases repetidas por M. con la intención manifiesta de que Él comprendiera que eran ridículas. M. había decidido tratarlo como a un niño, cuyas invenciones deben ser consentidas pero al mismo tiempo desenmascaradas para que éste no pierda de vista la realidad y desarrolle el juicio: su estrategia —comprendió después— no consistía en refutar su versión de los hechos —resumidamente, que Ella lo había dejado, que podía haberlo dejado por un amante o no, que le había pedido que no volviera a llamarla, que se había mudado a las afueras—, sino en demostrarle que eran circunstanciales y no tenían mucha importancia. Una persona cualquiera, alguien que no fuera Él, podría haber pensado que M. pretendía humillarlo insinuándole que su dolor y su angustia eran banales; pero a Él la extrema practicidad de M. y su cinismo le parecían reconfortantes, de alguna manera, y pensó que un día iba a tener que darle las gracias por ambas cosas. A M. nunca le había gustado Ella, pero esa tarde se abstuvo de mencionarlo y Él lo agradeció. Las razones de su animadversión debían de ser profundas, pero eran también inmotivadas, pensaba Él; ni siquiera habían coincidido en muchas ocasiones, y tal vez fuera por ello que M. —a diferencia de la mayor parte de sus amigos— no lo había abandonado. M. era su editora, pertenecía al ámbito de su trabajo, en el que Ella siempre había evitado profundizar. A diferencia de la construcción de edificios y de los enormes esfuerzos que se requerían para ello, los libros que Él escribía —y en particular los que traducía, cuando le interesaban y su economía parecía a punto de precipitarse por el desbarrancadero— existían, pero sólo de forma limitada y por el tiempo relativamente breve que se tardaba en leerlos; los edificios que Ella concebía, por el contrario, tenían una utilidad evidente, que se extendía en el tiempo, existían de un modo que no admitía limitación alguna. Era una diferencia de grado, pero una fundamental, y Él no tenía forma, ni deseos, de minimizarla.

M. había trabajado en una librería hacía años, y Él lo había hecho también al llegar al país, cuando no tenía otra cosa para hacer. La experiencia había sido enormemente útil para ambos, porque, a diferencia de las decenas de personas que escribían y hablaban sobre librerías sin haber trabajado jamás en ellas, les otorgaba una mirada distinta sobre aquello que éstas debían comercializar; pero no tenían una visión idealizada de ellas ni creían en el supuesto romanticismo de la venta de libros. Un día M. había oído al responsable de una gran editorial admitiendo que lo único que lo reconfortaba, cuando nada más podía hacerlo, era la constatación de que, al menos, él no era librero; si había ironía en sus palabras, M. no la había percibido, pese a saber bastante sobre ella. No sólo por esa razón, quedó sorprendido cuando M. lo llamó dos días después —le gustaba hablar por teléfono, cosa que lo desconcertaba— para decirle que había encontrado un apartamento para Él y que, lo creyera o no, estaba frente a una librería.

No había suficientes canciones sobre librerías, pensaba; de hecho, ni siquiera había muchas sobre libros, o Él no las recordaba. Aunque una parte de Él hubiese preferido permanecer en el apartamento que había compartido con Ella, otra parte —posiblemente más juiciosa— se inclinó por aceptar la propuesta. No prestó mucha atención al sitio, que era una habitación de unos cuatro metros por diez con dos ventanas, y ni siquiera consideró otras opciones; todo en lo que pudo pensar en esos días se limitó a cómo transportar sus cosas y de qué deshacerse. M. se ofreció a echarle una mano, naturalmente; pero Él desestimó su ayuda. No se trataba tan sólo de reunir los objetos dispersos, conseguir cajas de cartón —lo cual no era fácil, o no era tan fácil como recordaba; todo el mundo debía de estar mudándose en Madrid en esos días— y desmontar algunos muebles para volver a montarlos más tarde, sino también de evaluar las existencias de algo parecido a un museo privado, que hasta hacía pocas semanas había compartido con otra persona y que no había sido un museo sino un hogar. Además de los libros y la ropa, que iba a llevarse consigo de todos modos, había cosas pequeñas y grandes —todas banales, si se lo pensaba bien— que le recordaban a Ella, y de las que desprenderse suponía volver inevitablemente sobre la razón por la que lo hacía y sobre la ruptura. Nunca había pensado que los objetos pudiesen estar cargados de tantas referencias, casi todas privadas, o sólo compartidas con Ella: cada uno era una sinécdoque, una pequeña cosa que hablaba de otra mayor y de la que formaba parte, que había sido su relación. Una vez había leído un libro cuyo autor pretendía contar la historia del mundo en —ya no lo recordaba— cien o quinientos objetos; el resultado era singular: una vasija era toda la cultura griega; un anillo matrimonial representaba todo el medioevo; un tigre mecánico, el imperialismo británico o algo así. Era un experimento interesante y, según creía recordar, bastante logrado, aunque empalidecía forzosamente ante la tarea que Él tenía por delante y a la que dedicó esos días. Un anillo podía sustituir el medioevo, pero —pensaba— no rivalizaba con todos los pequeños incidentes y detalles que se acumulaban en torno a, pongamos, una sola de las veinte cucharillas de café que Ella había comprado una vez, Él ya no recordaba si porque ése era el número mínimo de cucharillas que podían comprarse en las tiendas del ramo o porque aspiraba a invitar un día a su apartamento a esa cantidad de personas, una veintena de adictos al café que desplazarían los muebles y se tropezarían unos con otros hablando aceleradamente a consecuencia de la cafeína. A Él, por otra parte, el medioevo lo traía sin cuidado; pero el modo en que Ella solía beber el café y sus movimientos al hacerlo eran de una importancia absoluta para Él; eran, le parecía, lo único que había tenido importancia en su vida en los últimos años.

Una noche le habló de todo ello a M. —las cucharillas, el medioevo, etcétera— y después de colgar recibió un mensaje suyo con un enlace a la página web del Museo de las Relaciones Rotas. El museo estaba en Zagreb, una ciudad que Él había visitado hacía mucho tiempo y de la que no recordaba prácticamente nada; era la obra de dos artistas, que lo habían creado para documentar su ruptura y las de sus amigos. Quizá se trataba de algún tipo de broma, al menos al principio, pero el museo ofrecía cierto consuelo a quienes lo visitaban, física o virtualmente; reunía donaciones: fotografías y cartas, muñecas, postales, un hacha, un vibrador de color negro, un cerdito de goma, zapatos, una gorra, una tostadora, pelo. Cada objeto aparecía acompañado de un testimonio de su antiguo propietario —o propietaria, naturalmente— en el que se evocaba su función y lo que había significado en una relación que ya había concluido. Pero los objetos «decían más», le pareció, si se prescindía de los testimonios, si se los contemplaba en su apabullante materialidad lacónica y se los consideraba metáforas de la relación amorosa y de las formas en que se ingresaba y se salía de ellas: una lupa, tres volúmenes de Marcel Proust, un reloj, las llaves de un apartamento. ¿Qué objeto hubiese escogido Él? ¿No podía, acaso, conservarlos todos, constituir un museo privado de su relación con Ella del que fuera, a la vez, propietario, principal donante, curador, guardián, sujeto, guía? Los objetos eran tristísimos, y después de contemplarlos sintió un deseo intenso de verla: si hubiese sabido dónde vivía, habría ido hasta allí sólo para intentar observarla a través de su ventana, como había hecho en alguna oportunidad, años antes, con otra mujer, en el pasado. Pero no lo sabía, lo cual era, desde luego, mejor; por otra parte, quizá su apartamento estuviera demasiado alto para poder estudiarlo desde la calle o ni siquiera diese a ella; tal vez tuviese vecinos de los que no saben nada de rupturas, de los que llaman a la policía cuando ven a alguien ocioso en la acera opuesta.

M. no había perdido su sentido del humor, después de todo: le había enviado el enlace a la página web del Museo de las Relaciones Rotas para que recordase que la suya no era una experiencia aislada, pensó; que muchas otras personas habían pasado por lo que Él, y Él también había pasado por ello y estaría bien pese a todo. A continuación, y en el mismo correo, había enlazado a la presencia digital de otro museo, del que Él no había oído hablar todavía, pero que aparentemente M. consideraba complementario del Museo de las Relaciones Rotas: era el Museo del Accidente, y Él no pudo evitar sonreír al verlo, pero se preguntó si para su editora el accidente era la ruptura o la relación amorosa. Nunca le había conocido pareja y desconocía sus preferencias; una sola vez habían hablado del tema, al pasar, pero lo único que Él recordaba de aquella conversación era una cierta circunspección, ningún atisbo de su contenido, como si ella hubiese depositado ante sus ojos un enorme recipiente al que sólo le había permitido asomarse por un segundo, antes de retirarlo de su vista. Así era M. en la intimidad, pensó: hablaba en una lengua que era lo opuesto de su lenguaje público, que era puro contenido —y franqueza y cinismo y algo de dolor también— sin forma, sin ninguna contemplación por los modales. Ya era tarde, la noche había caído hacía rato, pero pensó que no valía la pena esperar hasta el día siguiente y le envió un mensaje. M. tenía los ojos oscuros y el cabello claro, como en una paradójica inversión de los rasgos de Ella, pero las dos eran delgadas y más bien altas, del tipo desgarbado, con piernas largas y sin demasiado pecho. Él tenía opiniones sobre su cabello, naturalmente; se arrepintió de inmediato de haberle mandado el mensaje, pero ya no podía borrarlo y M. no le respondió. Una noche más, se propuso tomar por asalto el sueño; sin embargo, todo lo que obtuvo fue un descanso intermitente, facilitado por el alcohol pero semejante a él en su volubilidad y parecido a una borrachera de adolescentes, todo gritos y violencia y compulsiones que no podían ser satisfechas.

3

Una buena parte de sus amigas trabajaba en empresas de telecomunicaciones, pero a qué se dedicaban en ellas o de qué forma todo ello casaba con sus estudios de pedagogía, de filología o de periodismo era algo que tendía a olvidar, no importaba cuántas veces se lo recordaran; el término mismo era confuso y propiciaba el equívoco, especialmente después de que, unos años antes, las empresas de telecomunicaciones hubieran comenzado a proveer el servicio de internet y a adquirir periódicos y productoras de cine. Bg. trabajaba en una de ellas y era la que había creado el grupo de mensajería instantánea que compartían: tenía veintisiete años, lo que la hacía la más joven de sus amigas y la depositaria de una relación específica con la actualidad que Ella no se sentía obligada a mantener; pero Ella no había estado soltera hasta unas semanas atrás y no vivía con sus padres, dos cosas que condicionaban a su amiga en mayor medida que su edad y su trabajo. Bg. tenía una opinión tal vez exageradamente rotunda acerca de las compañías telefónicas, pero que Ella compartía, al menos en parte: que, al convencer a todos de que el acceso a internet constituía un «derecho» y promoviendo la supuesta «gratuidad» de los productos que se consumían por su intermedio —que todos, desde hacía algún tiempo, llamaban confusa y quizá cínicamente «contenidos»—, las compañías habían adquirido un poder enorme, al que ya no podía oponérsele nada. «Todos trabajamos ya para las empresas de telecomunicaciones», afirmaba Bg. a menudo; también, y sobre todo —decía—, aquellos que abogaban por la gratuidad de los «contenidos», que no era tal sino un cambio de manos: ya no eran los productores de esos «contenidos» quienes ganaban dinero, sino los proveedores del acceso a ellos; es decir, las compañías de telecomunicaciones. Bg. no era especialmente entusiasta en relación con el resultado final de todo ello; en buena medida, porque había visto que la presión sobre los salarios, que era inherente a la instauración de esa nueva economía, la afectaba de manera directa: como muchas personas de su edad, Bg. tenía un empleo sofisticado y absorbente pero precario y malamente retribuido que no le permitía siquiera pagar un sitio donde vivir. De hecho, había vuelto a la casa de sus padres después de un breve, demasiado breve, periodo de independencia.

La fotografía en escorzo hacía parecer el miembro viril casi del mismo ancho que el rostro de su propietario, una especie de tótem de la urgencia en torno al cual practicasen sus rituales propiciatorios los miembros de las tribus perdidas. Ella había arrojado rápidamente el teléfono en un bolsillo y había pagado sin levantar la vista en cuanto había tenido oportunidad. Sólo después de doblar la esquina del supermercado y encender un cigarrillo leyó la frase que Bg. había escrito bajo la imagen que les enviaba: «En su perfil ponía: "Prefiero despertar a tu lado a acostarme contigo"».

No era poco habitual que Bg. se quejase de las aproximaciones de ese tipo, y éstas, al menos en las aplicaciones de búsqueda de pareja que utilizaba, tampoco eran escasas. Un día, algo antes de comenzar con todo ello —es decir, de crear aquel grupo de mensajería instantánea con sus amigas de la maestría—, Bg. había discutido con ellas, durante un almuerzo, el puñado de aplicaciones en las que iba a registrarse. En una de ellas debía ser aceptada por los administradores, que evaluaban su profesión, sus ingresos, su edad, sus preferencias, sus expectativas. («¿Quiénes son los que lo evalúan?», había preguntado A., pero Bg. no había tenido tiempo de responderle. «Van a emparejarla con un módem», la interrumpió D. llevándose la servilleta a los labios. «Lo siento por el aparato», agregó A. «Oh, vosotras sois la razón por la que la depresión existe», les había sonreído Bg. después de un instante.) Bg. se inclinaba por aplicaciones relativamente desconocidas que protegían a sus usuarios de las formas de abuso más frecuentes: en una de ellas, por ejemplo, las únicas que estaban autorizadas a iniciar un diálogo eran las mujeres; en otra, el intercambio de imágenes estaba inhabilitado; en una más, los usuarios sólo podían organizar un encuentro para acariciarse y besarse. Entre todas habían descartado las plataformas más específicas, como una que sólo conectaba a personas que tuvieran enfermedades venéreas y otra para policías. (Un policía suelto era una amenaza y dos constituían una asociación delictiva, nunca un «matrimonio», dijo Él cuando se lo contó, en la cama, esa misma noche.) Otra llamada Beautiful People había sido descartada inmediatamente entre risas, al menos para Bg. A cambio, todas habían estado de acuerdo en que tenía que intentarlo con una que se dirigía a expertos en tecnología como ella, el tipo de hombres jóvenes que a los siete años de edad se las habían arreglado para añadir un circuito eléctrico a su réplica en miniatura del Halcón Milenario, que más tarde habían aprendido a programar y se habían carteado con la NASA, que después habían tenido blogs y páginas web y habían creado sus aplicaciones para teléfonos inteligentes mientras se alimentaban básicamente de Doritos y cerveza caliente: el tipo de chicos que se masturba pensando en alguien como Bg. en camas cuyas sábanas no han sido lavadas en el último año. (Bg. los prefería a los que tenían cuarenta años y seguían enamorados de su madre, había respondido aquella vez, aunque también había acabado acostándose con hombres así, quizá porque éstos constituían la mayor parte de los solteros españoles.) Metódica, regularmente, Bg. se había dedicado en los meses siguientes a experimentar con las posibilidades de esas aplicaciones, y con su propio tiempo, pero todo lo que ellas habían obtenido de aquel experimento, lo que más habían recibido durante esos meses, eran fotografías de penes y frases por completo desafortunadas, ejemplos embarazosos de la imposibilidad de la comunicación entre seres humanos en la segunda década del siglo XXI, que provocaban hilaridad entre quienes eran capaces de abstraerse de los terribles presagios que traían consigo.

Se trataba de penes erectos y, por decirlo así, completamente autónomos de sus dueños, a menudo sólo tomados por éstos con una mano para que la persona que los observase tuviera una idea de sus dimensiones —¿cuál era el tamaño promedio del dorso de una mano?, se preguntaba Ella; A. debía de saberlo...—, enhiestos, atiborrados de una sangre que, parecía evidente, otra vez no iría al cerebro, ni siquiera sabría de su existencia; penes circuncidados, sin circuncidar, a punto de desbordarse en una eyaculación interminable, con venas gruesas como ramas que se enredaban entre sí hasta culminar en un glande enrojecido y tenso, una promesa de salud y vitalidad que ocupaba toda la pantalla del teléfono móvil como una publicidad intrusiva sobre la que Ella, en realidad, nunca había pensado mucho. Pertenecía al tipo de cosas a las que tenían que enfrentarse aquellas mujeres, y los hombres que no tuvieran pareja en ese momento, una expresión inapropiada en un idioma desconocido. Y sin embargo, se trataba de un lenguaje que Ella debía de haber hablado en el pasado, y que iba a tener que volver a emplear —«Una de cada dos parejas se conoce por internet», había dicho A.—, como si visitase un país extranjero en el que había vivido alguna vez. No de inmediato, por supuesto —no quería tener pareja, no tenía ninguna intención de buscar una después de separarse de Él, paralizada como estaba entre todo aquello que no acababa de terminar y algo que no comenzaba todavía, excepto en sus aspectos más exteriores: una nueva casa, otro barrio de la ciudad, un supermercado distinto y al que era mejor que no regresara por algunas semanas, un nuevo recorrido en metro en el que los carteles y los rostros eran ligeramente diferentes y, al mismo tiempo, muy similares a los de otros trayectos, en épocas anteriores—, pero en algún momento todas esas cosas iban a tener que volver a importarle, a ser parte de su vida de la misma forma en que lo eran de la de Bg. y de muchas otras personas.

Nada había cambiado en la esquina desde que había levantado la vista del teléfono a excepción del semáforo, que había alternado las luces roja y verde en un par de ocasiones: le dolía la espalda y pensó que tendría que llamar a un osteópata; tal vez alguna de sus amigas tuviera el teléfono de uno bueno. Mientras cruzaba la calle, se preguntó cómo se vería el pene de Él en una fotografía como ésa, y si ya habría comenzado a hacérselas, con la aspiración de seducir a alguna y reemplazarla tan pronto como fuera posible. Lo veía incapaz de hacer algo así, a Él, alguien tan esencialmente verbal que parecía una mujer más que un hombre: si echaba la vista atrás, lo que más recordaba, y agradecía, de los años que había pasado a su lado eran las conversaciones, unos diálogos que a veces podían parecer agresivos pero que nunca lo eran realmente, que no estaban presididos por el deseo

94

de agotar o de aturdir al otro sino de ganarlo para una opinión, cualquiera que ésta fuera. En una oportunidad, considerando la razón por la que muchas mujeres rechazan la pornografía —que Ella no rechazaba, aunque sus experiencias en la materia habían sido todas insatisfactorias—, Él había insistido en el argumento de que las mujeres son principalmente verbales: guardan la sangre, sí, pero también el idioma, que transmiten, y lo que desean —lo que «las pone» en realidad, había dicho Él— es que se les hable de una manera específica, con unas palabras particulares y que, sin embargo, pese a la larga experiencia realizada en los últimos siglos, casi nadie sabe emplear, al menos no de forma deliberada. Una película porno para mujeres sería como una pieza de Samuel Beckett, había dicho Él: puras palabras sin contexto, sin descripciones, en las que hubiese un control rígido sobre lo que se dice y, a la vez, una pérdida absoluta de control; las mujeres «verían» las películas pornográficas con la pantalla oscurecida por completo si éstas tuvieran diálogos, había argumentado: pero las películas pornográficas no tenían diálogos desde hacía aproximadamente cuarenta años, o sólo incluían diálogos triviales, a medio camino entre la cumplimentación de una obligación formal y la ironía. ¿Qué otra cosa eran, si no, todos esos diálogos sobre fontanería, o las advertencias de castigos severos y, por lo general, ridículos que las supuestas profesoras realizaban a sus supuestos alumnos en algunos filmes? ¿Qué significaban, por otra parte, las frases escritas en las pizarras de atrezo en esas filmaciones? (Ella había leído algo al respecto, en algún lugar, pero ya no recordaba con precisión qué: si no se equivocaba, todas esas pizarras contenían siempre la misma fórmula matemática equivocada, como un guiño de la industria a la nula variación en la repetición que constituía el secreto de su éxito.) Naturalmente, existían otros filmes, que proponían una visualidad «femenina», había objetado Ella; que incluían diálogos en los que no se degradaba a las mujeres ni se abundaba en el estereotipo de la ingenua o de la furcia descerebrada. Pero no eran filmes pornográficos, había respondido Él: en el mejor de los casos, eran prospecciones en el proyecto de la constitución de una visualidad femenina que fuese erótica al menos para una parte de los espectadores; en el peor, eran intentos de apropiarse de una herramienta inadecuada, como un filme que sólo tuviese «algunos» colores para los habitantes de la isla de los ciegos al color, algo que no iba a funcionar de ninguna manera, para nadie. Por primera vez después de mucho tiempo, podía recordarlo con precisión: hablaban de todo ello mientras atravesaban un parque en las afueras de la ciudad, un atardecer de verano; habían comenzado a recorrerlo unas horas antes: su idea había sido que un taxi los dejase en el extremo más alejado para a continuación regresar a la ciudad atravesándolo, pero el parque había resultado mucho mayor de lo que creían, una sucesión al parecer abandonada de árboles y lagos y extensiones de polvo que debían de haber sido utilizadas para jugar al fútbol o para cualquier otra actividad de ese tipo. Ninguno de los dos había visto la previsión del tiempo o no le había hecho caso, hartos de que ésta fuese siempre, al menos en lo que concernía a Madrid, escandalosamente optimista y casi siempre errónea: el calor había dado paso a una brisa caliente que carecía de orientación y ésta, a su vez, se había convertido en un viento frío que había abarrotado el cielo de nubes. Mientras recorrían el parque más lentamente de lo que habrían deseado, el cielo había comenzado a desplegar su repertorio usual de rayos y truenos: no era habitual en la región, pero pronto empezaría una tormenta y ésta los encontraría rodeados de árboles frágiles en su vejez, árboles que se erguían en dirección al cielo como pararrayos precarios pero eficaces. ¿Quién había dicho aquello de que, no por ser la casa de Dios, las iglesias dejan de necesitar pararrayos? Ya no lo recordaba, pero sí se acordaba bien de que fue entonces, poco antes de que comenzara la tormenta, cuando una alarma sutil pero poderosa se instaló en ellos ante la posibilidad de tener que sobrellevar la tormenta al descubierto, sin protección alguna, en un parque en las afueras. Y había sido en ese momento cuando Él y Ella se habían enzarzado en la discusión sobre la pornografía; a Ella, en esa ocasión, sus argumentos acerca de lo que «las mujeres» querían y lo que «las mujeres» no querían —más todavía, el argumento sobre la supuesta visualidad de «los hombres» y la oralidad de «las mujeres»— le habían parecido un simple lugar común. Pero en ese momento, tantos años después, le parecían una manera de tener algo de lo que discutir, algo que mantuviese a raya la preocupación por la tormenta, en especial la de Ella. Él había previsto que sus objeciones alimentarían el diálogo; también había anticipado que éste se convertiría en una discusión y había pensado —o tal vez sólo lo pensaba Ella, en ese momento, años después— que la discusión mantendría apartada de su mente la inminencia de la tormenta o la desplazaría a un segundo plano: en eso, también, Él había intentado protegerla, incluso aunque jamás lo admitiera o rechazase explícitamente la idea —si le hubieran preguntado al respecto— de que Ella era alguien que necesitaba ser protegida. (De hecho, tenía la impresión de que era Ella quien tendía a protegerlo a Él, de sus temores y de la forma en que su cabeza giraba en círculos.) Sin embargo, en ese momento, tantos años después, cruzando una calle, estaba teniendo algo parecido a una epifanía al comprender que Él había intentado protegerla y, de alguna manera, lo había conseguido: habían alcanzado el extremo del parque en el preciso instante en que unas gotas gruesas y frías, prácticamente granizo, comenzaban a caer entre

97

grandes explosiones, y Ella no recordaba haber pasado miedo aquella tarde, ni siquiera recordaba haberse inquietado un poco. Aquel parque —se acordó de ello por primera vez mientras buscaba las llaves para entrar a su nuevo apartamento— había sido construido años atrás sobre un viejo basurero al aire libre; sus formas onduladas, que eran el resultado de las montañas de detritos que se habían ido formando en él a medida que la ciudad producía más y más basura intratable, le habían otorgado un nombre soez y la reputación de que sus árboles se caían a menudo ante la falta de suelo productivo por el que extender sus raíces: superado un manto mínimo de polvo y escombros, todo era plástico y metal, nada a lo que asirse. Las primeras gotas de la lluvia de esa tarde estaban sucias también, arrastraban el polvo y las partículas de humo que asfixiaban periódicamente a los habitantes de la ciudad y disparaban el número de niños con problemas respiratorios. Pero su historia de amor con Él también era basura, restos de historias y sentimientos para los que no había una forma apropiada de reciclaje.

4

A poco de que Él se mudara al pequeño estudio que
M. le había conseguido, ésta había comenzado un juego
del que lo había hecho cómplice: consistía en bajar a la
librería y pedir algún libro inexistente, algo que descon-
certara a los vendedores y los sacase de su letargo habitual. Una de sus frases típicas era: «Estoy buscando un
libro del que no recuerdo el título: lo publicó la editorial
esa con el nombre raro y trata de un tema que se me ha
olvidado, que es el tema que trata habitualmente su autor,
cuyo nombre no recuerdo. ¿Lo tiene o se le ha agota-
do?». Por regla general, los empleados hacían un esfuerzo insensato y desmoralizador para satisfacerla, lo cual
siempre conseguía arrancarle a Él una sonrisa; con ello
—decía M.— se les hacía un favor, en la medida en que
se les recordaba que las —por otra parte, escasas— posibilidades de que su negocio continuase existiendo en los
próximos años dependían casi exclusivamente de que
dejaran de ser un apéndice de sus ordenadores, que era
en lo que muchos de ellos —en particular los que trabajaban para las cadenas de librerías— se habían convertido. Un día, sostenía M., las plataformas de venta de libros por internet perfeccionarían sus algoritmos y las
librerías se volverían superfluas, a menos que sus responsables pudieran insuflarle a la experiencia de comprar
libros en sus locales todo aquello de lo que las máquinas
no disponían; en primer lugar, flexibilidad. No era sólo
una broma privada, algo destinado a que Él se olvidara
por un par de minutos de la pérdida que había padecido
y del vacío que ésta había dejado; la confrontación de

M. con los libreros —que muy pronto comenzaron a evitarla, como si fuera una apestada o estuviese loca— seguía un plan específico, era una forma de revertir un proceso que a Él le parecía ya irreversible, no tanto por las muchas ventajas que los ordenadores evidentemente tenían sobre las personas, sino por la gran cantidad de dinero que las editoriales habían invertido en hacer que los libreros acabaran volviéndose superfluos: todo ese dinero no respondía a ningún razonamiento específico, pero lo creaba; la inversión generaba las razones para la inversión y, en el medio, devaluaba su objeto y precarizaba la vida de quienes trabajaban en la industria. También producía peores libros, pero eso era algo que no podía decirse en voz alta; de hecho, era algo que ni siquiera era culpa de los libreros que vendían esos libros, fingiendo siempre un interés en ellos que no podía ser real, que no se sostenía en una lectura que, si alguna vez hacían, devenía una experiencia traumática de inmediato.

En sus incursiones a la librería, M. ponía a prueba ese interés inventándose títulos de libros inexistentes sobre los que solicitaba opinión a los vendedores. «¿Qué le ha parecido *Nadie duerme en Praga*? ¿Tiene la novela *El mundo de Laura y Julio*?», preguntaba. La respuesta más común por parte de sus interlocutores era, por supuesto, que el libro les «sonaba», lo cual daba paso a una discusión acerca de sus personajes en la que M. llevaba la voz cantante. Él tenía que admitir, una y otra vez, que tenía talento: comenzaba describiendo a un personaje —«la mujer esa que emprende la búsqueda de su hijo, que secuestró el marido...»— para, a continuación, «recordarle» al librero, que decía haber leído el libro y estaba ya completamente a su merced, que la mujer tenía varios «problemas», trastornos de personalidad que se ponían de manifiesto desde la primera página. El librero asentía;

era evidente que el autor había sabido cómo narrar la historia, era «convincente» en su descripción de la enfermedad mental, decía. Pero entonces M. sugería que tal vez él lo dijera por un prejuicio de género, porque era obvio que también el marido tenía problemas. En ese punto, siempre, el librero tartamudeaba algo, intentaba defenderse de una acusación que se basaba en una opinión que no había hecho acerca de un libro que no había leído, sin comprender que su situación era ya desesperada; la inexistencia del libro en discusión permitía convertirlo en una lectura para misóginos: al librero le había gustado, de modo que era un cerdo machista; cada nuevo giro de la trama que M. inventaba ratificaba su condición, lo dejaba sin argumentos. M. era muy buena actriz, tenía que admitir. Pero lo milagroso era que, al mismo tiempo, era su propia dramaturga: cuando abandonaba la librería gritando que el librero era un misógino y que la había insultado en sus convicciones, cuando daba un portazo anunciando que iba a denunciarlo y que jamás volvería a comprar en esa librería —en la que, por otra parte, nunca había comprado nada, para desesperación del personal—, M. parecía el numen tutelar de las lectoras indignadas, el ángel vengador de todos aquellos que alguna vez se habían encontrado frente a un librero misógino o racista, un colectivo no muy abundante pero incluso así, o tal vez por ello, singularmente visible. M. estaba arreglándoselas para cambiar el negocio de las librerías o, al menos, para darle un susto de muerte.

(A pesar de lo cual, había sido Ella, y no M., la que había sido actriz en su adolescencia, un episodio que Ella recordaba en ocasiones sin ningún tipo de orgullo particular, como algo que simplemente le había sucedido. Decía que no era porque tuviese verdadero talento sino sólo porque era atractiva, lo cual, pensaba Él, no era del todo cierto: en ocasiones imitaba las voces y los gestos de personas que conocían y lo hacía muy bien, con ese tipo de facilidad algo pasmosa con la que los buenos actores son capaces de «ser otros» y de convertirse en ellos en un instante, una capacidad llamativa y algo atemorizadora, pensaba Él.)

Nunca había considerado mudarse, aunque el apartamento era de alquiler: en su imaginación, o en su falta de ella —que Él aceptaba con cierta resignación—, ambos iban a vivir en ese apartamento hasta el final de sus vidas. Cuando se instalaron en él, unos años atrás, el apartamento les había parecido enorme y se habían preguntado cómo lo llenarían; años después, los objetos con los que lo habían hecho suyo —estanterías con libros, básicamente; pero también su mesa de trabajo, la de Ella, enfrentada a la suya, la cama, los armarios, la mesilla del televisor que Ella iba a preferir no llevarse, los electrodomésticos, las sillas— habían acabado volviéndose parte de una especie de segunda naturaleza, es decir, algo en lo que no reparaba a menudo, lo que le hacía seguir creyendo que el piso estaba relativamente vacío. Al marcharse Ella, al llevarse primero algunas de sus cosas, y después, cuando hizo que se llevaran las demás, Él había tenido, paradójicamente, por fin, la impresión contraria: que el apartamento estaba lleno de trastos, de objetos y enseres cuyo número le parecía excesivo porque su propiedad ni siquiera podía imaginarse compartida: todo lo que había quedado en el apartamento era suyo y era el tipo de cosas del que tenía que prescindir por su cuenta, decidiendo qué prefería conservar y de qué iba a desprenderse. Ella le había enviado un correo por esos días, indicándole las contraseñas para acceder a las cuentas bancarias y cómo cambiar la titularidad de los servicios de electricidad y de teléfono; también había incluido los números de dos compañías de mudanzas a las que podía contratar si iba a abandonar el apartamento y el de la mujer que venía una vez a la semana a limpiarlo. La voz del correo era la suya, pero su distancia parecía la de otra, pensó Él; su carácter previsor, la extraordinaria eficacia con la que ponía orden en asuntos que sabía que a Él lo desbordarían, eran los de Ella, por otra parte. Y el hecho de que era Ella, y no otra persona, la que había escrito el mensaje se ponía de manifiesto, también, en la última frase del texto, que Ella, sin embargo, nunca le había dicho hasta entonces. Al final de su correo, Ella —y no otra persona, como resultaba evidente— había escrito «Lo siento».

Él sabía que los antiguos remordimientos nunca se extinguirían, sólo serían reemplazados por otros nuevos cuando hubiese pasado la suficiente cantidad de tiempo, y supuso que eso iba a sucederles a los dos, en los años próximos.

Al final había decidido deshacerse de casi todo lo que tenía, excepto los libros y los discos, algo de ropa y las cosas que necesitaba para hacer su trabajo. No se lo dijo a M., que posiblemente se hubiera opuesto a ello por una razón o por otra; llamó a una de las dos compañías cuyo número le había pasado Ella y pidió que le enviaran a un par de personas para recogerlo todo y meterlo en cajas. Al día siguiente, a una hora inusitadamente temprana —para encontrar un sitio libre donde estacionar la camioneta, le explicaron—, llegaron al apartamento dos jóvenes; uno tenía una ceja rasurada y el otro, que era más rubio que el primero, no tenía cejas: de hecho, los dos —que eran polacos, le dirían más tarde— eran la negación de la idea del vello facial, tenían rostros que parecían planicies cubiertas de nieve, sin rastro de vegetación o de cualquier otra forma de vida. Ninguno de los dos se inmutó cuando les explicó su plan, que era ridículo: debían meter todo en cajas y dejarlas en el centro de la sala, después Él las abriría y examinaría su contenido; lo que prefiriese no conservar lo dejaría en el suelo, junto a las cajas, para que ellos lo pusieran más tarde en otras cajas, ya señaladas como prescindibles, con las que podrían hacer lo que quisieran —lo que incluía, por supuesto, quedárselas—, mientras que lo que conservara iría a parar a otras cajas, en lo posible de otro color. Se trataba de una manera innecesariamente complicada de desprenderse de las cosas, que obligaba a todos a hacer el doble de trabajo; en su absurda complicación, parecía una acción artística, aunque sin trascendencia. (Y sin espectadores ni subastas, cierto.) Pero los jóvenes polacos ya debían de haber vivido situaciones similares porque no objetaron nada: poco después de recibir sus instrucciones ya estaban llenando cajas como posesos, como ladrones nocturnos silenciosos y ávidos.

El otro plan que Él había trazado tenía más de azaroso y lo hubiera preferido de ser otras las circunstancias: pedirle a un desconocido, a alguien que no conociera en absoluto ni supiera nada de Él, pero que se aviniese a cumplir sus órdenes, que escogiese un libro, un disco, un ejemplar único de la vajilla, una sola sartén, un solo recipiente, un vaso de agua y una taza, un juego de sábanas, una camisa, un pantalón, el que llevaba puesto o cualquier otro. Él se comprometía a desprenderse de todo lo demás y a vivir a partir de ese momento únicamente con los objetos que el desconocido hubiera seleccionado sin saber nada de sus necesidades ni de sus antecedentes. No importaba que el plan pareciera carecer de sentido; lo adquiriría con el tiempo, cuando Él ya no estuviese rodeado de objetos que le recordasen su ruptura sino con los que habían sobrevivido al pillaje de los objetos de la ruptura, una resta a la segunda potencia que emborronara los rastros de todas las pérdidas. ¿Qué le hubiese dejado el desconocido? ¿Qué libro? ¿Qué disco? ¿Qué camisa? ¿Y qué haría con todo lo que sobrara, con todo lo que creyera que Él no necesitaría en su próxima vida, cualquier cosa que esto fuera? No iba a saberlo, pensaba; pero el proyecto lo acompañó durante unos días y a lo largo de las horas que pasó abriendo cajas que habían sido cerradas hacía sólo un instante y esparciendo su contenido por el suelo de la sala, desprendiéndose de más y más cosas sin las cuales unos meses atrás había creído que no podía vivir. Mientras lo hacía, comenzó a sentir una extraña euforia, como si bajase una cuesta a la carrera. Naturalmente, se desprendió de todo lo que no cabía en una caja: buena parte de las sillas, un sofá, las estanterías, la cama, los armarios, los cojines, casi todas las lámparas, las mesillas de noche. Los polacos le habían pedido algo de tiempo para deshacerse de sus cosas y Él les había concedido el mes de preaviso, en el que tenía que conservar el apartamento tras haber anunciado que lo dejaría. Los polacos habían aceptado, y a continuación Él les había entregado una de las llaves y los había ayudado a cargar las cajas en el camión. Tres cuartos del vehículo reposaban literalmente sobre la acera, mientras el cuarto restante se desparramaba sobre el espacio mínimo que los polacos habían encontrado esa mañana para estacionar; sobre el parabrisas había ya una multa, que el vientecillo del otoño agitaba y que uno de los jóvenes hizo un bollo y arrojó al suelo. Antes de despedirse de ellos, cuando ya habían subido sus pertenencias a la vivienda frente a la librería, abrió unas latas de cerveza y se las ofreció: los tres se quedaron entonces en silencio durante unos minutos, bebiendo, cada uno de ellos sumido en sus pensamientos, que prefería no compartir con los demás; pero, al final, el más joven, se le acercó y le puso una mano en el hombro y le entregó un objeto. Era un lápiz de labios, que había encontrado en la casa a pesar de que Ella —y Él lo había comprobado, buscando de forma obsesiva durante varios días algo que se hubiera dejado accidentalmente, un objeto que convertir en un fetiche o en un recordatorio— había sido exhaustiva y parecía haberse llevado todas sus cosas. «Lo siento, tío», le dijo el polaco antes de seguir a su compañero de regreso a la camioneta, y Él entendió que había una especie de conocimiento íntimo de las circunstancias que suscitaban una mudanza que quienes las llevaban a cabo adquirían inmediatamente, hurgando entre los cajones y reuniendo objetos, como forenses recorriendo una escena del crimen.

Durante esos días estuvo regresando con frecuencia al apartamento, mientras esperaba a que expirase el plazo de un mes que M. —no sabía de qué manera, si mediante la seducción o la amenaza a los propietarios— había conseguido reducir a la mitad. Lo hacía con su ordenador, pensando, con cierta ingenuidad, que la transición de su espacio de trabajo anterior al nuevo sería así más sencilla o menos traumática; pero el hecho es que no trabajaba. Miraba a través de la ventana y en ocasiones se servía un vaso de agua, que bebía de pie en la cocina sin interrumpir su tren de pensamiento; había comenzado a dormir mejor, al menos de a ratos, y por consiguiente había dejado de beber tanto alcohol, lo cual, a su vez, lo hacía dormir mejor, o eso creía: había días en que estar vivo volvía a resultarle medianamente soportable, excepto cuando una punción dolorosa, que se precisaba en un punto intermedio entre la boca del estómago y el esternón, le recordaba la situación en la que se encontraba o era provocada por su recuerdo. Cada vez que visitaba el apartamento descubría que los polacos habían estado allí antes y se habían llevado una cosa u otra; tal vez por deferencia a Él —que, sin embargo, no les había dicho que continuaría yendo, aunque era posible que hubiese dejado algún rastro de que lo hacía— todavía no se habían llevado una silla, una mesa, la nevera y el televisor, aunque, por supuesto, el apartamento ya no tenía suministro eléctrico. Él no los usaba casi nunca, sin embargo: solía pasarse las horas de pie mirando a través de la ventana, contemplando un flujo de peatones y vehículos que hasta ese momento le había parecido natural, irreversible, pero que, desde el día en que se había mudado, se había convertido en objeto de reflexión por pertenecer, ya, más al pasado que al presente. Aunque M. había acertado al recomendarle el apartamento frente a la librería, en el que llevaba ya algunos días, y éste se encontraba en el mismo barrio de moda en el que había vivido junto a Ella, en la zona que llamaban Malasaña a raíz de un incidente menor y quizá contraproducente para la historia del país, era la vida del barrio tal como ésta podía ser vista desde esa ventana, y que no debía de diferir mucho de lo que veía desde su nuevo apartamento, o tal vez sí, la que había empezado a parecerle exasperante y equivocada, como si hubiese cambiado. Le irritaban los hermosos bulldogs franceses que veía últimamente en todos los sitios —y que Él, que no sabía su nombre, llamaba para sí «carachatas»—, los desayunos a quince euros que se habían multiplicado desde hacía unos meses, las cadenas de restaurantes de comida sana que se habían instalado en numerosas esquinas, las cafeterías en las que el café era elevado a la categoría imaginaria del vino, con sus añadas y catas, las cervezas artesanales de proximidad que veía en los bares, los colores brillantes pero orgánicos —especialmente pensados para ofrecer una experiencia visual satisfactoria en Instagram— que habían invadido todos los escaparates, los juegos de rol para ellos y los cócteles sin alcohol para ellas y el R&B anodino que ponían en los bares, las clases de yoga públicas, los colectivos de ciclistas, los colectivos de padres, los de mujeres aficionadas al ganchillo, las aplicaciones a las que todos recurrían para controlar su respiración, los pasos que daban durante el día, la cantidad de calorías que habían consumido. Todo ello respondía a una razón que Él creía entender; al fin y al cabo, el carácter de esos jóvenes —que constituían el grueso de la población del barrio o al menos sus habitantes más visibles— había sido moldeado a edad temprana por la guerra del Golfo y, más tarde, por los horrores inenarrables de las guerras de Afganistán y de Irak y por las atrocidades de ISIS; su sensibilidad se había constituido en torno a la demostración de que nadie estaba a salvo, que era la principal enseñanza de los atentados del 11 de Septiembre y, en general, de la ola de actos terroristas en Europa. A diferencia de las generaciones anteriores —de la suya, por ejemplo—, todos ellos eran conscientes de los costes no sólo morales de las desigualdades económicas y de la precariedad; también, de las consecuencias irreversibles para el medio ambiente que tenía el consumo: todo apuntaba a que tuvieran miedo, y su ocio orbitaba alrededor del miedo también, era el de una generación a la que las superficies lisas —cuya manifestación última, pensaba Él, debían de ser la depilación definitiva, los ángulos redondeados de los ordenadores portátiles que «todo el mundo» tenía en el barrio y los colores planos y seductoramente infantiles de las aplicaciones de móviles— ofrecían un simulacro de estabilidad y orden, eran el equivalente al café de comercio justo, la carne producida en granjas en las que los animales eran, supuestamente, tratados de forma ética y la reducción de la huella de CO_2 en virtud de los desplazamientos en bicicleta y coche eléctrico. ¿Cuánto CO_2 producía, en contrapartida, el transporte de las frutas exóticas con las que se confeccionaban los batidos de moda? ¿Qué formas específicas de producción, con su sabiduría de sí y su conocimiento de la naturaleza, estaban siendo barridas por la proliferación de los cultivos de soja sin los cuales no habría «soja *lattes*» ni helados veganos? ¿Cuánta deforestación producía la emergencia del café que no necesitaba sombra para su cultivo y su omnipresencia en la vida cotidiana? ¿A qué coste humano se extraían los minerales semipreciosos que eran necesarios para el funcionamiento de sus teléfonos móviles y ordenadores, que solían cambiar cada par de años? ¿Quién pagaba, literalmente con su vida, por las camisetas a seis euros con las que se apropiaban de la historia musical del siglo xx y de sus modas, casi todas horribles? ¿A cuánto se pagaba la hora de quienes les llevaban la comida a domicilio y los conducían al aeropuerto en una celebración unilateral de la supuesta economía colaborativa? ¿Quién y para qué usaba los datos que producían con cada desplazamiento y cuando utilizaban la función de geolocalización de sus teléfonos? ¿Cuáles eran los costes económicos y políticos de su desinterés por la prensa y, en líneas generales, por cualquier otra cosa que no fuera un destino turístico? ¿Cómo es que no veían el plan maestro y su participación en él?

No ignoraba el hecho de que era al menos parcialmente injusto en sus acusaciones, que guardaba para sí por temor a ser considerado un aguafiestas. Una parte importante de la generación a la que criticaba sí había moderado su consumo y promovía el ideal de la sostenibilidad, hacía suyas causas que a Él le parecían importantes, como la desnaturalización de la violencia doméstica, el control de la natalidad y los derechos de las mujeres, realizaba tareas humanitarias en los territorios en crisis o las apoyaba: muchos de ellos estaban explorando nuevas formas de organización, y no todos lo hacían con un rictus de superioridad moral. A su alrededor, también en ese barrio, había jóvenes que adoptaban galgos que habían sido torturados por sus antiguos dueños, apoyaban causas y organizaciones en las que Él mismo creía y eran conscientes de la destrucción del medio ambiente en la misma medida en que lo era Él. Muchos de ellos eran también lectores hábiles y conspicuos, y contribuían a la pervivencia de una cultura letrada cuya continuidad parecía amenazada por decenas de cosas, comenzando por sus principales representantes. Él no olvidaba que lo que estaba viendo era la manifestación de una cierta cultura de clase, y que la realidad de la mayoría de los miembros de esa generación era notablemente distinta a la que veía, era la realidad del precariado sin oportunidades. Tampoco olvidaba que su visión podía estar condicionada por algo parecido a una brecha generacional, aunque Él, de hecho, creía que todavía era «joven». Una sola vez durante esas semanas se había permitido decir lo que pensaba durante las mañanas en su antiguo apartamento y lo había hecho ante su editora, creyendo que le daría la razón; sin embargo, M. le había respondido que no estaba en condiciones de formular ningún juicio, ni sobre sus vecinos ni sobre ninguna otra cosa, porque su separación hablaba por Él, su duelo y todo lo demás. A Él la respuesta de M. le había irritado, por supuesto; en particular, por lo que podía tener de acertada. ¿Quiénes eran las víctimas del reemplazo de la vida urbana por su simulacro?, contraatacó. ¿Qué hacían todos esos jóvenes con sus perros cuando la raza a la que pertenecían pasaba de moda? ¿Cuántas vidas costaba anualmente el transporte de las drogas que consumían? ¿Qué clase de negocio criminal quedaba justificado por su demanda de pasárselo bien de vez en cuando? ¿Por qué negaban la evidencia de que no existía nada parecido al «consumo responsable», es decir, que lo peor que podía hacérsele al medio ambiente y a uno mismo en ese momento histórico era consumir? ¿Qué clase de vida de la mente creían que podía surgir de una cultura de la positividad y la falta de disenso? M. se limitó a negar con la cabeza. «No puedes dejarlo, ¿eh?», le preguntó y Él no supo qué responderle. Podía escribir un libro con todo ello si quería, le dijo; pero ella no pensaba publicarlo. Él se recostó contra el respaldo de su silla. «¿Por qué haces esto? ¿Por qué me ayudas? Ni siquiera somos realmente amigos», dijo. Estaban en un bar, uno de los pocos sitios que Él pensaba que no habían sido transformados aún por la exigencia por parte de los turistas de que todos los bares del barrio fuesen «pequeños» y «antiguos» y estuviesen claramente «en ese barrio»: la decoración y la música habían sido concebidas para satisfacer la demanda de un montón de antiguos adictos a la heroína, que era lo que la mayor parte de los habitantes originales de Malasaña eran o habían sido. Al escucharlo, M. se puso de pie y se marchó sin decir una palabra: sobre su rostro había caído una especie de cortina pesada, le pareció ver a Él. Le tomó varios días y algunas llamadas insistentes que M. volviera a responder sus mensajes, pero desde entonces se había comportado como si no hubiera sucedido nada, ni siquiera había aceptado de forma explícita sus disculpas.

Los polacos se habían llevado todo ya, a excepción del televisor, que habían dejado como una promesa o una amenaza. Cuando entregó por fin el apartamento, y contra lo que había previsto, sus pensamientos no estuvieron dirigidos a su separación y casi no se acordó de Ella. Dejó el televisor en la calle, con un cartel que decía: «Una tecnología perimida». Pero el aparato permaneció varios días en la acera siendo orinado por los perros y escupido por los paseantes hasta que se lo llevó alguien, posiblemente una persona ingenua, tal vez los del camión de la basura.

5

Una mañana Ella despertó y no pudo salir de la cama; no podía moverse, descubrió: sus piernas y sus brazos parecían haberse debilitado durante la noche hasta el punto de no poder cargar con el resto del cuerpo. Al igual que los días anteriores, tenía la espalda rígida pero no necesariamente entumecida, ya que enviaba señales de dolor y fragilidad al resto de su cuerpo e incluso a los cabellos y a las pestañas, que también le dolían: el dolor se expandía de a ratos y en olas, pero permanecía fijo en su espalda, como una adherencia. Todo lo que podía hacer era mirar el techo de la habitación y respirar pesadamente, tratando de reunir fuerzas para sentarse en la cama; cuando lo hizo por fin, sintió que había ganado, aunque no sabía todavía a qué ni cómo.

Se vistió y llamó un taxi, pero el taxista fingió no saber cuál era el hospital más cercano y se entretuvo buscándolo durante media hora, mientras el dolor que su espalda irradiaba desde su centro invisible en dirección a la cabeza y los miembros estaba a punto de hacerla llorar. Por primera vez desde que se había separado, deseó con intensidad que Él estuviera a su lado en ese momento; no para protegerla, porque nunca había pensado que necesitase ninguna protección, sino para ser testigo de lo que le sucedía y ayudarla a explicárselo. El taxista escuchaba reggaeton a un volumen bajo pero persistente; cuando llegaron finalmente al hospital, no tenía cambio: en la admisión de las urgencias, la mujer que la atendió le señaló una silla con un gesto desdeñoso, como si el dolor impreciso que sentía y su fracaso en exhibir otros signos consistentes de enfermedad le resultasen una afrenta personal. Mucho más tarde, cuando la atendieron —tras darle prioridad, imaginaba, a casos más urgentes, apuñalados y víctimas de accidentes domésticos, baleados, electrocutados o atropellados: las víctimas habituales de la violencia que la ciudad exhibía por las noches, pensaba Ella—, descubrió que el enojo de la mujer de admisión estaba, en algún sentido, justificado: el joven practicante que evaluó los resultados de sus pruebas le dijo que no tenía «nada» y se quedó mirándola como si fuera una impostora. ¿Qué significaba «nada»?, preguntó Ella. El joven internista le respondió que podía tratarse de un problema muscular o de algún tipo de fibromialgia; cuando Ella preguntó qué cosa era una fibromialgia, el internista admitió que no lo sabía, y que por eso se atrevía a decir que lo era: por las descripciones que se hacían de la enfermedad, podía tratarse de prácticamente cualquier cosa. Pero el hecho es que Ella no tenía nada orgánico, dijo cerrando la carpeta con sus resultados como si de esa forma pudiera poner fin a la consulta. Ella no se movió, sin embargo: el internista volvió a depositar su mirada en Ella; su insistencia debía de serle molesta, un desafío a sus conocimientos o a la profesión médica, si es que existía alguna relación entre los dos. «¿Ha vivido alguna circunstancia reciente que pueda haberla estresado mucho? —preguntó al fin—. ¿Un despido? ¿La pérdida de un familiar? ¿Un accidente de tráfico? ¿Una mudanza?», concluyó, y Ella se imaginó frente a un cuestionario, marcando maniáticamente todas las casillas con un bolígrafo rojo.

Así que su dolor de espalda era producto de la separación, se dijo cuando abandonó el hospital. La losa que cargaba era la de unas decisiones que había tomado pensando precisamente en el dolor, para evitar sentirlo y producírselo a otro, pero el dolor la había alcanzado y ya no iba a soltarla. Ella siempre había pensado que romper «bien» suponía haber comenzado a hacerlo mucho antes de la ruptura, pasar por todos esos estadios que los expertos describen antes de que ésta sea explícita y efectiva: romper bien era, siempre, ya haber roto. Y lo desafortunado de su ruptura, pensaba en ese momento, era que ellos no habían roto antes de hacerlo: habían estado juntos hasta que ya no lo estaban, y Ella tenía que enfrentar la emergencia del dolor de la ruptura después de que se hubiera producido, como si el dolor que había precedido a la decisión, y el que había sentido al hablar con Él y en los días posteriores, no hubiese importado. Se había esforzado por conocerlo, pero todas las veces Él se había desembarazado de ese conocimiento convirtiéndose en alguien ligeramente distinto a quien había sido antes; a Él debía de haberle pasado lo mismo con Ella, aunque Ella no podía decir en qué aspectos y de qué forma había cambiado.

Al salir del hospital vio a F., que le hacía señas desde el otro lado de la calle: había tenido un breve intercambio de mensajes con ella para avisarle de que no iría al estudio y F. había insistido en ir a recogerla; con la mano alzada, en el medio de la acera, parecía indefensa, más preocupada que Ella, que salía del hospital con un pronóstico incierto; parecía estar ahogándose en el tráfico, sobre el que se elevaba dando brazadas inútiles en su dirección. Ya había quedado atrás lo peor del verano y Madrid no parecía encontrarse al borde del desierto, como era el caso. Pensó que era un día apropiado para salir de la ciudad; desde que había roto con Él, no sentía la urgencia de marcharse que la asaltaba en el pasado,

114

como si sus excursiones, revestidas siempre de unos intereses arquitectónicos algo difusos, hubiesen sido, en realidad, una forma de ensayar la separación.

Aunque sólo había llegado al estudio un año atrás, F. ya se había hecho imprescindible de varias maneras, casi todas ellas relacionadas con su disponibilidad absoluta a contarlo todo de todos y de ella misma. En las oficinas como la suya, la práctica del rumor era, por lo general, desalentada; pero en el estudio en el que ellas trabajaban todos parecían haberse habituado a una cierta cantidad de transparencia que servía a los fines de ahorrar tiempo: cuando surgía un conflicto, no era difícil informarse —preguntándole a F., comúnmente— sobre qué sucedía para a continuación hacerse un cuadro de situación y tomar partido. No le había dicho nada todavía, pero estaba segura de que F. ya sabía que se había separado: debía de haberlo inferido de su mudanza, y la visita al hospital, de la que estaba informándose en ese momento, intercalando en su relato expresiones breves que manifestaban asombro y solidaridad y también cierto placer ante la expectativa de contársela a los otros, lo confirmaba. Nadie en el estudio sabía bien cuáles eran sus funciones, pero sus intimidades —que, por ser públicas, habían perdido hacía tiempo su condición de tales— eran bien conocidas, al menos por Ella. F. pertenecía a una generación que había abrazado tempranamente la sinceridad y la experimentación, para la cual, sin embargo, había establecido unas reglas que a Ella le parecían limitantes, o, en cualquier caso, susceptibles de arruinar la mucha o poca diversión que se derivase del experimento. F. tenía lo que llamaba —en un anacronismo evidente— una «pareja abierta», cuyas reglas consistían en que su novio y ella no se contaban cómo les iba en sus citas con terceros, no los llevaban a su apartamento y usaban condones. Nunca como en ese momento parecía haber tantas personas articulando la relación entre su deseo y las instituciones sociales de formas más y más sofisticadas, pensaba Ella; de formas, de hecho, para las que ni siquiera se habían inventado nombres todavía: como muchos otros integrantes de su generación, F. hablaba de «situaciones» más que de estados susceptibles de continuar en el tiempo y, al hacerlo, negaba el tiempo de la manera en que había sido educada para negarlo. Nadie les había advertido de que todo ello había sido inventado antes, y practicado por una minoría ociosa del estado del bienestar que había acabado incurriendo en los vicios que criticaba, así como en una media docena de otras prácticas singularmente dañinas que constituían su contribución a la historia. Una vez, en uno de sus libros, Él había escrito que el proyecto de una percepción individual ampliada estaba condenado al fracaso porque entraba en contradicción con el carácter colectivo de esa experiencia: no había ninguna posibilidad de que alguien «ampliase su conciencia» y al mismo tiempo pudiera funcionar en comunidad, había escrito, pero su argumento podía ser refutado por quienquiera que pensase que la «ampliación de la conciencia» de la que se hablaba la disolvía en el colectivo. (En cuyo caso, habría respondido Él, ¿qué necesidad había de todas esas normas represivas del sujeto que gurúes y pseudoprofetas hacían pasar como «iluminaciones» y «saberes» para obtener la obediencia incondicional de sus acólitos?) Al menos F. y los otros integrantes de su generación prescindían de «maestros», se dijo; incluso era posible que las formas alternativas de relación amorosa que miles de personas como F. estaban experimentando en ese momento, esa vez, por fin, funcionasen. Y sin embargo, a Ella sus posibilidades le parecían tan escasas como las de la generación precedente debido a que las estructuras económicas y sociales en las que los

116

nuevos vínculos amorosos debían insertarse no habían cambiado en absoluto desde la última vez que la pareja monógama había sido sancionada como configuración hegemónica del deseo y unidad mínima de la sociedad; todas las otras ententes parecían suponer un gasto superior al beneficio que ésta pretendía obtener de ellas en términos productivos y de pacificación social, incluso el deseo homosexual —que era reprimido desde hacía siglos— había sido aceptado un tiempo atrás a cambio de que se sometiera a la configuración establecida: nada era más celebrado últimamente que las bodas de gais y lesbianas, que ponían de manifiesto el triunfo secreto de la sociedad sobre el carácter disruptivo de la divergencia. F. solía disimular muy malamente —si es que lo hacía— la superioridad moral que creía que se derivaba de sus elecciones y las de su pareja: ellos, era evidente, vivían su sexualidad de forma más plena que los demás, eran más libres, estaban inventando nuevos modos de relación amorosa que no presidían los celos ni el afán de posesión, como sucedía con las relaciones de personas como Ella y Él. A Ella le inquietaban esa convicción y el frenesí taxonómico que los embargaba. ¿Por qué había que ponerle nombre a todo?, se preguntaba. ¿No había en la panoplia de nuevos términos un afán represivo o, al menos, de control? ¿Qué nuevas denominaciones iban a inventarse cuando la dinámica del deseo pusiese de manifiesto, una vez más, que las terminologías no eran de ninguna utilidad? ¿Qué nuevas expresiones surgirían de unas prácticas que tendían a la liberalidad? ¿Qué sucedería cuando la cópula de los integrantes de los diferentes colectivos propiciase una taxonomía como la de aquel relato en el que el mapa era mayor que el territorio que representaba? ¿Cuándo la naturaleza libérrima del deseo iba a imponerse a la fragmentación propia de una dinámica capitalista de diversificación de audiencias?

¿Qué formas de habitar iban, por último, a propiciar unas relaciones amorosas ampliadas? Ella y Él habían fantaseado un día con la idea de una arquitectura que trascendiese la vivienda unifamiliar: dormitorios ampliados para dar cabida a más de dos personas o reducidos a cubículos individuales concebidos sólo para dormir, baños con tres grifos y con bañeras más grandes, habitaciones en distintos niveles que propiciasen una relación más fluida entre los ocupantes de la vivienda, que hiciesen visibles las posibilidades combinatorias o generasen rincones de ocultamiento para que sus habitantes gozasen de una privacidad intrínseca a la idea de una pareja abierta. Unas calles atrás, F. había dado indicaciones al taxista para que se detuviera en una farmacia, y en ese momento regresaba al coche con sus medicamentos. Ella se había prometido que un día le preguntaría qué pensaba de su idea y cómo creía que sería una casa así, para las personas que, como ella, vivían nuevas configuraciones del deseo; pero no iba a ser ese día. Para cuando subieron a su apartamento, el dolor paralizante que sentía a lo largo de la espalda había regresado en toda su intensidad, y se echó en la cama después de tomar un calmante; por su parte, F. deambuló un rato por la casa fingiendo que ponía orden, apuntando mentalmente la disposición de los muebles y de los cuadros, la existencia de «sólo» un cepillo de dientes en el lavabo, la pátina de provisionalidad definitiva que se había instalado ya en el apartamento y que a Ella le agradaba tanto. Muy pronto, todo el estudio iba a estar enterado de esos detalles; también de su debilidad y de la forma en que su cuerpo había escapado a su control, a su deseo de someterlo a la ficción de que no le pasaba nada.

6

Aún había momentos en los que el dolor de la pérdida y la percepción intensísima de que Ella había decidido prescindir de Él lo dejaban perplejo y paralizado, como si alguien lo hubiese golpeado, literalmente, en las costillas; a pesar de ello, desde que se había mudado se descubría al menos una vez al día observando su apartamento y pensando que había ganado con el cambio. Cuando era niño le gustaba meterse en los armarios y debajo de las mesas, en cualquier sitio pequeño; algo de ese placer infantil ya casi olvidado regresaba a Él en oleadas cuando se veía en ese apartamento: por una parte, la sensación de estar viviendo en un sitio inesperado, un lugar donde nadie podría volver a encontrarlo; por otra, la constatación de que podía arreglárselas con pocas cosas, lo cual le otorgaba la libertad de ganar poco dinero. La liberación —que Él no iba a llamar así hasta mucho tiempo después, y siempre con un rictus ambiguo— era doble: de las constricciones de la vida social, que Ella se había llevado con su marcha —todos esos cumpleaños y fiestas y cócteles que eran su contribución a la pareja y de los que sólo había participado para contentarla y porque le avergonzaba admitir que no tenía mucho interés en las otras personas—, y de las angustias financieras. De esto último, por decirlo así, se encargaba M., que había obtenido de su jefe un adelanto a cuenta del próximo libro que iba a escribir —y del que Él no sabía nada aún, por supuesto— y había convencido a algunos de sus editores extranjeros, actuando oficiosamente como su agente literaria, para que adelantasen pagos; su situación, en ese sentido, era atípica: no muchos ensayistas eran traducidos, y su número, ya de por sí limitado, se había reducido aún más con la llegada de la crisis económica unos años antes. Varias personas que conocía habían perdido su trabajo a consecuencia de ella, e incluso M. había estado a punto de ser despedida en el marco de una reducción de personal de esas que el negocio editorial escenificaba a menudo desde el comienzo de la crisis para deshacerse de sus elementos más singulares; había conservado su empleo debido a la presión discreta pero persistente de algunos de los autores de la editorial para la que trabajaba, también de la suya, aunque su opinión posiblemente fuera la que menos había pesado en la decisión de mantenerla en su puesto. Desde entonces algo en su relación con los libros que publicaba parecía haberse roto, como si ella también hubiera comprendido que el negocio expulsaba la singularidad que, por otra parte, pretendía comercializar con cada nuevo libro; M. ocupaba la posición intermedia en el confuso organigrama de las editoriales en la que Él siempre había encontrado la mayor cantidad de talento y amor por los libros; ambas cosas, sin embargo, eran puestas una y otra vez en peligro por la provisionalidad de los empleos en esa franja y la demanda de unos resultados económicos inviables en un momento en que, si su observación no era errónea, estaba terminando el periodo histórico en el que el interés por las artes, también la literatura, no había sido visto como un defecto de carácter sino como una forma de habitar el mundo.

Quizá, como muchas otras personas en su situación, M. había tenido que dejar de lado su interés por la literatura para continuar publicando libros y preservaba ese interés en el ámbito de lo privado, donde no podía ser alcanzado por las exigencias de rentabilidad que imperaban en el negocio: muchos en su situación solían referirse a su catálogo con cinismo o se esforzaban por justificarlo mediante elaboradas y nunca muy convincentes estrategias retóricas; otros caían en la depresión y se ausentaban durante largos periodos de su puesto de trabajo. M. sólo bebía un poco más que en el pasado y prestaba una atención algo excesiva a los memes que circulaban en internet, que consideraba —y en ello Él estaba de acuerdo con su editora— el último refugio de los humillados y de los heridos, el gesto de rebeldía por excelencia de una época en la que, de hecho, ya no había ninguna forma de rebeldía posible.

Llevaban algunas horas bebiendo vino en el apartamento frente a la librería y ya estaban algo borrachos. M. se había sentado en el suelo, a su lado, entre dos de las pilas de libros que Él había apoyado contra las paredes cuando se había mudado y desde entonces no había tenido tiempo ni ganas de ordenar; sabía que un día tendría que hacerlo para poder volver a escribir, ya que, en Él, la escritura estaba en estrecha relación con la lectura, pero tenía una duda punzante y continuamente reprimida respecto de que alguna vez fuera a escribir otro libro. Ni siquiera había leído mucho en esas semanas, y no recordaba la última vez que un párrafo o una página lo habían distraído siquiera brevemente de la constatación de su pérdida. Él se había esforzado por estar con Ella —y Ella se había esforzado también, posiblemente—, pero ambos se habían ido alejando uno del otro pese a la proximidad física; quizá Ella había tenido miedo de que Él la decepcionara y Él había compartido su miedo, al que había añadido la certeza de que lo haría, que en un momento u otro iba a decepcionarla. Cada vez que se sorprendía no pensando en Ella —aunque, por supuesto, descubrir que no lo hacía era una forma de hacerlo, inmediata e irreversiblemente— sentía el deseo de escribirle para decirle que lo había superado, pero eso sólo mostraba que no lo había hecho en absoluto: como en toda relación amorosa —incluso en las que han terminado—, cada demostración de fuerza era, al mismo tiempo, el reconocimiento de una debilidad intrínseca, y era por no exhibir esa debilidad, en nombre de su orgullo y siguiendo sus indicaciones, que no había vuelto a escribirle.

M. estaba hablándole del descubrimiento que un grupo de psicolingüistas había hecho algunos años atrás de algo que llamaban «el efecto QWERTY»: quienes van a tener niños tienden a ponerles nombres que contengan más letras del lado derecho del teclado que del izquierdo. Una investigación reciente había ratificado que no se trataba de una excepción a ninguna regla: de hecho, las páginas web y los perfiles en redes sociales cuyo nombre contenía más letras del lado derecho del teclado que del izquierdo solían ser mejor valorados y tener más ventas y/o visitas. La tendencia se extendía incluso a ámbitos en los que la elección del nombre solía perseguir propósitos distintos y se inclinaba por producir otros efectos, ya que, habían descubierto, los actores y las actrices pornográficos más reputados eran aquellos cuyo nombre también contenía el mayor número de letras situadas en el lado derecho del teclado. Aunque el grupo de psicolingüistas que había realizado el descubrimiento no se había atrevido a formular ninguna hipótesis, M. estaba segura de que la explicación debía de estar en los cambios que seguramente habían tenido lugar en la distribución del lenguaje por los hemisferios cerebrales desde que se había popularizado el uso de máquinas de escribir, algo menos de ciento cincuenta años atrás; a Él su razonamiento no le parecía descabellado, pero partía de la presunción de que todos los teclados que se comercializaban contaban con la misma distribución de teclas —lo cual no sabía si era cierto y no daba cuenta de la existencia de personas zurdas—. La tarde no había terminado, pero el apartamento estaba en penumbra, a excepción de un par de manchas de luz que se proyectaban sobre el suelo dibujando las hojas del aligustre de enfrente; estaba casi seguro de que M. tendría que estar trabajando en ese momento y deseó con todas sus fuerzas que su ausencia pasara inadvertida dondequiera que tuviese que estar en ese instante, posiblemente en la editorial. La había invitado a almorzar con el propósito —evidente, creía— de dejar atrás la discusión que habían tenido; M. había sido puntual y había traído tres botellas de vino, lo cual era, a todas luces, una exageración; sin embargo, en ese momento estaban bebiendo la cuarta, que Él había extraído del fondo del armario en el que un decorador poco talentoso o sencillamente idiota había colocado, ante la falta de espacio, una pequeña cocina y la nevera: la solución era tan ridícula como irritante. M. estaba diciéndole que debían pensar títulos para su próximo libro que incluyesen la mayor cantidad posible de letras del lado derecho del teclado; «Polímero» parecía una elección magnífica, decía, siempre y cuando fuera capaz de escribir algo sobre el tema. Él no lo consideraba factible, así que, en lugar de responderle, le dijo que se sentía feliz de que ella hubiera aceptado su invitación: se había pasado los últimos cinco años de su vida cocinando para dos personas y hacerlo sólo para una le parecía una desgracia, admitió; ni siquiera sabía si podía hacerlo. Al escuchar sus últimas palabras, sin embargo, se arrepintió de haberlas dicho, porque comprendió que lo que fueran a hacer a continuación, y como consecuencia de lo que Él parecía haber insinuado, era algo que tal vez

123

ninguno de los dos desease del todo, algo que proyectaría sus efectos sobre su amistad durante los próximos años, comoquiera que éstos fueran. M. parecía haber comprendido lo mismo, y dudó un momento. A continuación, apoyó la cabeza en su hombro. Y le dijo que lo necesitaba.

7

Aunque creía que llevaba mucho tiempo en el baño, en realidad sólo habían transcurrido unos minutos desde que se encerrara en él; el cuarto carecía de ventanas, y amplificaba el griterío —al que, por otra parte, los adultos contribuían en mayor medida que los niños— y lo desfiguraba, haciéndole pensar en el rugido de un animal terrible. Pese a que no le atraía la idea, y preveía que podía acabar sintiéndose incómoda, había tenido que aceptar la invitación porque A. era del tipo de madres que creen muy necesario celebrar los cumpleaños de sus hijos y exigen a sus amistades adultas que asistan a ellos. ¿Qué recordaría de la celebración su niño, que sólo cumplía tres años de edad, cuando fuera adulto? Ella apenas tenía un recuerdo borroso de los cumpleaños que sus padres le habían celebrado, una especie de escena breve en la que posiblemente confluían docenas de celebraciones y que concluía con Ella encerrada en el baño, exigiendo que los invitados se marcharan. Aunque estaba dispuesta a reconocer que todo lo que recordaba podía ser imaginario, Ella sabía que el final de la escena no lo era: había sido en su undécimo cumpleaños, sus padres habían tenido que desalojar a todos los niños, ése había sido el último que la habían forzado a celebrar. Contada una y otra vez en diferentes tonos, a veces jocosos y en ocasiones no, la historia de cómo había dejado plantados a los asistentes a su propio cumpleaños sirvió más tarde para justificar su carácter y, en buena medida, lo moldeó; a partir de ese momento, muchos de los rasgos de ese carácter, que había exhibido prematuramente —cierta introspección, un interés y una facilidad llamativos para el estudio, la preferencia por los juegos que se practican en soledad—, y los que exhibiría más tarde —como su aparente desinterés por encontrar novio cuando la mayor parte de sus amigas ya lo tenían, sus periodos de aislamiento, en los que viajaba o se quitaba del medio de alguna otra forma, su predilección por una arquitectura de los espacios vacíos en la que el sujeto pudiera abstraerse de la multitud—, iban a ser vinculados con esa escena, que les serviría de explicación o de antecedente.

Abrió la llave del agua y se lavó las manos por segunda vez, abstraída; cuando terminó, descartó su imagen en el espejo abriendo el botiquín. No la movía realmente la curiosidad, sino más bien el deseo de una constatación, que se produjo con una simple mirada: en el botiquín había aceites para bebé, jarabes infantiles, varias mariquitas de plástico, un objeto que Ella creía que se llamaba «mordedor», un tubo de parafina, goteros, un tarro de óxido de zinc, talco, un paquete de toallitas húmedas. También había un pintalabios, pero éste tenía una ligera capa de polvo por encima: de hecho, no recordaba haber visto jamás a A. con los labios pintados. Afuera los niños ponían a prueba su belleza y su furor en sus juegos al tiempo que sus madres competían para determinar cuál de ellas había llegado más lejos en el cumplimiento de una demanda de perfección que, contra lo que Ella había creído hasta el momento, no sólo constituía una exigencia, sino también un mecanismo de defensa ante la invasión despiadada de los hijos. Éstos irrumpían en las vidas de sus madres con su exigencia de protección y abrigo y lo desplazaban todo, suspendían y relegaban las identidades que sus madres habían tenido hasta entonces y las reemplazaban por la identificación con un personaje del que éstas no sabían mucho; y era su desconocimiento del rol recientemente adquirido, su incapacidad para determinar, por la ausencia de elementos de comparación, si cumplían con su papel de forma eficaz, lo que las arrojaba a abrazar las visiones de una maternidad de fiestas temáticas, canguros del norte de Europa que introducían a los niños en el bilingüismo, tareas compartidas, fogatas en el bosque, cócteles sin alcohol, niños que estudiaban ballet y construían ciudades de Lego, pasteles de cumpleaños sin gluten, vestidos, sonrisas, velas, colegios de embajadas, fotografías sobre fondos de colores claros. Eran visiones de difícil realización que, sin embargo, atormentaban a las madres con su sencillez engañosa; contribuían a una especie de ideal del que éstas se adueñaban ante el terrible vacío en el que las había sumido su nueva condición; despojaban la maternidad de su carácter de acto esencialmente físico para convertirlo en algo parecido a una cultura, en la que necesidades y demandas se encontraban con una oferta al parecer inagotable para producir la impresión de que la maternidad era un destino, un lugar al que se llegaba si no se cometían errores. Su madre había bebido durante todo su embarazo; su padre jamás le había leído en la cama, Ella había aprendido inglés tardíamente. ¿Tan malo había sido? No lo creía; aunque, por supuesto, esto era el resultado de que no había conocido otra crianza; una, por ejemplo, que lo infantilizara todo, como había visto hacer a algunas madres que utilizaban diminutivos incluso cuando ya no se dirigían a sus niños, que habían adoptado una gestualidad y una forma de hablar que eran una exageración involuntaria de la torpeza infantil. ¿Hubieran terminado Él y Ella hablando de ese modo? Ni siquiera valía la pena preguntárselo, pensó.

Al salir del baño tropezó con A. y ésta le preguntó si tenía tabaco; cuando asintió, A. la tomó de un brazo y la condujo al balcón, a un ángulo que no podía verse desde el interior del apartamento: su sigilo y la manera en que echaba miradas furtivas a su alrededor le recordaban algunas experiencias de la adolescencia. «Yo, por lo general, no...», comenzó a decir A., pero se interrumpió para dar un par de caladas rápidas. No habían tenido oportunidad de hablar a solas desde que Ella había llegado a la fiesta, y en ese momento A. le preguntó cómo se encontraba; intentó sonreír, pero no lo consiguió, y su amiga sacudió la cabeza. No podía seguir así, la amonestó. «Siete de cada diez parejas terminan, uno de cada tres matrimonios acaba en divorcio y tú ni siquiera estabas casada», dijo. Al finalizar los estudios, A. se había especializado en la elaboración de estadísticas; como muchas otras de sus amigas —y A. tenía decenas, era del tipo de personas que necesitan la presencia continuada y permanente de una audiencia—, Ella tenía la impresión de que esas estadísticas no precedían a sus opiniones, sino que eran su resultado. Parecía haber, sin embargo, una contradicción entre su convencimiento de que la mayor parte de las relaciones amorosas fracasaba y sus esfuerzos por adherir a una maternidad de anuncio publicitario; la contradicción la hizo ponerse en alerta por un instante, hasta que comprendió que ambas cosas eran, en realidad, complementarias, que las miradas amorosas que se lanzaban A. y su marido —cuyo servilismo, que había vuelto a comprobar en la fiesta, era como el de los perros apaleados, casi doloroso de ver— y la animación y la estridencia de ese cumpleaños eran la confirmación tácita de su convencimiento de que todo terminaría mal entre ellos, si es que no lo había hecho ya, en algún sentido.

Desde que tomaba los calmantes que el médico le había prescrito, el tabaco le producía mareos; pero A. le hizo señas de que le diese otro cigarrillo y Ella también sintió el deseo de continuar fumando. «Verás, es la incompatibilidad», balbuceó A. al hilo de unos pensamientos que no había formulado. Ella había apagado su cigarrillo anterior en un tiesto para volver a guardarlo en la cajetilla y tirarlo luego, pero A. lanzó el suyo al otro lado de la barandilla del balcón y el cigarrillo pareció disolverse en el aire. «El treinta y cuatro por ciento de los europeos ha sido infiel a su pareja y la mayor parte nunca se lo ha contado —continuó—. Y sin embargo, ni siquiera la infidelidad preserva la pareja. ¿Por qué? Porque la intimidad nos vuelve indiferentes al otro. Piensa en los prolegómenos, por ejemplo: al comienzo de la relación duran en promedio unos quince minutos, pero su extensión tiende a reducirse en la medida en que aumenta la confianza en la pareja, y eso pese al hecho de que sólo el veintisiete por ciento de las mujeres alcanzamos el orgasmo por penetración; sólo el sesenta y dos por ciento de nosotras dice estar contenta con su cuerpo, y el coqueteo y los encuentros sexuales esporádicos, que constituyen la manera en que ellos se levantan la moral y ahuyentan el aburrimiento, no nos funcionan a raíz del "*gap* orgásmico", ya sabes: sólo el diez por ciento de nosotras alcanza el orgasmo en su primera relación sexual con alguien, mientras que en su caso la cifra es del treinta y uno por ciento, y a partir de ahí sólo va a más —dijo A. Y agregó—: Ésa es la razón por la que el cuarenta por ciento de los europeos quisiera tener más sexo que el que tiene, mientras que sólo el diecinueve por ciento de las mujeres europeas está de acuerdo».

¿Qué era lo que su amiga intentaba decirle?, se preguntó. A menudo, cuando conocía una estadística, Ella se sorprendía pensando en una manera de formularla que invalidase, al menos en parte, el argumento que defendía; si el treinta y cuatro por ciento de los europeos le había sido infiel a su pareja alguna vez, eso significaba también que el sesenta y seis por ciento no lo había sido. ¿No era ése un argumento a favor de la idea de que no todas las parejas estaban destinadas a romperse, al menos no a consecuencia de una infidelidad? Las estadísticas de A. parecían ofrecer una visión imparcial y absoluta de las relaciones amorosas, pero tenían el defecto, como todas ellas, de expresar de manera tácita lo contrario de lo que afirmaban explícitamente; al mismo tiempo, redundaban en el viejo y algo manido argumento de que las necesidades de los hombres eran distintas de las de las mujeres, lo que a Ella le sorprendió viniendo de su amiga. Muy posiblemente lo fuesen, pensó; al menos en algún sentido lo eran, por supuesto. Pero eso no significaba nada, se dijo; no hablaba a favor ni en contra de las posibilidades de que una pareja funcionara. Por un momento creyó inferir de sus palabras que A. pensaba que su relación con Él se había terminado a causa de una infidelidad o de lo que, de manera más indirecta, había llamado una «incompatibilidad» entre ambos. Algo de ello era cierto, naturalmente; pero el hecho de que su relación se hubiera terminado por algo mucho más importante que las diferencias anatómicas entre ellos —y las distintas formas en que, por consiguiente, ambos experimentaban el sexo y pensaban en él—, y la aparente dificultad de A. para comprenderlo, pese al hecho de que la conocía bien —más todavía, su insistencia en convertir lo que les había sucedido en una simple estadística—, le produjeron una especie de rabia que comenzó a bullir en Ella al tiempo que ambas terminaban sus cigarrillos. Nunca había aspirado a otra cosa que a que las diferencias entre sus parejas y Ella —evidentes como eran— enriqueciesen y ampliasen el repertorio

130

de sus posibilidades en vez de reducirlo mediante el consenso y las semejanzas; éstas eran importantes, desde luego, pero en la misma medida en que lo era todo lo demás, todo aquello que su amiga —quien, por otra parte, presumía de estar «felizmente casada»— consideraba que condenaba sus posibilidades de pareja y, en general, las de todas las demás personas. A. se agachó para apagar su cigarrillo en el tiesto, como le había visto hacer a Ella un minuto antes, pero Ella arrojó el suyo a la calle y se quedó mirando por un instante el espacio entre los edificios.

Era el momento, pensó, en que su amistad con A. llegaba a su fin o continuaba sobre premisas por completo distintas, sobre la base de algo que sólo podía describir como desinterés o un cierto desprecio por las opiniones de su amiga. Muy lenta y dificultosamente, alguien abría en ese instante la puerta del balcón y las dos dieron un respingo; era un niño, que se asomó para decirle a A. que otro acababa de escupirle: para demostrárselo, el niño, posiblemente el hermano mayor de alguno de los invitados, les señaló su camisa, donde tenía un círculo de saliva a la altura del corazón que brillaba como una pequeña medalla. A. no había terminado, sin embargo: antes de seguir al niño dentro, le dijo: «Ellos tienen, en promedio, once coma seis parejas sexuales a lo largo de su vida, pero nosotras sólo siete coma ocho: redondea las cifras si lo deseas, relativiza la estadística a raíz de la sospecha de que los hombres participantes en la encuesta podrían haber exagerado al tiempo que las mujeres encuestadas minimizaban por razones culturales; pero el resultado es el mismo: todos nosotros hemos tenido más de una pareja de un tipo u otro, y cada una de ellas se ha formado a raíz del fracaso de una pareja anterior. ¿Quiénes fueron tus parejas anteriores a Él y por qué terminaron?».

A. no le dio tiempo a responderle, aunque Ella no hubiese podido incluso de haberlo deseado. Cuando entró después de un momento A. estaba confrontando a un niño con el del escupitajo, que parecía satisfecho de haberse convertido en el centro de la fiesta. Se preguntó dónde podían estar Bg. y E., que se habían ofrecido a ayudar a los padres en el manejo de los niños mayores y a las que había dejado dentro tratando de organizar algo parecido a un juego: las encontró en el sofá de la entrada, iluminadas únicamente por las pantallas de sus teléfonos, ambas en silencio, ignorantes de su desidia o convencidas de su fracaso, mostrándose una a la otra sus contactos de Tinder y compartiendo el placer de descartarlos con un gesto. Del marido de A. y de su hijo no había ni rastro, y Ella sintió por los dos una inexplicable simpatía.

8

No había prácticamente rastro de que el apartamento estuviese habitado, lo que, pensó, podía deberse tanto a que a la joven no le gustaba como a que quizá tuviera una relación diferente con el espacio, condicionada como debía de estar por su procedencia y la cultura de su país. M. había tardado algún tiempo en convencerlo de que le hiciera ese favor, pero al final Él no había encontrado ninguna buena razón para negarse; secretamente, además, la idea le divertía.

La joven compartía un apartamento pequeño en el norte de la ciudad con dos amigas. No estaban allí cuando llegaron, pero Él se hizo una imagen de ellas observando las cosas que había en la minúscula cocina de la vivienda: carpetas, un radiador, diccionarios, un cocedor de arroz, un ordenador portátil, abalorios dispersos sobre la mesa que debían de haber formado parte de un collar o de algún tipo de colgante, postales de Shenzhen y de Hangzhou pegadas en los azulejos. Mientras hervía el agua para el té, M. y la joven discutían una compra que habían hecho la semana anterior y de la que se arrepentían; Él no alcanzó a comprender de qué se trataba ni cómo y dónde las dos mujeres se habían encontrado la una a la otra. La joven hablaba bien español y le agradeció que se hubiera prestado a ayudarla pese a que no la conocía; sus padres no eran personas conservadoras, le explicó, pero tampoco eran ajenas al marco cultural en el que se inscribían: sus familiares y los contactos de su padre preguntaban rutinariamente cómo se encontraba, y a su edad, dijo, para la mayor parte de la sociedad china, una mujer sólo estaba bien si estaba comprometida, así que ella había tenido que decir que lo estaba, lo cual había solucionado algunos problemas y había creado otros. Una amiga que no era M. la había convencido de que realizara un montaje: sus padres, explicó, se habían conocido durante sus estudios, en unas jornadas de adoctrinamiento del Partido Comunista en la localidad de Heféi, y se habían casado algún tiempo después siguiendo las directrices del Partido; ambos eran funcionarios de mediana categoría y pertenecían a una generación de chinos que había adquirido consciencia de las contradicciones del sistema —que habían contribuido a apuntalar en la nueva etapa, por cierto—, pero no lo habían rechazado por completo y todavía eran comunistas, lo cual —pensaba— no se debía tanto a sus convicciones como al temor que le producía el vislumbre de una existencia como la de su hija, en la que el Partido no estaba para proveer una orientación y un marco. Su generación era la del fingimiento, afirmó; casi todos sus amigos lo practicaban de una forma u otra, en especial los que vivían fuera del país: a ella, en realidad —les dijo mientras servía el té—, le gustaban sobre todo las mujeres.

Al establecer la conexión, dos personas diminutas y vestidas de manera formal aparecieron en el centro de la pantalla. La joven comenzó a hablar con ellos y a continuación lo señaló; le había enseñado rápidamente a decir en mandarín «buenos días» y «es un honor», y Él lo repitió un par de veces inclinándose ante el ordenador. La joven traducía lo que decían sus padres y le trasladó sus preguntas, que Él respondió con la información que ella le había dado. Pensó que su actuación era inverosímil, entre otras cosas, a raíz de la distancia que había entre ambos, pero la joven lo había instruido para que no exagerara su proximidad con ella ni se acercara en exceso o la tocara: en el ángulo superior derecho del monitor, al que Él no podía dejar de mirar —como le sucedía siempre que realizaba una videoconferencia, aunque esto no lo hacía a menudo—, los dos aparecían sentados a una distancia no inferior a la que existía entre los padres de ella.

Al terminar la comunicación, M. —que se había mantenido fuera de cámara— se le acercó y le dijo que lo había hecho muy bien, pero Él no estaba seguro. A continuación caminaron unas calles hasta el parque de la Dehesa de la Villa, donde M. los fotografió con el teléfono de la joven en diferentes situaciones y posturas, todas deliberadamente recatadas; Él se cambió dos o tres veces de camisa, como la joven le pidió, y en una ocasión ambos se pusieron abrigos pese a que la temperatura no era baja; en un momento, M. se aproximó a Él y le desordenó el cabello: hizo la suficiente cantidad de fotografías para que la joven satisficiera la curiosidad de su familia durante los meses siguientes; sólo sería necesaria una videoconferencia más y ya podrían hacerla en una cafetería o en cualquier otro sitio, le explicó la joven: había obtenido una plaza para continuar sus estudios en Londres al final del semestre y para entonces ya podría decir que había roto con Él y pensar en otro arreglo. Mientras Él guardaba en una mochila su ropa, M. y la joven discutieron sobre una aplicación para teléfonos inteligentes que asociaba con su nombre y su perfil en redes sociales a cualquier persona cuya fotografía fuese ingresada en el programa; para su fortuna, la aplicación no estaba disponible en China, donde el Partido continuaba produciendo tecnología y, al mismo tiempo, inhabilitando su uso. La joven le hizo un regalo al despedirse: era un libro en mandarín en cuya portada se veían unas montañas cubiertas de bruma; se trataba de las montañas de su región, le explicó, pero Él reparó sobre todo en la bruma, que emborronaba las faldas de las montañas y hacía invisibles a sus habitantes.

9

A lo largo de esas semanas Ella no tomó ninguna decisión de importancia; de hecho, fue como si permaneciera inmóvil, excepto porque aparentemente estaba en movimiento y sacaba adelante su trabajo. Viajaba más en metro de lo que lo había hecho nunca, y comenzó a sentir —mientras observaba las vallas publicitarias o leía la desesperación y el aburrimiento en la cara de los otros pasajeros— que su visión se ampliaba de alguna manera. Nunca antes había pensado demasiado en las personas que habitarían los edificios que concebía, y que hasta entonces habían sido sólo un problema, digamos, técnico; pero su proximidad y las señales que creía leer en sus rostros durante esos desplazamientos subterráneos hicieron que comenzara a sentir una curiosidad singular por ellas. Por las ancianas que rebuscaban en sus bolsos, los ancianos que dibujaban una burbuja de estupor y lentitud a su alrededor mientras se desplazaban por los pasillos, por los jóvenes haciéndose fotografías a sí mismos, los inmigrantes dirigiéndose a su trabajo, los niños comiendo patatas fritas, los titulares sobre la *posverdad* y el cambio climático detrás de los que ocultaban su rostro quienes todavía leían periódicos. Prefería a los que miraban sus móviles porque su distracción le permitía observarlos con mayor detenimiento. Alguien había dicho que el cambio más importante de las últimas décadas en el paisaje urbano consistía en la irrupción del teléfono móvil —las ciudades tenían que adaptarse al desplazamiento espasmódico y distraído que propiciaba, había afirmado—, pero eso había sucedido hacía tiempo y desde entonces los cambios habían continuado produciéndose, por ejemplo el reemplazo del mensaje de texto por la nota de voz. ¿Qué cambios introducía éste en la forma en que las personas negociaban las relaciones entre las palabras y el mundo? No lo sabía, pero estaba segura de que esos cambios tenían lugar, en especial porque nadie reparaba en ellos. Varias cosas sucedían al mismo tiempo, como siempre, y Ella escuchaba fragmentos de conversaciones en el metro que le descubrían acentos y lenguajes desconocidos; cuando emergía a la superficie sentía que había abandonado una exhibición de la que había sido la única espectadora, un mundo de pequeños detalles y anuncios de megafonía que en ocasiones la reconciliaba con la idea de vivir en Madrid y entre aquellas personas y, más a menudo, producía en Ella el deseo de marcharse. Pero marcharse de la ciudad era precisamente lo que no se debía hacer, pensaba: la ciudad —había dicho Él, y Ella estaba de acuerdo— creaba sus propias visiones de evasión; si se realizaban, si el proyecto de una vida rural y futura era llevado a cabo, decía Él, la revelación de que tampoco la vida en las pequeñas poblaciones era completamente satisfactoria dejaba al sujeto sin alternativas. Ella había sido niñera en Inglaterra cuando era adolescente, un verano en el que cuidó a los hijos de un matrimonio en las afueras de Shrewsbury; le había gustado el trato con los niños, con los que había mantenido un contacto esporádico durante los siguientes años; pero lo que más recordaba de ese periodo eran los espacios abiertos y por completo domesticados que los ingleses llamaban «la campiña», en los que el paisaje se correspondía con la concepción de la naturaleza que se tenía en la ciudad y no con su realidad objetiva. Al igual que cierta idea de la naturaleza que servía de evasión a algunos por su contraste con la vida urbana, su percepción de los otros estaba relacionada con una visión de sí misma como individuo que le resultaba novedosa, acostumbrada como había estado en los últimos años a pensarse casi exclusivamente como parte de una pareja. Empezaba a dejar atrás el dolor de la separación, pero aún se sentía culpable; se había dado cuenta, además, de que, al tiempo que Ella envejecería con los años, Él permanecería joven en su recuerdo, su aspecto y su carácter detenidos en el momento en que había dejado de verlo. A Él le sucedería lo mismo, por cierto, pero esto no era suficiente consuelo para Ella.

Ella había tenido miedo de decepcionarlo y había procurado anticiparse a los acontecimientos, pero el resultado había sido la decepción, además de la ruptura; naturalmente, todo ello no estaba en sus planes, pese a lo cual, en las últimas semanas había comenzado a percibir que empezaba a liberarse de la inhibición de su personalidad —de algunos de sus rasgos, al menos— que había tenido que producirse indefectiblemente para que Ella pudiera estar a su lado: había procurado crear un lugar para Él y para la idea de estar con Él y ello había entorpecido el desarrollo de su carácter, como sucedía siempre en las relaciones. En ese momento comenzaba a experimentar el retorno de todo aquello, sin embargo, la desinhibición de un deseo de nuevas experiencias que Ella atribuía al menos parcialmente —y de manera equivocada— a sus recorridos en metro, que la confrontaban con una visión de la ciudad de la que Él parecía haber querido protegerla ahorrándole la sucesión de anuncios de casas de empeños y de abogados que tramitaban permisos de residencia, de papeles que jóvenes sin rostro depositaban en las manos de las personas que entraban o salían del subterráneo y en los que podían leerse las promesas de adivinos y vigilantes, de falsos médicos y dentistas y de los que desplazaban de un lugar a otro, y de un país a otro, dinero, personas, alimentos, todo tipo de mercancías. No había nada de atractivo en ello, desde luego, excepto la manifestación de la vitalidad y la vehemencia de la ciudad que Ella había escogido, sin que de momento se arrepintiera de haberlo hecho.

Mientras tanto, el flujo incesante de mensajes que definían los términos de una sexualidad nueva —o sólo la continuidad de la misma, no lo sabía— desfilaba por la pantalla de su teléfono, sobre el que Ella se reclinaba exactamente igual que el resto de las personas en el metro, no podía evitarlo. E. y Ella habían empezado a componer para las otras un poema: lo hacían con las frases que algunos hombres les escribían a E. y a Bg. cuando flirteaban con ellas, sin ningún resultado y apenas un instante antes de que ambas los bloquearan, como era previsible que sucedería para cualquier persona sensata, excepto al parecer para ellos. De momento tenían sólo un puñado de versos, pero el poema no dejaba de crecer; de hecho, podía ser escrito infinitamente: cuando ellas se cansaran, miles de mujeres continuarían su trabajo, desafortunadamente. Su poema decía: «"¿De qué estrella has bajado? / ¡Te la meto!" "Soy tu Maestro / y tú mi Esclava." "Mándame / una foto tuya desnuda / al día. Es para controlar / tu peso." "No es eso, es que no / estás en mi liga." "Se la chuparía / a tu padre para conocer / la receta." "Rompería / todas las sillas del mundo / para que tuvieras que / sentarte en mi cara." "¿Quieres / que nos emborrachemos en mi casa?" / "Si yo fuera una sandía, / ¿te tragarías o escupirías mi semilla?" / "Quisiera conocer a tu / ginecólogo para / chuparle los dedos." "Voy a / pegarte el herpes, pero igual / vas a agradecérmelo." "Vas / a morder la almohada." "¿Cuánto / pesa un oso polar? Suficiente / para romper el hielo: ¿lo

/ hacemos?" "¿Anal, o nos conocemos antes?" / "Me atrae tu boca, me gusta / tu cara, ¿sigo hablando / o ya estás mojada?" / "Soy católico y no uso / condón." "Eres anatómicamente / lo que yo estaba buscando." / "Lo que quiero lo consigo. / Y lo que no consigo lo / destru-yo." "Tienes unas tetas / mejores que las de mi madre." / "Te lo como todo el Puente." / "Voy a poner un bebé dentro / tuyo." "Veinte euros si te / cabe entera."».

10

A lo largo de esas semanas Él vio cuatro filmes que no le gustaron —dos de ellos en el cine y dos en su casa; tres veces de las cuatro, junto a M.— y comenzó a leer un par de libros que no terminó. Tenía un método, que consistía en leer las primeras cuarenta páginas: si no sucedía nada en ellas que le hiciese pensar que valía la pena continuar leyendo —ni siquiera un indicio de que podían recuperarse de su mal comienzo si éste era atractivo pero mejorable—, los dejaba, sin que le importase la reputación de sus autores o los apoyos que habían recibido. Desde luego, el método era inadecuado para leer ficción, pero funcionaba bien con los ensayos, y eso era lo que Él leía principalmente. Un tiempo atrás había trabajado como crítico literario, pero tan pronto como le había sido posible había abandonado esa actividad por todas las razones conocidas: su escasa retribución económica, las prisas, una cierta transformación de las percepciones acerca de su práctica. Algo en la crítica literaria parecía resultar particularmente atractivo para las personas que deseaban situarse en las proximidades del poder, aunque fuera del poder literario, que era muy modesto: todo consistía en fingir autoridad y ser reconocido como una, incluso aunque fuera evidente que esa autoridad era una impostura. M. y Él habían discutido acerca de la crítica de la literatura como una forma de la pareidolia, ese fenómeno psicológico por el cual un estímulo visual inespecífico era percibido erróneamente como una forma reconocible; los críticos veían rostros en las nubes, vírgenes en las tostadas, familiares muertos en las manchas de humedad del suelo: sobre todo, veían cosas que no estaban en tus obras literarias, como unidad y propósito, dos cosas que no necesariamente tienen. Los críticos habían tratado muy bien sus libros, de modo que su descontento con la profesión no era producto de ninguna frustración o de algún enfrentamiento, aunque «tratar bien» era una expresión fallida y no siempre susceptible de ser atribuida a las afirmaciones sobre sus libros, que a menudo resultaban incomprensibles.

También debían de haber sido incomprensibles las opiniones acerca de los libros que intentó leer durante esas semanas, pero no tuvo acceso a ellas. En los últimos tiempos había desarrollado algunos intereses que eran el resultado de sus dificultades para conciliar el sueño. Un médico le había recomendado que procurase estar exhausto antes de irse a la cama, y Él —que, por lo demás, había preferido siempre salir por la tarde, una preferencia que al comienzo de su relación le había granjeado algunos problemas con Ella, que prefería quedarse en el apartamento al regresar del trabajo— se había inscrito a un gimnasio al que sólo fue durante una semana: lo disuadieron la distancia a la que se encontraba —aunque había una cierta contradicción en ello, le parecía ridículo desplazarse, hacer un esfuerzo físico para llegar a un lugar en el que realizar más de ese tipo de esfuerzos—, su desinterés por todos los trabajos que no fueran de la mente y el tipo de personas que concurría a sus instalaciones, hombres y mujeres, pero en especial hombres, que procuraban mejorar una apariencia física no muy mejorable al tiempo que se esforzaban por adoptar un aspecto masculino y peligroso. Casi todos ellos eran homosexuales, iba a revelarle M. cuando Él le hablara de ello; estaban concibiendo nuevas identidades de género en torno a los viejos clichés de una masculinidad exuberante y agresiva. No era inhabitual entre los homosexuales, apuntó; pero la apropiación —que habían ensayado anteriormente con las figuras del *dandy*, la diva cinematográfica, el obrero de la construcción, las amazonas: casi cualquier cosa que fuese sensible a la exageración paródica, incluyendo los insultos que algunos les dirigían— parecía llegar más lejos en ese caso porque no consistía en la adopción de un disfraz, sino en la modificación de un cuerpo.

Estaban terminando de cenar en un restaurante del barrio; los empleados habían comenzado a recoger, pero ellos no tenían prisa por dejar el local y fingían no darse cuenta. Era como si la decepción, que ambos sentían por causas evidentemente distintas, ya no pudiera ser contenida por las paredes de sus apartamentos pero se hiciera soportable en la compañía del otro y únicamente en los espacios públicos, donde sólo podía exhibirse de forma parcial y controlada. Al igual que la mayoría de las personas que experimentan algún tipo de pesar, Él creía que el suyo era más grande que el de ella, que no podía comprender del todo. Una vez, M. le había contado que había tenido una cita con alguien que trabajaba en un gimnasio; un «monitor», lo había llamado: el tipo había sido singularmente locuaz para la escasa cantidad de cosas que tenía que decir, pero lo que había inclinado a M. en su contra había sido el descubrir que —tal vez sin ser consciente de ello, pero quizá siguiendo alguna clase de técnica de seducción de las que los hombres solían pasarse unos a otros en la intimidad, por lo general con resultados penosos— el tipo imitaba sus movimientos, la manera en que ella se llevaba una mano al rostro, el modo en que inclinaba la cabeza al escuchar, una forma específica de cruzar los brazos.

Al darse cuenta, M. había sentido algo parecido a la repulsión; pero había terminado acostándose con aquel tipo de todas formas, algo que en ese instante, mientras se lo contaba, le parecía sorprendente, una decisión cuyas motivaciones le resultaban completamente desconocidas, aunque podía imaginar que el aburrimiento y cierto deseo de rentabilizar las horas que había invertido ya soportándolo debían de haber desempeñado un papel en todo ello. Durante ese periodo de su vida tenía lo que llamó «citas», pero ninguna había salido bien; M. —que decía no tener talento para ellas— las recordaba como entrevistas de trabajo que habían presentado la dificultad añadida de durar toda la noche, o buena parte de ella: con el tiempo había dejado de tenerlas, dijo. Él pensó que la conversación seguiría girando en torno a sus relaciones amorosas, de las que hasta el momento nunca le había hablado, y estuvo a punto de hacerle un comentario al respecto, pero M. ya había cambiado de tema, o más bien había regresado a uno anterior: había leído sobre ciertos insectos hermafroditas entre los cuales la asignación del sexo era resultado de la violencia, le contó; se enfrentaban y el que perdía debía hacer de «hembra».

A Él la historia le llamó la atención. M. no recordaba el nombre de los insectos sobre los que había leído, pero se retractó al menos parcialmente al decir que no creía que el caso fuese un argumento a favor de la homosexualidad, aunque tampoco en su contra. La conversación entre ellos había comenzado a detenerse como un tren que estuviese entrando a una estación, lenta y pesadamente; pero ambos parecían disfrutar de los periodos de silencio en los que el otro se sumía y se quedaron bebiendo hasta que los empleados del local les dijeron que tenían que marcharse. M. insistió en pagar, y luego se separaron en la esquina del restaurante sin saber cómo hacerlo, después de un instante de vacilación sobre el que Él pensó de forma confusa mientras regresaba a su apartamento. Al llegar escribió un mensaje de texto a M., pero lo borró de inmediato: no se había molestado en encender las luces y siguió un rato más sentado en la oscuridad, sin atreverse a dar el siguiente paso.

11

No había terminado noviembre aún cuando en el estudio de arquitectura empezó a hablarse de la cena de fin de año; primero las secretarias, a continuación los jefes y más tarde el resto de los empleados, siguiendo así —pensaba Ella— la manera en que las modas y los rumores tendían a circular: la clase baja inventaba algo, la clase alta se lo apropiaba y luego la clase media imitaba a la clase alta, por lo general cuando el componente de clase de lo que fuera que había sido objeto de esta singular forma de circulación ya se había desdibujado o había cambiado de signo. Como las tendencias y los bienes que pasaban así de mano en mano entre los integrantes de una sociedad, la cena —a la que Ella tampoco ese año deseaba ir— ratificaba las categorías existentes en la oficina mediante el fingimiento de que se las subvertía por una noche; como en el carnaval, que tan importante había sido para la perpetuación de la sociedad del medioevo —y que, sin embargo, ya había caído completamente en desuso, excepto entre los niños y los brasileños—, la inversión de las relaciones de poder durante un breve periodo de tiempo corroboraba esas relaciones y las apuntalaba: todo lo que sucedía durante esa cena —incluyendo las conversaciones, los exabruptos producidos por el alcohol y el ambiente festivo, las minucias de quién había dicho qué y a quién y cómo— era repetido a lo largo del año, por lo general para «poner en su lugar» a alguien.

Al llegar al restaurante descubrió que los sitios habían sido dispuestos de antemano y estaban señalizados con carteles; el local presumía de una cierta elegancia estandarizada que le recordó de inmediato la de las recepciones de hotel y la de algunos aeropuertos, una mezcla de severidad y aplomo; también de penumbra: sólo pudo leer el cartel que designaba su sitio en la mesa cuando uno de los nuevos empleados le hizo señas para que se sentara a su lado; su ascendiente sobre los que la rodeaban —la habían sentado entre quienes habían llegado más recientemente al estudio, para todos los cuales Ella debía de ser algo parecido a una sobreviviente, dada la facilidad con que las empresas se deshacían de sus empleados desde el comienzo de la crisis económica— se puso de manifiesto con el silencio incómodo que se instaló en la mesa en el momento en que ocupó su sitio; aunque podría haber regresado a su casa a cambiarse, llevaba la misma ropa con la que había ido a trabajar ese día, y el detalle —con el que había pretendido mostrar su desinterés por la fiesta— se le hizo evidente cuando observó que todos se habían arreglado, también los jóvenes. Al igual que el restaurante en el que se encontraban —cuya supuesta elegancia se derivaba de la acumulación de signos contradictorios de distinción—, los novatos de la empresa adherían a unas convenciones que señalaban su carácter de empleados fuera del horario laboral, lo que suponía que se habían aflojado el nudo de la corbata y algunos —los más atrevidos— se habían quitado la chaqueta: habían nacido diez años después de Ella y tendían a imitar a los ejecutivos agresivos que habían visto en los filmes de los ochenta, quizá porque esa década había sancionado una representación estética del trabajo que no carecía de hedonismo, en cuyo marco las chaquetas demasiado grandes y las hombreras eran el uniforme de un cierto trabajo que en realidad entorpecían con su exceso de volumen. Él

—recordó Ella en ese momento— veía en la recuperación del período algo más que un entusiasmo superficial, puesto que había sido la última década del siglo —y la última desde entonces, decía Él en uno de sus libros— en la que el capitalismo había parecido capaz de imponerse a sus contradicciones; la última que podía parecer, al menos a aquellos que no la habían vivido, una década «feliz», alegremente inconsciente como había sido del triunfo póstumo de Thomas Robert Malthus. No importaba si, como sostenían algunos, el miedo había comenzado con la caída de unas torres en Nueva York o si, como afirmaban otros, resultaba de los signos que anticipaban ese miedo desde varios años antes, porque el resultado era el mismo: un mundo paralizado por el terror que persistía en las causas que lo provocaban sin siquiera la alegría infantil de décadas anteriores, con el gesto fútil de la imitación y la nostalgia prematura.

No prestó atención a lo que comía y las conversaciones a su alrededor le resultaron indiferentes, el zumbido indeseado de una lámpara que nadie se levantaba a apagar; cuando terminaron, todos se dirigieron a la barra para tomar las copas: su declaración de que se marchaba fue recibida con abucheos, y uno de sus jefes le puso un balón de cristal en las manos con un gesto imperativo y a la vez displicente. Comenzó a contarle que había estado en Medellín, cosa que Ella ya sabía. Pr. era uno de los tres socios fundadores del estudio; su reputación era superior a la de los otros dos, pese a lo cual —o tal vez a raíz de ello— era aparentemente el que menos trabajaba de los tres; de hecho, era una especie de embajador oficioso de la arquitectura española, alguien cuyo prestigio —que se fundaba en un puente y en un museo, que había concebido para dos ayuntamientos del norte del país durante la década de mil novecientos noventa— se alimentaba de su negativa a volver a involucrarse seriamente en cualquier proyecto, como si el hecho de que nunca más hubiese vuelto a crear un edificio fuera la manifestación de su talento para hacerlo. Pr. era la referencia que había escogido para sí misma durante la carrera y la razón por la que había deseado tanto trabajar en su estudio, donde su presencia, escasa como era, siempre provocaba en los empleados una crispación de ansiedad, y en Ella algo parecido a la excitación.

La conversación fluía en un solo sentido porque Pr. era incapaz de ocultar sus entusiasmos; Medellín —más que Shanghái o Dubái, cuyo urbanismo se había vuelto hostil a sus habitantes— era el futuro de la arquitectura, decía. Ella había enterrado el rostro en la copa como si temiese que Pr. pudiera leerle los labios. Los vislumbres de una arquitectura por venir que Pr. creía haber tenido en la ciudad colombiana no la entusiasmaban, pero la atención que su jefe le dedicaba en ese instante —y el alcohol, del que ya comenzaba a abusar— le producían una predecible embriaguez, que percibía como si estuviera sucediéndole a otra persona; a alguien que, a diferencia de Ella, hubiera aprendido cómo dejarse llevar. Mientras Pr. hablaba, sus impresiones sobre Medellín empezaron a interesarle menos que cierto desdoblamiento que notaba en Ella y que la dotaba de una ligereza y una vitalidad que hacía tiempo no sentía; todo aquello estaba pasándole a otro, se dijo y, en la certeza de que así era, acompañó a Pr. al baño cuando le hizo una seña, inhaló apresuradamente una de las rayas de cocaína que éste había cortado sobre una de sus tarjetas y a continuación se quedó mirándolo, como si lo contemplara por primera vez. No tomaba cocaína desde la adolescencia, y el dolor que sintió en el entrecejo después de hacerlo —y que se extendió rápidamente sobre su ojo izquierdo hasta alcanzar el parietal, como le había sucedido todas las veces en el pasado— le pareció el anticipo de una anhelada lucidez. Al besar a su jefe, notó que tenía la saliva espesa y que sabía a alcohol, como una bebida que hubiese sido añejada en exceso. Pr. se había dejado hacer, pero a continuación le puso una mano en la cintura y la apartó delicadamente; de inmediato, Ella se sintió avergonzada por desearlo y humillada porque su deseo no era correspondido; trató de fingir que no había pasado nada, pero Pr. había comenzado a mirarla con curiosidad, como si siempre hubiera sabido que Ella iba a besarlo algún día y estuviese comprobando las diferencias entre lo que había imaginado y lo que estaba teniendo lugar: se succionaba el labio inferior con un gesto lascivo y a la vez aburrido, como si todo ello le hubiera pasado antes, en sitios similares y con personas parecidas. Pr. le pidió que esperase un momento antes de seguirlo y salió del baño. Cuando Ella regresó a la fiesta, unos minutos después, su jefe ya se había marchado y a ninguno de sus colegas pareció importarle que Ella también lo hiciera, ni siquiera a los más jóvenes.

12

Su nombre había aparecido en la pantalla del teléfono y de pronto Él estaba completamente despierto, aunque su voz parecía la de alguien que hablaba en sueños y estaba aterrorizado. Al otro lado de la línea sólo podían oírse el discurrir de los escasos automóviles que transitaban a esa hora por la ciudad y el llanto de Ella. «¿Qué sucede? ¿Estás bien? ¿Dónde te encuentras? ¿Qué ha pasado?», murmuró en el teléfono, pero Ella no pudo contestar ninguna de sus preguntas. «¿Crees que podemos volver?», le preguntó por fin. Él no supo qué responderle; pero pensó, como si Ella pudiera leer sus pensamientos: no me hagas esto, no me arrastres de nuevo ahora que por fin estaba comenzando a dejar de hacer daño. «¿Estás bien?», volvió a preguntarle y Ella contestó por fin que lo estaba. «Quería oírte, sólo necesitaba hablar contigo», balbuceó. Él respondió que le sucedía lo mismo, pero después los dos se quedaron callados; de pronto se había instalado entre ellos la misma antigua sensación de que hablar era para ambos algo placentero y que no tenía cabida en los momentos desgraciados: en ellos, ambos podían entender al otro sin una palabra. Ella había dejado de llorar, y Él permaneció en silencio escuchando su respiración; debía de haberse sentado en algún banco porque ya no oía pasos. «No tendría que haberte llamado», admitió Ella, pero Él no respondió; volvió a preguntarle dónde se encontraba y si estaba bien, y Ella le dijo que iba a estarlo. A continuación le preguntó cómo le iba, y Él, a sabiendas de que Ella no vería el gesto, no pudo hacer otra cosa que encogerse de hombros. «Mañana vas a verlo muy distinto, no importa lo que haya sido», consiguió decir. Ella rompió a llorar suavemente y le dijo que tenía razón, que estaba acertado. Volvió a pedirle disculpas por haber llamado a esa hora, y le dijo que estaba frente a una cafetería y que iba a entrar y a pedir un café y que luego iba a cortar. A Él —que tantas veces en los meses anteriores había deseado llamarla, o que Ella lo llamara— le pareció que debía dejarla ir de nuevo: le dijo que la suya era una muy buena idea y escuchó los pasos que Ella daba al cruzar la calle y a continuación la música de la cafetería, que parecía ser emitida por un televisor desde un pasado remoto. «Ahora voy a cortar», dijo Ella, pero Él le pidió un segundo. Pensó cómo decirlo, pero no supo cómo hacerlo y al final simplemente le dijo que aún la quería; de hecho, le dijo que la amaba, una expresión de la que siempre había desconfiado y que Ella —que tal vez hubiera esperado escucharla de sus labios durante todos los años de su relación, sin resultado— le había dicho un día, mientras veían juntos un filme: una frase que a Ella le parecía ridícula, lo cual quizá fuese una manera de invitarlo a que fuera ridículo como Ella y como los personajes en la pantalla, que aceptara el porcentaje de irrisoria humanidad que le correspondía por estar vivo y estar enamorado. Ya no se acordaba del título del filme ni de su director, pero sí recordaba que aquella vez Él no le había dicho que la amaba y había dejado pasar una oportunidad que en ese momento se le antojaba definitivamente perdida. Cuando se lo dijo, Ella no respondió nada; la música de la cafetería sonó un instante más en el teléfono y a continuación Él sólo oyó unos timbres y después el silencio.

IV. La campaña de Navidad

1

Después todo volvió a repetirse como la primera vez: su angustia y su deseo de llamarla y su convicción de que no todo estaba perdido y tenía arreglo. Durante el día conseguía mantenerse ocupado —nunca recordaba de qué manera, sin embargo—, pero cuando caía el sol se veía incapaz de continuar reprimiendo el dolor y la desesperación silenciosa; era en esos momentos cuando la llamaba, pero Ella nunca aceptaba sus llamadas y no tenía contestador. Quizá, pensaba Él, la insistencia acabara convirtiéndose, al fin, en otra forma de comunicación: tres llamadas perdidas podían venir a decir que había sido un día banal; una, que había sido uno bueno, que había estado bien y había conseguido distraerse o ser distraído por lo que hacía, cualquier cosa que ésta fuera. Si Ella no cambiaba su número, mientras ninguno de los dos se cansara, podían sostener al menos esa forma de comunicación, en una más de las muchas lenguas privadas que habrían aprendido a hablar a lo largo de su relación, como todas las parejas.

Un año más, el invierno había arribado sin advertencia y la ciudad se mantenía silenciosa y en suspenso. Ella no había vuelto a llamarlo, pero sí lo hizo —aunque sólo una vez— S., el marido de A. Nunca habían sido amigos, de modo que su llamada provocó en Él una punzada de inquietud que sólo remitió cuando cruzaron las primeras palabras: en realidad, S. no tenía nada que decirle, y los dos se dieron cuenta de ello después del primer intercambio de cortesías. S. le habló brevemente de su trabajo y le contó que su niño había cumplido años y que su mujer había organizado una fiesta de tales dimensiones que el niño se había asustado: había tenido que llevárselo con él a una habitación hasta que la fiesta terminara, dijo. Él sintió por el marido de A. una simpatía inmediata y lo imaginó abrazando en la oscuridad a su hijo, al que lo cierto era que sólo había visto una vez cuando acababa de nacer, una cosa minúscula y frágil que su madre llevaba adherida a ella como un extraño apéndice que supuraba fluidos desconocidos; siempre había tenido la impresión de que S. carecía de carácter o que éste se encontraba reprimido por la personalidad invasiva y exuberante de su mujer; su llamada —comprendió con una lucidez repentina— constituía, sin embargo, una forma de rebeldía, algo que quizá el marido de A. pensaba «que correspondía» por ser, los dos, hombres, pero que, al producirse tan tardíamente —hacía más de tres meses que Ella lo había dejado, y S. debía de saberlo—, y dada su aparente dificultad para mencionar siquiera el asunto en la conversación telefónica, invertía la relación entre ellos y desvirtuaba sus intenciones: de hecho, era Él quien se sentía obligado a solidarizarse con el otro, por la existencia de una vida interior que éste no podía exhibir y de la que Él tenía noticia, por primera vez, en ese momento. Atribulado como parecía estar por su osadía de llamarlo, sólo Dios sabía después de cuántas vacilaciones, S. olvidó preguntarle cómo se encontraba y no mencionó su trabajo, sobre el que, por otra parte, las personas nunca solían preguntarle, tal vez debido a que las cosas a las que dedicaba su tiempo —como observar, leer, escribir ensayos, y, de forma más general, escribir— no les parecían un trabajo en absoluto, por razones no muy difíciles de imaginar; antes de despedirse, finalmente, ninguno de los dos propuso un encuentro que nadie deseaba y que el marido de A. tal vez no pudiera permitirse: ambos sintieron alivio cuando acabó la comunicación.

No dijo nada a M. de la llamada de Ella, pero M. percibió el deterioro manifiesto de su estado de ánimo y comenzó a visitarlo a diario en su apartamento como había hecho poco después de la ruptura; solía llevarle algo de comer y un par de botellas de vino cuando salía del trabajo. Él decía que era su periodo «Living Las Vegas» y M. tuvo que volver a ver el filme para saber de qué le estaba hablando; cuando lo hizo, sin embargo, no le pareció que hubiese ninguna conexión entre lo que les sucedía y lo que tenía lugar en la pantalla. Él había desarrollado un enorme interés por ciertas particularidades amatorias de algunos insectos desde la noche en que ella le hablara por primera vez del tema y se ocupaba de mantenerla al corriente de los descubrimientos que hacía. Una pequeña mosca parasitaria de Norteamérica, por ejemplo, ponía sus huevos en el abdomen de las abejas; al nacer las larvas, éstas se abrían camino a través de su huésped devorándolo hasta abandonar su cadáver a la altura de la cabeza, por lo que también era conocida, había leído, como la «mosca que decapita». Una avispa parásita hacía algo similar, contaba; pero en su caso, las que eran devoradas por dentro eran las hormigas, sobre las que se lanzaba en picado para depositar sus huevos. Otra avispa, en Costa Rica, empleaba como huésped a un tipo específico de araña en cuyo abdomen introducía un huevo; su larva se alimentaba de la araña hasta que, llegado cierto punto, le inyectaba una sustancia química que hacía que ésta tejiera una telaraña inusualmente densa, en cuyo interior la larva terminaba comiéndosela; una semana y media más tarde, de la telaraña que su víctima había construido para ella, la larva surgía convertida en avispa y el ciclo volvía a comenzar.

No eran los únicos ejemplos que Él había reunido; su interés en el tema —le dijo M.— debía de ser el producto de un miedo muy concreto, que ella no comprendía y que tal vez fuese exclusivamente masculino; aunque nunca había deseado ser madre, sabía que la parasitación y la ocupación de los cuerpos constituían parte de una visión de la maternidad de la que participaban tanto hombres como mujeres, a menudo sin atreverse a reconocerlo ante los demás y al margen de los esfuerzos que las instituciones hacían para disimular la naturaleza sobre todo física del embarazo y del parto. Muy pronto ella también se había interesado por el asunto, y sus conversaciones nocturnas se transformaron en un intercambio de argumentos en torno a lo que, acabó admitiendo ante sí misma, era una discusión insensata sobre el porcentaje de dolor que debía ser asociado a la experiencia amorosa, y que Él —en una manifestación de un antropomorfismo del que no era consciente, y que decía mucho más acerca de su carácter de lo que posiblemente deseara— consideraba un mínimo común denominador de todas las especies, también de las animales. Las hembras de un cierto tipo de pez mariposa del océano Atlántico, por ejemplo, sólo se apareaban después de que dos machos se hubieran enfrentado por ellas; por alguna razón —añadió M.—, generalmente lo hacían con el perdedor. Los de algunas especies de arañas arrojaban su pene a la hembra durante el coito; si se acercaban demasiado, éstas los devoraban. Un crustáceo del golfo de California se aferraba a la lengua de ciertos peces y bebía su sangre hasta que el órgano se atrofiaba; cuando eso ocurría, el parásito sustituía a la lengua de su anfitrión, alimentándose de sus mucosas. Una variante de los percebes convertía a los cangrejos en madres de alquiler; siendo sólo una larva, el parásito se in-

160

troducía en el cuerpo de uno y se alimentaba de su sangre: si se trataba de una hembra, ésta quedaba estéril, lo que la llevaba a tomar los huevos del parásito como si fueran los suyos propios; pero si era macho sucedía lo mismo, ya que éste adoptaba también, hacia las larvas, una actitud maternal. Estas imágenes de ocupación y violencia se habían convertido en la manera que habían encontrado para hablar de algo de lo que no parecían poder hablar de otro modo. Un par de veces Él le preguntó por su amiga china; le había gustado fingir que era su pareja.

Una noche le confesó que el desorden en el que Ella vivía cuando la conoció siempre le había parecido una manifestación de su vitalidad, que sin embargo iba a reprimir una y otra vez en los años sucesivos, no sabía por qué; su orden, en cambio, era más bien insensato, frío, tal vez cruel. Quizá ésa fuese su verdadera naturaleza, dijo. No había encendido ninguna lámpara, y M. no podía leer la emoción en su rostro. Las luces de la librería frente al apartamento también empezaban a disminuir, y muy pronto alguno de los dependientes bajaría las persianas al tiempo que acarreaba fuera una bolsa con papeles y vasos de plástico. Llevaban unos minutos en silencio, pero a M. le pareció que Él quería seguir hablando y le preguntó —nunca lo había hecho— cómo la había conocido. Él alzó la cabeza y la observó por un momento como si lo hiciera por primera vez; su interés lo delataba en la misma medida en que lo hacía el de ella por los primeros momentos de su relación anterior, pensó al ver que M. se llevaba instintivamente una mano al rostro como si deseara apartarlo de su mirada. La había conocido en la inauguración del estudio de un pintor que Él casi no había tratado y de quien no volvió a tener noticias, comenzó a contar; el artista, que había cedido una de sus obras para la portada de su último libro, practicaba una pintura no necesariamente ajena a la figuración pero cuyo propósito era cuestionar la posibilidad de «representar», cualquier cosa que esto fuera; su libro, por otra parte, era uno de esos ensayos acerca de los vínculos entre las palabras y el mundo en los que Él se había especializado y que despertaban el entusiasmo de la crítica sin que ésta estuviese muy segura de qué trataban, lo que también sucedía —por cierto— con los cuadros de aquel pintor: en el fondo, los dos eran abstractos, y su relación se basaba en esa afinidad implícita y relativamente circunstancial entre ellos.

El nuevo estudio se encontraba en un barrio que alguna vez había sido habitado por trabajadores y por sus familias y que en ese momento se desdibujaba como resultado de una gentrificación a la que, en no menor medida, contribuían decisivamente personas como él; al igual que ellas, aquel pintor no venía a desplazar a la cultura de clase obrera a la que aquel barrio debía su reputación, sino que ratificaba su desaparición paulatina desde mediados de la década de mil novecientos setenta; su llegada se instalaba sobre el vacío que había dejado la extinción de esa cultura de clase, que había sido reemplazada por la demanda de que sus antiguos participantes se definieran por un consumo tan elevado como les permitieran sus empleos precarios, en un giro en el que su identidad ya no se articulaba en torno a lo que producían sino a lo que consumían y a su aguante. Todo ello podía ser visto —y a menudo lo era— como un pequeño percance en el tránsito a una economía centrada en la oferta de servicios; pero el hecho es que no era un perjuicio accidental, y que sus consecuencias no eran limitadas: suponían la disolución del elemento central de una forma de concebir al sujeto desde aproximadamente comienzos del siglo XIX, así como un retorno a las prácticas económicas que habían caracterizado los principios de la industrialización, en cuyo marco los sujetos constituían apéndices anonimizados de las máquinas. ¿No había recibido M. alguna vez el llamado angustioso de un teleoperador?, preguntó Él. (La pregunta era meramente retórica, por supuesto.)

Pero el hecho es que en la inauguración había un perro, un animal enorme y babeante que permanecía echado a los pies de un puñado de personas que observaban las obras del pintor, y por el que Él sintió una simpatía repentina. No sabría decir de qué raza era, aclaró, pero era muy grande, y lo que lo atrajo del animal fue que era evidente que en él se enfrentaban las tensiones contradictorias de la civilidad y el instinto, toda una ferocidad agazapada que manifestaba una vida a la que las personas que habían asistido a la inauguración —y de las que Él sólo percibía pequeños detalles inconexos, en sucesión: tatuajes, cabellos teñidos de colores inverosímiles y estruendosos, esbozos, imitaciones de una vida estilizada hasta la negación— habían dado la espalda, o eso parecía. Él se había agachado junto al perro y había comenzado a acariciarle la cabeza, que era como un ariete, algo con lo que derribar muros de antiguas fortalezas y provocar el caos, y le había preguntado a una mujer que estaba de pie a su lado cómo se llamaba en realidad. La chica había mirado al perro y después lo había observado a Él, que jugaba con el animal. «No lo sé, no es mío», había respondido, y en ese momento Él la había observado por primera vez y se había dado cuenta que era Ella.

Ella había diseñado el estudio y accedió a explicarle con algo de reticencia la disposición en él de la luz y de las cargas. Ya se habían dicho sus nombres, pero Él tenía la impresión de no haberle dirigido la palabra todavía: durante un tiempo iba a sentir que la distancia entre lo que quería saber de Ella y lo que realmente sabía iba a poner su relación una y otra vez del lado de los preliminares, de lo que antecede al conocimiento de alguien y tiene más de especulación que de certeza. Ella había ido a la inauguración con lo que definió como «un amigo»; algo después iba a confesarle que Ella y el joven, que era fotógrafo, llevaban intentando ser una pareja desde hacía algunos meses. Qué lo impedía, le había preguntado Él aquella vez, pero Ella no había sabido qué responderle; pese a ello, con el tiempo, Él había comprendido que habían sido su inhibición y sus dificultades para entregarse al otro —para «perder el control», estaba tentado de decir— las que habían impedido que lo de ellos funcionara. Y sin embargo, a Él sí se había entregado: no aquella vez, no durante la inauguración de aquel estudio que Ella había diseñado, ni siquiera cuando el pintor irrumpió finalmente en la fiesta y alguien subió el volumen de la música para que todos comenzaran a bailar o a marcharse. Ella no bailaba. No había bailado en su vida, le dijo. Él tampoco solía hacerlo, y eso fue lo primero que descubrieron que tenían en común: muy poco y a la vez lo suficiente para establecer los cimientos de un «nosotros» que —en oposición a un «ellos» que cambiaría con el tiempo y las circunstancias— iba a ser toda la historia de su relación, como sucedía siempre. Ella, recordó, se le había «entregado» —era una forma de hablar, dijo— unas semanas después de aquel evento, una noche en la que, después de cenar juntos en un bistró, lo acompañó a su apartamento y allí cayó con Él en la cama. «Cayó» era la expresión correcta, insistió: realmente cayó, y el movimiento descendente en el que sus cuerpos caían se le hizo a Él eterno, como una vez, pensó en ese momento, en que estuvo a punto de ahogarse en una playa de Brasil: la playa estaba desierta, Él tenía dieciocho años y había dejado a sus amigos durmiendo en la casa que habían rentado, el mar lo había arrastrado más y más lejos de la orilla sin que se diera cuenta; durante un tiempo que le pareció eterno braceó desesperadamente para salir a la superficie, cuya claridad veía con nitidez a través del agua salada pero no alcanzaba nunca; más tarde, allí, con Ella, que quería el placer de Él, breve pero intenso, y el suyo propio, se sintió perplejo, recordaba, porque, en la superposición de la acción y los numerosos detalles del suceso, la eyaculación y el aire entrando en sus pulmones le parecieron lo mismo.

Una vez Ella se había enamorado de una mujer que había visto en la Pinacoteca Antigua de Múnich, iba a contarle tiempo después. La había sorprendido riendo ante una batalla de amazonas de Rubens que no parecía tener ninguna gracia, excepto la involuntaria de los cuadros del pintor flamenco —que en alemán presta su nombre a un cierto tipo de mujer rotunda, como las de su obra—, y a continuación la había seguido hasta las escaleras. La mujer hablaba alemán con un fuerte acento francés; era lemosina, le dijo, de un pueblo en las afueras de Tulle llamado Saint-Bonnet-Avalouze: su marido había tenido que regresar el día anterior por asuntos de negocios y ella se había quedado en Múnich; era maestra. Bajo las luces de la cafetería del museo su rostro tenía un aspecto enfermizo, y sin embargo la mujer era de una belleza con la que Ella no creía haberse encontrado nunca, decía. A Ella —iba a asegurarle, omitiendo toda referencia a su relación con la compañera de piso de la universidad, años antes— no le interesaban las mujeres;

a la esposa limosina tampoco: habían pasado dos tardes en su habitación de hotel, Ella acariciándole el cabello y la mujer bebiendo vino, hablándole: no habían roto porque nunca habían estado juntas, pero la despedida, habían comprendido ambas, había sido para no romper y para que su amor no las rompiera; sólo tiempo después —y por esa razón le había hablado de ello— había encontrado el esbozo del retrato que le había hecho subrepticiamente en el museo y había descubierto que la mujer no llevaba un vestido largo, como Ella recordaba, sino unos pantalones y una camisa: como sucedía a veces, la constatación de que estaba equivocada en relación con ese detalle —un detalle banal, admitía, pero en torno al cual reconocía haber organizado sus reminiscencias de aquel encuentro— la había hecho dudar acerca de la veracidad de todo lo demás que recordaba, no sólo respecto a aquella mujer y a los dos días que compartió con ella. La divergencia entre el documento y lo que creía recordar, de la que había sido consciente por primera vez al encontrar aquel esbozo, arruinaba de alguna manera su evocación, la invalidaba; de todo lo cual se infería, decía Ella, la obligatoriedad de no confrontar las memorias con su evidencia documental, un mandato que había tenido consecuencias para su relación, Él le dijo a M. No recordaba si aquella noche en el nuevo estudio de aquel pintor Ella llevaba o no una blusa de lunares que iba a convertirse en su favorita en los siguientes meses. A veces había tenido la impresión, desde su ruptura, de que sus esfuerzos por comprender esa separación y aceptarla —que lo obligaban a volver sobre detalles de su historia como ése— hacían que pareciera un forense, alguien tratando de hacer «hablar» a un cuerpo muerto: quizá toda historia de amor terminaba siendo una investigación, o mejor, una autopsia. Él nunca había querido preguntarle si en esa ocasión, en el nuevo estudio de aquel pintor, había llevado la blusa de lunares o no, y por esa razón pensaba que, de tener la oportunidad, si alguna vez volvía a hablar con Ella, eso era lo único que le preguntaría.

Aquella noche Él se había apuntado su teléfono en la palma de la mano izquierda; cuando había llegado a su casa, sin embargo, el número se había desdibujado a consecuencia del sudor y del roce involuntario y Él había tenido que llamar a aquel pintor al día siguiente para pedírselo con una excusa. No se lo había contado nunca a Ella, y aquel pintor, por algún motivo que Él desconocía, le había guardado el secreto.

2

Ella pasó esa Navidad con sus padres, soportando estoicamente una proximidad fingida y el entusiasmo irracional de las fechas, que año tras año se extendía sobre la ciudad como un manto y la hacía inhabitable. No vio a su jefe en el estudio ni una sola vez durante esas semanas —estaba en una antigua república soviética cuyo nombre nadie recordaba, le dijeron—, y eso la hizo sentirse algo menos avergonzada por lo que había sucedido en la cena. Una tarde en que intentaba infructuosamente atravesar la Puerta del Sol —su madre había insistido en comprar unos hilos en Pontejos y su desconocimiento de las multitudes que poblaban la zona y que en ese momento del año mezclaban siempre a turistas y a nativos con sombreros de vaquero y tiaras luminosas, a policías de guardia y a ancianos haciendo sus compras navideñas en Preciados y en Carretas— alguien le quitó el móvil: no se enteró cuando sucedió, no hizo la denuncia policial, no se resignó a perder toda su información hasta unos días después, cuando compró un nuevo aparato. Tenía un billete para Brasilia y la proximidad del viaje hizo menos difícil ese periodo, en el que sus padres habían vuelto a instalarse en su vida con la ligereza y la irresponsabilidad de un par de autócratas.

Un tiempo atrás, F. había comenzado a hablarle de su cabello, que Ella se limitaba a dejar en paz desde que se había separado. No era por desidia, aclaraba —lo cual a F. le parecía mentira, por supuesto—, sino por falta de un tiempo que no sabía cómo se le escurría entre las manos, decía; con el transcurso de los días, F. ya no tenía siquiera que mencionar el tema: bastaba con que, al pasar a su lado, tomara con dos dedos la cola de caballo, que Ella se hacía con una cinta elástica a la altura de las orejas, para que su insistencia se pusiera de manifiesto. Una mañana fue F. la que llegó al trabajo con un nuevo corte de cabello, y Ella sintió el aguijonazo del deseo y una ligera envidia. La peluquería a la que F. había ido tenía un nombre deliberadamente irónico y era atendida por un o una travesti negra de gran estatura y por otros individuos singulares que Ella dejó de tratar de dividir en «hombres» y «mujeres» mientras el o la travesti negra le lavaba el pelo: todo en el local tendía a la androginia y a la estridencia, y convertía la fealdad deliberada de las instalaciones en algo parecido a un mensaje. Era un mensaje que Ella podía entender, pensaba; pero, cuando se dio cuenta de que había olvidado sus marcadores en el estudio, comprendió que no iba a poder «traducir» ese mensaje en su lengua visual y privada, la de los bosquejos que hacía todo el tiempo. F. —que la había llevado— parecía indiferente a su presencia, sin embargo, ocupada como estaba escribiendo en su teléfono; cuando la sentaron a su lado en un sofá de color carmesí a la espera de que se desocupase alguno de los peluqueros, Ella le preguntó cómo iban las cosas. Los pulgares de F. dejaron de recorrer la pantalla, pero la joven sólo levantó la vista de su teléfono para responderle que no lo sabía, lo cual era —por supuesto— una forma de decir que sí lo sabía pero que prefería no hablar de ello.

Nunca había sido buena para escuchar confidencias ni para hacerlas; algo en Ella —tal vez su escaso deseo de hablar acerca de sí misma o de saber de las vidas de los demás— hacía que las personas a su alrededor se abstuvieran de contarle sus secretos, pero ese rasgo de su carácter la convertía, paradójicamente, en la persona más apropiada para ello. Y F. lo sabía, por supuesto. Comenzó a contarle que se había producido un problema en lo que llamaba su «arreglo» con su pareja: desde hacía algún tiempo, su novio se veía con una mujer algo mayor que trabajaba en una revista; se encontraban para tener sexo en el apartamento de ella, en algún lugar del norte de la ciudad, en ocasiones más de una vez al día, F. estaba al corriente de todo. Cuál era entonces el problema, le preguntó Ella, y F. desvió la mirada, como si lo que viniera a continuación en su relato fuese de una claridad deslumbrante. «Dice que se ha enamorado de ella —respondió al fin—. No ha podido evitarlo, no ha querido evitarlo: qué importa», F. se encogió de hombros. Ninguno de los dos había previsto que eso sucedería, y no había nada que pudieran hacer al respecto. Él le había hecho una propuesta, sin embargo: quería que F. le permitiera dividir su tiempo entre la mujer de la revista y ella; él podía —le había sugerido— pasar la mitad de la semana en su casa y el resto en su apartamento, con F.; o podían comenzar a vivir los tres juntos, si la mujer de la revista lo prefería: cualquier solución era posible si F. estaba de acuerdo, le había dicho. ¿Estaba de acuerdo? Ella no pudo formular la pregunta porque el o la travesti negra la tomó de la mano y la obligó a seguirla: uno de los peluqueros por fin se había liberado.

Antes de que alcanzase a comprender qué estaba sucediendo, su cabello se había convertido en una asimetría que le ocultaba parcialmente el rostro; todavía no habían terminado, pero F. se acercó a Ella y le dijo que tenía que marcharse: su novio le había escrito un mensaje para decirle que estaba en la casa. Ella no supo qué responderle: a lo largo de su vida adulta había adquirido la certeza de que la atracción por otra persona y el deseo de que ésta nos pertenezca son inseparables, pero no descartaba por completo que una nueva generación algo más razonable consiguiera establecer nuevas formas de convivencia con arreglo a principios distintos. Una y otra vez veía a personas tratando de concebir nuevas maneras de interacción amorosa, ratificando —en los hechos— la presunción de que la idea del amor romántico no se ajustaba a la realidad de su plasmación, y que era ese desajuste entre las expectativas y la realidad lo que hacía a las personas escribir novelas de amor y canciones. (También por ello, evidentemente, todas las canciones de amor que valían la pena eran canciones tristes, pensaba Ella.) Pero sabía que cada nueva forma de relación que era concebida para superar la idea del amor romántico traía consigo una o numerosas barreras que venían a reemplazar las que la vinculación entre deseo y propiedad había establecido previamente. Durante mucho tiempo Ella había estado mirando en una sola dirección, por decirlo de alguna manera: todavía le dolía su ruptura, pero se felicitaba por haber reunido el coraje para llevarla a cabo, aunque fuese con una falsedad que se había apresurado a desmentir, complicándolo todo. Desde entonces había comenzado a observar a su alrededor y lo que había visto era el surgimiento de nuevas formas de interés romántico y, al mismo tiempo, el de nuevas barreras para su consecución, la mayor parte de ellas relacionadas con la imposibilidad de definir el consentimiento y sustraer de la experiencia amorosa, como si esto fuese posible, el componente azaroso. A su alrededor —en el metro, por ejemplo, mientras regresaba a su apartamento con un corte de cabello picassiano y la idea de F. en su mente— veía a personas intentándolo, una y otra vez, muchas de ellas jugando en sus teléfonos móviles el juego de selección y descarte con el que mataban el tiempo a la espera de algo parecido a una

171

probabilidad; tomaban elecciones en unos segundos a partir de la escasa información que les ofrecían una fotografía y una o dos líneas. ¿Cómo iba a salir bien?, se preguntaba. Ni siquiera la transformación de la pareja en un conjunto de elementos variables, como en el caso de F., resolvía los problemas inherentes a la forma en que se amaba y se poseía, sin alternativas. Varios siglos de producción artística testimoniaban cómo la experiencia amorosa podía ser convertida en materia poética, pero la realidad de esa experiencia seguía siendo prosaica: un manual de instrucciones en el que todas las indicaciones eran erróneas, un crucigrama creado por un tonto y completado por un idiota. Ella tenía una cicatriz en la sien, el testimonio de un accidente infantil poco importante, y su nuevo corte de cabello la revelaba; de cerca, las heridas de las personas se veían con claridad, pero también se veían desde lejos, si se les dedicaba la atención suficiente. Ella iba a tener que acostumbrarse a vivir con la suya a la vista de todos, pensó.

3

M. había llevado durante algunos años un diario en el que anotaba sus encuentros sexuales, le contó. Lo había comenzado cuando tenía diecisiete, con el propósito de poner sus pensamientos en orden, pero también, admitía, por si se aburría alguna vez del sexo o éste escaseaba repentinamente: se imaginaba o se había imaginado que en su vejez desearía volver sobre experiencias de su juventud, que, vistas con cierta perspectiva, revelarían ser de una enorme importancia para la comprensión de su personalidad y de las decisiones que habría tomado a lo largo de su vida; todo ello, sin embargo, le parecía en ese momento más bien insustancial, nada que explicase nada. Estaban cenando en un restaurante bajo su apartamento y Él había hablado del dildo de cristal de Mark Sturkenboom, que podía ser rellenado con las cenizas del amante muerto; ninguno de los dos sabía si el volumen de esas cenizas, que tenían que ser el resultado de la cremación del cadáver completo de un adulto, no sobrepasaba el tamaño habitual de un consolador —el término era horrible, coincidieron— o si éste era desproporcionadamente grande y sólo tenía una función decorativa. M. sí sabía, sin embargo, que la extensión del pene y la estatura de una persona guardaban una proporción de uno a cero coma cero ochenta y tres: ella también hacía sus investigaciones. En el libro en el que había leído acerca de ello —y que extrajo de su bolso de entre una pila de manuscritos, todos tachados en buena medida, y le alcanzó a través de las copas y de los platos de postre: podía serle útil, dijo— se ponía de manifiesto, por si hacía falta, que no había muchas razones para la fijación de los hombres con su miembro, cualquiera que fuese su tamaño: el pene del gusano del plátano o *Ariolimax* duplicaba la longitud de su propietario, lo cual podía parecer, y era, difícil de imaginar, pero convertía a aquel gusano en una especie de fantasía masculina, en el motivo inexcusable de una futura bandera o de un escudo de armas para la masculinidad deprimida de algunos hombres. Aunque el gusano del plátano resultaba un insecto bastante útil para dirimir ciertas discusiones, M. se sentía atraída, e identificada, más bien con la hormiga reina, de la que también se hablaba en el libro que le había dado: en el momento en que alcanzaba su madurez sexual, ésta se apareaba hasta con cuarenta machos en un día, pero no volvía a hacerlo jamás, puesto que ya tenía suficiente esperma para producir huevos durante el resto de su existencia, y la naturaleza, se sabe, tiende a la practicidad y un poco a la ironía.

La historia de la hormiga reina y su intensísima pero breve vida sexual había hecho recordar a M. su diario de juventud, con el que guardaba notables similitudes, dijo. Al releerlo después de muchos años, le había parecido una suma de oportunidades perdidas, una contabilidad que comenzaba relativamente mal —M. citó de memoria su primera entrada: «Primera vez. Un poco de dolor. *One-nightstand*. Pedro, Cádiz. Minutos»— y sólo mejoraba más tarde porque tendía a una mayor economía de medios: fecha, nombre y observaciones. Nunca le había mostrado el diario a ninguno de sus amantes —ni a sus novios, por supuesto—, lo que significaba que el tema no le resultaba tan banal como podía parecer, pero había vuelto a pensar en él y había decidido que algún día iba a mostrárselo a Él porque era el

174

tipo de cosas que le hacían gracia. Ella no había sido una hormiga reina, naturalmente, pero su vida sexual podía ser del interés de un entomólogo como Él si se atenía a ciertas consideraciones previas: el diario estaba inconcluso —lo había abandonado poco después de cumplir los veinticinco años, cuando había empezado a tener relaciones más duraderas y de mayor importancia y había comenzado a trabajar— y, además, carecía de excesivas precisiones: como a veces no recordaba el nombre de sus acompañantes, en sus diarios los llamaba «H» si había sido un hombre y «M» si había sido una mujer, lo cual le otorgaba a todo el carácter de una taquigrafía: «H en un bar. Con M primero y después H, más tarde H. Intercambio de teléfonos. Bar en Corredera Alta. Spandau Ballet, sorprendentemente. Roxy Music». Cosas así.

Él aún la deseaba, pero no era un deseo sexual, sino uno de proximidad y compañía, una especie de melancolía punzante que le recordaba una y otra vez que su trayectoria en cuanto que pareja había quedado interrumpida y su vida —en cuanto que relato— había quedado interrumpida también. Al igual que el resto de las personas, los dos necesitaban testigos porque eran lo que se decía de ellos y lo que de ellos veían en el otro: sin la otra persona —y el espejo que ésta había sostenido ante ellos durante los cinco años anteriores— sólo había un vacío, que no era únicamente amoroso. Por alguna razón, y como sucedía siempre, ni siquiera le resultaba posible recordar ciertos acontecimientos del periodo: cada vez que se esforzaba por hacerlo —para recordar, por ejemplo, algún incidente desafortunado entre los dos que justificara e hiciera más fácil su ruptura— acababa vislumbrando algo parecido a una bruma, una especie de paisaje en el que las cosas que habían sucedido se le mezclaban con las que podrían haber pasado y tal vez habían acontecido sin que Él las recordara con claridad. A Ella debía de sucederle lo mismo, pensaba. Y sin embargo había dejado de contestar sus llamadas, no le había dicho adónde se marchaba, no había respondido sus correos electrónicos: había creado entre Ella y Él las mayores distancias que podían establecerse en ese momento histórico en el que la separación entre dos personas ya no se producía necesariamente en el ámbito físico sino en el de la atención, por decirlo de alguna manera. Nunca antes habían existido tantas posibilidades de negar la existencia del otro bajo el eufemismo de bloquearlo, pensaba Él; en ningún otro periodo de la historia había sido posible hasta tal grado hacer desaparecer a una persona sin recurrir a su asesinato y a la destrucción de su imagen, los cuales —por otra parte— seguían siendo los modos más habituales de hacerlo en lugares escasamente privilegiados del globo: cuando una persona descubría que el otro había ejercido esa forma de supresión sobre ella, quedaba devastada de muchas maneras, también debido a la imposibilidad de objetar o solicitar explicaciones. Que el otro también se anulara al bloquear a su interlocutor no era suficiente consuelo para éste ni reparaba su moral dañada. M. había publicado varios libros sobre el asunto: sus autores pasaban por catastrofistas —uno de ellos, también, por el inventor de las nuevas realidades virtuales—, pero a Él le parecía que ni aun los más proclives a alarmarse alcanzaban a comprender la dimensión que adquirían la absoluta accesibilidad del otro y su anulación absoluta. Ni siquiera había nombres apropiados —o Él no los conocía— para denominar esas distancias que las personas habían comenzado a poner entre ellas más y más a menudo, aunque tampoco los había habido nunca para dar cuenta de las formas en que las personas entraban en las vidas de los demás; la forma, por ejemplo, en que M. se

había impuesto en la suya, que sólo esperaba una confirmación de alguna índole.

A lo largo de esas semanas Él llamó en dos ocasiones a
sus —por otra parte escasos— familiares, el día de Navidad y el de Año Nuevo; era una frecuencia relativamente inusual en el marco de las comunicaciones con su
familia, en la que el desapego había constituido primero
una estrategia de supervivencia y más tarde una forma
de urbanidad. Sus llamadas telefónicas solían ser breves
y tenían como tema principal el estado del clima: cuando sus familiares le hablaban del calor que hacía en su
país para esas fechas, Él escapaba por unos minutos del
ambiente invernal, tristemente festivo, de esos días en
Madrid, que invitaba a una introspección —y al consumo
de ciertos derivados de la grasa porcina— de la que Él
intentaba escapar como de cualquier otro fenómeno de
histeria colectiva. Ella y Él nunca habían celebrado la
Navidad, aunque habían mantenido algunos rituales
cuya existencia era previa a su relación: los viajes que Ella
hacía al norte para estar con su familia durante esos días,
las llamadas telefónicas de Él, cuyo asunto era el calor
imperante al otro lado de la línea, la evasión en filmes y
en libros deliberadamente poco navideños, que Él reser-
vaba para esas semanas, en que se quedaba en la casa y
podía contemplar la euforia en las calles —que incluía
una absurda concentración masiva en el centro de la ciudad la última noche del año, transmitida por la televisión en un ejercicio de desinformación y anacronismo—
con la tranquilidad —a esa altura, evidentemente
errónea— de que Ella iba a volver después de unos días.

M. se había marchado al sur y Él tuvo por primera vez la
impresión de que ésta había llenado su tiempo y había

capturado su atención de tantas maneras distintas que su ausencia constituía una forma de vacío, algo parecido a otra pérdida. Un día le llegó una postal suya: por una cara tenía la imagen de un joven con un corazón tatuado en un brazo; por la otra, M. había escrito: «El corazón de las mujeres late más rápido que el de los hombres». Él comprobó que era cierto, poco después: en condiciones normales, a unos ochenta latidos por minuto contra los setenta y uno del corazón del hombre.

4

Una de sus impresiones más intensas a lo largo del primer día fue que Brasilia no estaba terminada aún: la vegetación continuaba creciendo indómita sobre cualquier parche de tierra roja que hubiese disponible entre las viviendas, los edificios gubernamentales se alineaban a ambos lados del Eje Monumental como si aún no hubieran sido ocupados, el perfil de la ciudad —que Ella había podido observar bien mientras el avión descendía sobre su aeropuerto— era como el esbozo a mano alzada de una población imposible; detrás de la Plaza de los Tres Poderes, el Bosque de los Constituyentes y las construcciones que albergaba parecían estar todavía en obras. Ella había leído bastante sobre la metrópoli durante sus estudios universitarios, pero nada la había preparado para la confrontación con ella y con algo que no aparecía en los textos: la extensión aplastante del cielo del Planalto, que había caído sobre Ella tan pronto como comenzó a caminar por la ciudad; era —pensó— un cielo amenazador, una inmensa pizarra que se recostaba sobre el horizonte y se precipitaba sobre los edificios y los coches y las —por otra parte— escasas personas que circulaban entre ellos como algo parecido a una condena: si alguien escribía alguna vez sobre esa pizarra lo haría para dejar un mensaje tremendo, una amonestación a la especie humana por la forma en que ésta producía horror y belleza simultáneamente y desde sus comienzos. Quizá fuera ese tipo de pensamientos —que Ella, por lo general, no tenía— el que llevase en su momento a las autoridades a escoger esa extensa meseta en el centro del país como el asiento de la capital futura: como sucedía a menudo —pero muy pocas veces podía verse con tanta claridad—, el ideal de una racionalidad absoluta en la distribución del espacio tenía un fondo profundamente religioso, irracional; la ciudad estaba repleta de signos de ese tipo, desde la catedral de Oscar Niemeyer, con su largo pasillo parcialmente subterráneo que se debía atravesar para llegar a su interior y su promesa de un regreso inocuo al vientre materno, hasta la disposición en cruz del trazado original, que a Ella podría haberle parecido la silueta de un ave. Una vez —quizá en Bath, ya no lo recordaba— había visto una gaviota alimentándose de los restos de una congénere atropellada y desde entonces había desarrollado una aversión profunda por los pájaros. Brasilia podía haber sido, de acuerdo con esto, una ciudad gafada de antemano por sus pretensiones avícolas y un exceso de simbología; de antemano, y por esa razón, Ella se había convencido a sí misma hacía tiempo de que la silueta de la ciudad no se correspondía con la de un pájaro, sino con la de un accidente aéreo, un avión desplomado a tierra cuando se encontraba a punto de encontrar refugio —o al menos cierto alivio a la caída— en la laguna próxima.

Las voces de los vendedores que se distribuían entre la catedral y la explanada del Museo Nacional de la República —«agua, agua, agua», repetían— le parecían desesperadas, como si el suyo fuera un reclamo y no una oferta, como si fuesen ellos los sedientos. Al comprarle una botella a uno, le preguntó si sabía a qué hora cerraba el museo, pero el vendedor se encogió de hombros, como si estuviese desde hacía un tiempo incontable allí y fuera a permanecer en el lugar hasta su muerte. ¿Qué era ese edificio en el otro extremo del predio vacío?, preguntó Ella señalando la Biblioteca Nacional: su portugués no era óptimo, pero desde hacía algunas horas sentía un deseo profundo de hablar con alguien. El vendedor, sin embargo, volvió a encogerse de hombros ante su pregunta. Brasilia —y esto le parecía lo más admirable— ratificaba al tiempo que desmentía la idea que había presidido su creación y la justificaba, la de que una ciudad concebida racionalmente haría racionales a sus habitantes. ¿Podía indicarle al menos cómo llegar a la Torre de la Televisión?, insistió gesticulando hacia el norte, donde la torre se erigía entre los árboles y los edificios. El hombre sonrió mostrando unos dientes malogrados y escasos; a continuación señaló en dirección al complejo del Congreso Nacional, cuyas construcciones dibujaban una especie de escritura taquigráfica en el paisaje, en dirección completamente opuesta a la que Ella había solicitado. El agua tenía un sabor metálico y una consistencia viscosa, como la del sudor. Ella no tenía ninguna razón para ir hacia donde el vendedor la había enviado, pero fue obediente y fingió seguir las indicaciones del hombre hasta que éste se perdió de vista, y luego tuvo que dar un largo rodeo para volver a su hotel que la dejó en él cuando el sol ya había caído.

Alguien le había contado alguna vez que en las ciudades próximas a una gran masa de agua los sueños son más vívidos. No sabía si esto era así —aunque tenía un recuerdo intensísimo de las pesadillas que la habían asaltado en las dos ocasiones en las que había visitado Ciudad de México, que se encuentra sobre un lago—, pero eso explicaba por qué en Madrid no solía soñar, algo que a Él le había provocado una enorme perplejidad al comienzo de su relación, cuando habían empezado a dormir juntos. No podía ver el lago desde la ventana de su habitación de hotel, pero sentía la presencia del agua de algún modo, y soñó algo que olvidó de inmediato;

181

pese a lo cual, el recuerdo de haber soñado, aunque no el contenido del sueño, la acompañó durante las primeras horas del siguiente día, como una constatación.

En los últimos meses de su relación con Él, Ella había visitado algunas ciudades españolas en las que no había estado previamente o a las que no había prestado la suficiente atención; eran excursiones de campo por lo general breves, prospecciones personales que a menudo la encontraban conduciendo a través de la periferia de esas ciudades con una mezcla de asombro y terror ante la fealdad irremediable de los suburbios. Mientras conducía —en ocasiones hablando con el coche, tenía que admitir— podía perderse en sus pensamientos, y éstos giraban por lo común en torno a la pregunta de qué clase de arquitectura podía contraponerse a ésa, qué formas de habitar podían surgir de esos lugares en los que habitar ni siquiera parecía posible. Pero la finalidad principal de esos viajes consistía más bien en suscitarle una emoción, que la asaltaba cuando caía el sol, a menudo sin aviso previo y sin que mediase causa alguna: la de añorar furiosa, desesperadamente, su compañía. Se trataba de una sensación que conocía desde que había comenzado a viajar sola, en su primera juventud, y que antecedía a sus relaciones, que no la excluían: la añoranza de un hogar en la ciudad extranjera no era el resultado de ninguna dependencia —como podría haber pensado alguien; incluso Ella misma, en otras circunstancias—, sino otro aspecto de su autonomía, de la libertad de viajar sola. A lo largo de ese periodo, su relación se había beneficiado de esa añoranza, que Ella buscaba para ratificarse una y otra vez su deseo de Él y de lo que ambos tenían: del amor que tenían, podía decirse; había conseguido instrumentalizar esa añoranza, que tal vez Él también sintiera por Ella cuando Ella se encontraba fuera pero que nunca había admitido sentir, excepto cuando, evidentemente, ni siquiera esos viajes, y el deseo de Él que suscitaban en Ella, habían sido suficiente para prolongar la ilusión de un presente sin futuro en el que se sostenía su relación; que, de hecho, era toda su relación desde hacía algún tiempo.

Un asentimiento de identificación los unió brevemente cuando se encontraron frente al espejo de agua de Roberto Burle Marx en la 308: los dos llevaban la misma guía de viajes, la de él en un idioma que Ella no pudo descifrar a la distancia. Una vez más, experimentaba la añoranza que el crepúsculo le inducía siempre en una ciudad extranjera; en esa ocasión sin objeto. En Brasilia oscurecía repentinamente y a hora temprana, y la ciudad solía vaciarse con rapidez. Cuando Ella se dirigió a la parada de taxis creyó verlo caminar hacia la Banca da Conceição, pero unos minutos después volvió a tropezar con él cuando entraba al quiosco de prensa de la 108 Sur: al atravesar la puerta arbórea que protegía el quiosco, él le dirigió la palabra, y Ella se sintió por primera vez autorizada a observar su rostro, que le pareció —sin que pudiera explicarse bien por qué— diáfano, un rostro de hombre joven que la interrogaba desde un territorio que se extendía más allá de lo que Ella consideraba posible. Le sonreía, y Ella tuvo que pedirle que le repitiera su pregunta: le había preguntado si podía compartir con Ella el único taxi que había. Tenía un acento inglés que Ella atribuyó al norte de Inglaterra, a algún sitio al norte de Manchester, que era para Ella el norte del norte del país: un sitio inimaginable. Una vacilación los dejó en silencio cuando ambos subieron al coche: no sabían a qué sitio dirigirse primero, pero Ella se inclinó hacia el conductor y le indicó la dirección de su hotel. Él elogió su portugués del modo elíptico y algo escéptico que constituía la forma de hablar más habitual en su país y a continuación le estrechó la mano: se llamaba J., dijo.

Al igual que otras muchas mujeres, había sido educada para preguntarse cómo la veían hombres como J. y de qué forma debía actuar para no decepcionarlos; con enorme dificultad, a lo largo de su vida, Ella se había liberado al menos parcialmente de las implicaciones de esa educación, pero ésta regresó de alguna manera cuando se descubrió preguntándose si J. se sentía atraído por Ella en lugar de preguntarse si Ella encontraba atractivo al joven. Mientras se interrogaban el uno al otro —sobre desde cuándo estaban en Brasilia, de dónde venían, cuánto tiempo permanecerían en la ciudad, todo lo cual era fácil de resumir: dos días y uno; de Madrid y de Middlesbrough; cinco y cuatro días—, las palabras que se decían quedaban, en algún sentido, a sus espaldas, y Ella recordó sorpresiva y rotundamente que había oído que algunos anabaptistas como los menonitas rechazan el transporte moderno porque consideran que un desplazamiento demasiado veloz de los cuerpos deja atrás a las almas, más lentas, o sencillamente, perezosas. J. estaba hablando acerca de la ciudad cuando Ella lo interrumpió para contárselo; su descortesía sorprendió a ambos, y Ella estaba a punto de disculparse cuando J. soltó una carcajada estentórea. Dudaba de que la historia fuese cierta, afirmó, aunque le gustaba la idea de que alguien fundase una religión sobre la premisa de la chapucería de un dios sobrepasado por el transporte moderno. ¿Dónde quedaban sus almas mientras atravesaban Brasilia?, preguntó; su risa había instalado entre ambos algo parecido a la intimidad, un cambio sutil en la temperatura del taxi que compartían. J. comenzó a hablarle de los edificios que surgían a su paso; ya habían dejado atrás el Banco de Brasilia y estaba haciendo una exhaustiva descripción del edificio y de sus elementos más característicos —que confluían, por cierto, en un futuro posible que no había tenido lugar ni lo tendría— cuando Ella creyó reconocer en sus palabras el uso de una jerga compartida y una mirada que traía consigo una forma de clasificar el mundo y de ponerlo en palabras que le resultaba familiar porque era la suya propia. *«You are an architect, aren't you?»*, volvió a interrumpirlo. J. asintió y se disculpó de inmediato: había olvidado preguntarle por su profesión, dijo. Ella lanzó una carcajada y por primera vez desde que lo había conocido sintió la inminencia de la posibilidad de una situación en la que Ella no perdería el control, a no ser que lo desease: una laxitud de los miembros que la predisponía a experiencias poco habituales, cualquiera fuera su naturaleza. *«Me too»*, respondió, y algo parecido a un reconocimiento los aproximó todavía más antes de que el taxi se detuviera en la explanada de su hotel, donde todas las luces estaban encendidas como en una pista de aterrizaje. Mientras el taxista asistía sin interés a los intentos que Ella hacía infructuosamente para pagar la carrera, sobre su añoranza de un hogar en la ciudad extranjera se fue depositando un deseo de compañía al que sólo el pudor le impidió poner otro nombre en esos primeros minutos; también una curiosidad por el otro que pocas veces sentía, quizá a modo de protección, por cuanto conocer al otro era inevitablemente hacer propia su historia, si el otro deseaba contarla. J. tenía unos ojos claros y unas manos que parecían demasiado grandes para su estatura, que era similar a la suya; llevaba una camisa a cuadros que le sentaba como un disfraz, y Ella se preguntó cómo se vestía diariamente, qué clase de infancia había tenido, adónde había ido a parar una educación que, de no ser muy distinta a la suya, también debía de haber estado destinada a enseñarle a agradar a otros, en su caso a las mujeres. ¿Él también se había desembarazado de la educación que había recibido? Tenía un intenso deseo de saberlo, que la desconcertó y le hizo preguntarle si quería cenar con Ella. J. no parecía haberlo pensado —o fingía no haberlo hecho para no suscitar en su acompañante la sensación de que le interesaba, pensó Ella— y evaluó la idea durante unos instantes; algo parecía retenerlo en otro lugar, algún tipo de compromiso, creyó entender. Pero en los días que siguieron no lo vio llamar por teléfono para cancelar ninguna cita, no lo vio disculparse ante nadie ni ofrecer explicación alguna. J. dijo que sí, que le gustaría cenar con Ella, y a continuación estuvo a punto de rodear el vehículo para abrirle la puerta, pero se detuvo frente a la parte trasera del automóvil, inseguro respecto de la naturaleza impuesta de esa cortesía y de cómo podría ser interpretada; cuando Ella se dio la vuelta mientras descendía del vehículo tras haberse abierto la puerta Ella misma, le pareció que los faros de posición del automóvil lo habían encandilado como a una liebre en la carretera.

J. había nacido en una pequeña población en North Yorkshire a la que sus padres habían llegado a mediados de la década de mil novecientos setenta; habían abandonado sus estudios debido a una intoxicación de J. A. Baker y de discos de Fairport Convention y se habían unido a una comuna cuyos miembros ensayaban formas de producción sostenible de alimentos por primera vez en la región: cuarenta años después eran los únicos que permanecían en Burned House, a cargo de una docena de trabajadores polacos que se ocupaban de los cultivos; vendían en toda Europa y aspiraban secretamente a que él se hiciera cargo de la granja cuando ellos se hubieran retirado, cosa que no sucedería. J. tenía una forma de hablar de sí mismo que no resultaba irritante ni pretenciosa, sino que constituía una invitación a que su interlocutor también hablara de sí mismo, movido por un reclamo de reciprocidad o por cualquier otra razón; solía bajar la vista cuando lo hacía, como resultado de una timidez que a Ella le pareció ligeramente fastidiosa hasta que llegaron los platos que habían ordenado y la conversación comenzó a fluir: trabajaba en el departamento de vivienda del ayuntamiento de Middlesbrough, para el cual había concebido ya varios bloques de viviendas sociales en las afueras. J. tenía fotografías en su teléfono, que le mostró cuando Ella le pidió que lo hiciera: eran apartamentos amplios y luminosos en edificios cuyas fachadas, al igual que las zonas comunes, habían sido pintadas con colores alegres; unos espacios en los que la vida exterior de las personas podía convivir con su vida interior, que alentaba mediante la invitación a la introspección y al examen; a Ella le sorprendió la madurez que insinuaban, que le pareció aún más singular cuando J. le dijo cuántos años tenía. Al día siguiente, cuando Ella recordara los eventos de esa noche, iba a decirse que ésa había sido su primera cita tras la separación y que había discurrido excepcionalmente bien, dadas las circunstancias. Muchas veces había escuchado los relatos de sus citas que le habían hecho sus amigas solteras, situaciones incómodas o sencillamente humillantes en las que se sentían manipuladas, escuchadas en exceso o no escuchadas en absoluto, convertidas en una solución provisional o desdeñadas sin disimulo. Por lo común, el sexo que tenía lugar tras la cita —si lo hacía— era incluso peor, y tanto E. como Bg. —e incluso D. y F., cuya situación y carácter eran por completo distintos a los de sus otras dos amigas— tenían varias historias al respecto, que podían ser interpretadas como una constatación o como una advertencia.

Mientras cenaba con J. en el restaurante de su hotel, no pensó ni por un instante que estaba teniendo una cita, sin embargo. Después de mostrarle las fotografías de las viviendas que había concebido, J. le preguntó por sus propios proyectos y Ella le habló de un par de ellos, que J. se apresuró a buscar en internet; cuando los encontró, se puso a su lado para que le hablara de las imágenes; la intimidad que había surgido entre ellos se multiplicó a consecuencia de la proximidad física, devino súbitamente, mientras estaban sentados uno junto al otro observando las fotografías, una especie de gravitación que los aproximaba. Por un momento, Ella pensó que J. iba a besarla, pero no lo hizo; después de terminar la botella de vino que habían ordenado y de que retirasen los platos, pensó que la que iba a besarlo era Ella, y lo hizo: sintió una especie de euforia cuando él, tras un breve instante de algo que pareció sorpresa —pero en el que se dejó besar sin oponer resistencia, por alguna razón—, comenzó a besarla a su vez, suave pero firmemente.

¿Qué conclusión podía extraerse del hecho de que el lenguaje siempre se detenía cuando irrumpía el sexo?, se preguntó tiempo después. Ninguno de los dos habló mientras esperaban la cuenta, subían en el ascensor hasta el decimoséptimo piso del hotel, se dirigían a la habitación a través de un pasillo luminoso y aséptico. Ni siquiera se tomaron de la mano. Ella abrió la puerta de su habitación y J. la besó antes de que Ella lo empujara suavemente sobre la cama; se quitó la camiseta y se montó a horcajadas sobre él, lo besó mientras se quitaba el sujetador y a continuación él le cubrió los pechos con las manos, Ella volvió a inclinarse sobre él para tomarlo del cuello; hubo un instante en el que ambos vacilaron y después no vacilaron más.

5

Unos minutos después de terminar, cuando regresó del baño y se tendió a su lado, ella admitió que al principio había estado nerviosa y Él se sintió libre de reconocer que había sentido lo mismo. Mientras hacían las fotografías, ella le había contado que los padres de su madre —a quienes había conocido, sorprendentemente— habían sido comprometidos por sus progenitores cuando ambos tenían cuatro años de edad, en mil novecientos treinta y nueve. Nunca habían hablado de amor, le contó su madre; se llamaban mutuamente «camarada» sin atisbo alguno de ironía, y su padre les había pedido la mano de su hija diciéndoles que deseaba casarse con ella para contribuir a la China comunista, lo cual establecía una conexión entre las generaciones que uno debía observar con resquemor pero también con algo de nostalgia. Sus padres vivían por entonces en apartamentos de estudiantes en unos bloques separados por sexos, y siguieron ocupándolos hasta que recibieron el permiso de las autoridades para casarse; antes de la noche de bodas —a la que llegaron escasamente preparados, por supuesto— nunca habían estado a solas y, de alguna manera, nunca iban a estarlo después, ya que se habían casado por el Partido y con su sanción, lo que ponía siempre a éste por encima y entre los casados. La joven había pasado su primer año fuera de China estudiando en Reino Unido: iba al karaoke con compañeros de estudios de su misma nacionalidad, veía telenovelas chinas en su portátil, veía llover sobre Londres desde un apartamento minúsculo en Peckham. Le había tomado meses dejar de sorprenderse cuando veía en la calle a alguna pareja de la mano.

No había querido que la penetrara y no se había quitado el sujetador, y Él, que al principio se había sorprendido —de que hubiera obtenido su número de teléfono y lo llamase para pedirle que hicieran algunas fotografías más para sus padres, de que después de las fotografías la joven china lo besara y de que lo condujese a su habitación—, creía comprender en ese momento que de lo que la joven le hablaba era de su falta de educación en esos asuntos, de un vacío instalado sobre su cultura y sobre ella como una nube de tormenta. Qué habían pensado sus padres de que viniera a Madrid, le preguntó; la joven china se encogió de hombros mientras se vestía: el vello oscuro que cubría su monte de Venus, y que un momento atrás le había parecido a Él que destellaba e inducía a la sinestesia en su contraste con la piel clara, fue engullido por los pantalones y Él sintió de inmediato una sensación dolorosa de nostalgia y de deseo. Sus padres ponían anuncios en la prensa para buscarle novio desde antes de que ella se marchase al extranjero; sólo habían sugerido dejar de hacerlo cuando les había dicho que ya tenía uno y únicamente habían interrumpido la publicación cuando les había mostrado las fotografías que se había hecho con Él y habían llevado a cabo la videoconferencia. A sus años —reflexionó en voz alta, dejando percibir en su voz un cansancio que delataba su edad real, que Él desconocía— una mujer era poco menos que una solterona en su país, una desgracia para su familia, un mal negocio para sus padres, una vergüenza para sus allegados; también era una persona desprotegida, indefensa frente a los hombres de su entorno excepto por su capacidad para el disimulo y el camuflaje. Estaba pensando en regresar a Londres, le dijo: el clima era terrible, pero allí la comunidad china era mayor y —por consiguiente— ofrecía más posibilidades, también la de encontrar un marido que sus padres aceptaran. Al igual que muchas otras mujeres antes que ella, la joven china tenía que establecer ese tipo de compromisos para que no se le impusieran obligaciones mayores y más dañinas; la suya era —pensó— una elección que se derivaba de la falta absoluta de capacidad de elección, que algunos consideraban propia de culturas distantes en el tiempo y en el espacio y que, sin embargo —y esto lo sabía bien—, también afectaba a las mujeres de las clases bajas que Él había conocido, en su país de origen así como en España y en otros sitios: sobre ellas se imponía un mandato que no era cultural, sino económico; pero claro que la economía había devenido cultura en las últimas décadas, la única que prosperaba donde todo lo demás declinaba y se extinguía.

¿Qué estaba pensando la joven china?, se preguntó. ¿Por qué se había acostado con Él? Muchas veces —y en particular durante su adolescencia— Él había dilapidado muchas de sus oportunidades con las mujeres porque era demasiado bueno con las palabras; hablaba, y el hecho de que poseía un cuerpo y éste podía ser deseado —más aún, que deseaba y que ese deseo no era satisfecho sólo con la proximidad y el intercambio de ideas— se ahogaba en el flujo de las palabras. La joven china parecía haberlo sabido de forma intuitiva, porque no había buscado su conversación ni le había dejado racionalizar su impulso; había despertado su deseo y a continuación lo había aprovechado, con una rapacidad y una urgencia que por lo general se asociaban con el deseo masculino pero que Él no recordaba haber manifestado nunca, excepto durante su formación sentimental y de manera tan torpe que a algunas mujeres les había pasado inadvertido. La joven china había tomado la iniciativa; se había servido de Él como si su cuerpo —más bien los cuerpos de los dos, confundiéndose— hubiera sido una mesa dispuesta en la habitación olvidada de una casa enorme, una de esas casas con extensos corredores y puertas que nadie abre que algunas veces se recorren en sueños. Necesitaba una ratificación de algún tipo, pero la joven china no parecía dispuesta a ofrecer ninguna; después de vestirse se apresuró a preparar un té y lo llamó desde la pequeña cocina para que fuera a beberlo; su voz —que se había quebrado ligeramente en los momentos en que había perdido el control al experimentar el orgasmo— había adquirido una gravedad nueva, que a Él —que por lo general interpretaba mal las señales de los otros— le pareció que volvía a ponerlo en lo que podía llamar «su sitio», el de alguien que estaba ayudándola a engañar a sus padres para que ella pudiera vivir su propia vida. (En la que, por otra parte, y esto resultaba evidente, no había un lugar previsto para Él.) Quizá toda identidad y la cultura de la que se derivaba no fueran un punto de partida sino uno de llegada, como parecía creer la joven; sus posibilidades dependían de ello, y no iba a volver a la cama con Él ni ese día ni ningún otro, también a consecuencia, comprendió repentina y correctamente, de una libertad de elección que Él —junto a otros, imaginó— estaban ayudándola a adquirir. A Él todo ello le parecía bien, de alguna manera: seguía añorándola a Ella, y el sexo con la joven china se lo había recordado. Cuando se despidieron en la puerta, la joven tomó una de sus manos y se la llevó a la mejilla, y ese pequeño intercambio de afecto y de calor entre ambos fue lo último que Él supo de ella.

6

Le preguntó cuáles habían sido sus peores citas y Ella apartó la vista de su plato y se detuvo a pensar por un momento. J. desayunaba huevos y tocino. Ella no había tocado su tostada, que a él le había arrancado una exclamación de sorpresa. No sabía que los españoles las tomaban con aceite de oliva, admitió. A Ella le resultaba difícil recordar alguna cita suya que realmente hubiese salido mal, lo cual —suponía— era la demostración de que había tenido una suerte extraordinaria; pero, a cambio, conocía decenas de situaciones que habían vivido sus amigas. Una se había acostado con alguien a quien había conocido esa noche; a la mañana siguiente él se había ido a trabajar y ella se había quedado encerrada en su apartamento: había tenido que esperar hasta las diez de la noche a que él regresara, y al volver él había querido volver a acostarse con ella, pero su amiga se había marchado dando un portazo. Una tarde, otra de sus amigas había tenido una cita con un chico que se había pasado todo el rato ocultando su erección; al día siguiente, él le había pedido que no volviera a escribirle porque no se lo había pasado bien, algo que a su amiga le había parecido terriblemente desconcertante. (J. estuvo de acuerdo.) Algunas de sus amigas, las que contactaban con otras personas a través de aplicaciones y páginas web especializadas, habían tenido citas que habían fracasado debido a alguna mentira innecesaria, por ejemplo la que se derivaba de las diferencias irreconciliables entre las fotografías que las otras personas les habían enviado y su aspecto en la vida real, dijo Ella mientras se alejaban del comedor en dirección a los ascensores. (Pero todo lo que se decía en internet también formaba parte de la vida real, objetó J. Producía, dijo, efectos reales en las vidas reales de las personas. Ella estuvo de acuerdo, por supuesto.) Continuó su relato en el elevador; le contó que, sin embargo, según sus amigas, la mayor parte de esas citas no había fracasado a consecuencia del aspecto físico del otro, sino a raíz de silencios embarazosos, debido a algún gesto o a la ausencia de ellos, o como resultado, por fin, de alguna opinión desacertada u ofensiva que alguien había formulado sin que quedase claro por qué o para qué. Mientras atravesaban los pasillos del piso diecisiete, Ella pensó que había otras historias que podía contar, pero que hacerlo hubiese supuesto exponer a personas que no significaban nada para J. —a quienes él no conocería nunca y de las que no sabría siquiera el nombre, ya que no iba a decírselo—, pero que para Ella sí tenían una identidad, además de una historia. La de su amiga que estaba teniendo sexo con un hombre cuando éste perdió la erección, por ejemplo; su impresión de que hacía el ridículo, o su convicción de que la cita ya no tenía propósito —que era otra posible lectura de lo que sucedió a continuación—, hizo que se vistiera y se fuese, prometiendo un encuentro futuro que nunca se produjo, afortunadamente. La de otra de sus amigas, que comenzaba a tener sexo con un hombre cuando éste alcanzó su orgasmo; el hombre —«el tío», lo había llamado E., que era el origen de la historia— pareció sentir tanta vergüenza que encendió la televisión y empezó a ver una carrera de fórmula uno, como si nada hubiera sucedido y E. ya se hubiese marchado, que fue lo que ésta hizo a continuación, con un portazo.

Y había otras historias, que no eran peores pero que tampoco deseaba contar porque eran suyas, le habían sucedido a Ella y hablaban de Ella; de su personalidad, podía decirse: contarlas hubiera sido peor que desnudarse, un acto más íntimo y que la haría sentir vulnerable de una forma en que ninguna otra cosa podía. Una vez —la primera en que se acostaba con aquel novio algo circunstancial que había tenido, el fotógrafo—, después de hacer el amor, Ella se había encerrado en el baño a llorar, sin razón. Antes —en otra oportunidad, después de la actuación de un grupo de músicos al que Ella era aficionada, en su adolescencia— había sido atacada en los camerinos por dos de ellos, que se habían turnado para besarla, intentar bajarle los pantalones, forzarla a arrodillarse para practicarles una felación; cuando había conseguido desembarazarse de ellos, había sido insultada y expulsada por los músicos. Mucho después de todo aquello —después del fotógrafo, incluso—, Él le dijo con torpeza un día, por primera vez, que la amaba; pero Ella, que había estado esperando con ansiedad ese momento, comenzó a reír histéricamente, nunca supo por qué.

A pesar de su tamaño, J. era ágil y parecía moverse sin esfuerzo sobre Ella o de cualquier otra manera; cuando yacía desnudo a su lado, su cuerpo adquiría una cierta gravedad que la desconcertaba, como la de un santo agonizante en una imagen barroca, repleta de venas hinchadas y rodillas y palmas y sufrimiento trascendente. No habían salido de la habitación en toda la mañana, y al mediodía J. la llevó a comer algo a un restaurante popular en las afueras de la ciudad; había oído hablar de él a un planificador brasileño que había conocido circunstancialmente en Londres, pero, al llegar, los sorprendieron la precariedad de las instalaciones y la naturaleza que las circundaba, que parecía no haber sido alterada excepto con la plantación de unos mangos enormes, cuyos troncos, que eran escuálidos y se ramificaban a pocos centímetros del suelo, daban la impresión de ser incapaces de sostener el follaje: la comida estaba deliciosa, sin embargo. Al terminar, J. recordó que había olvidado contarle cuál había sido su peor cita y Ella lo animó a que lo hiciera: pidieron café, que les sirvieron en las tazas minúsculas en las que éste se bebía en Brasil en nombre de la convención y tal vez del prejuicio. J. había tenido un amorío con una de sus profesoras en el último año de estudios, comenzó a contar; se veían a escondidas, en el apartamento de ella, después de las clases. No había compromiso alguno entre los dos, por supuesto, pero J. —naturalmente, también— se había enamorado de ella. La mujer era mayor que él, no carecía de reputación en los círculos de la arquitectura británica, tenía estilo, tenía una casa desde la cual podías ver toda la ciudad, tenía un gato que era una especie de mota de polvo arrogante en el extremo de un sofá, tenía máscaras africanas en las paredes y una alfombra persa en la sala. ¿Qué tenía él? Unos padres que vivían en una granja con nombre de accidente doméstico, unos estudios incompletos, una voracidad y un anhelo de sitios que todavía no había visitado y que sólo conocería muchos años después si tenía suerte. (La había tenido.) A veces se detenía a observar al gato de la profesora; le gustaba la rara unidad que poseía, de la que en general carecen los humanos: cuando estaba furioso, todo en él lo estaba; cuando se sentía satisfecho, la satisfacción electrizaba su pequeño cuerpo y era absoluta: no tenía doblez ni segundos pensamientos, pese al hecho de estar rodeado de personas —él, por ejemplo— que sólo tenían pensamientos de ese tipo. (Schopenhauer había dicho que los animales viven en el infierno y los seres humanos somos sus demonios, recordó J. Él estaba completamente convencido de que así era.)

196

Un día la profesora se había cansado de él, por supuesto; había dejado de invitarlo a su casa, y lo había hecho en un momento en el que él había comenzado a sentir —o así creía recordarlo, dijo— que su familiaridad con esa casa y con la profesora le otorgaba el único derecho al que él aspiraba, el de estar enamorado de ella y ponerlo de manifiesto. Quizá él había malinterpretado señales anteriores, que ni siquiera recordaba; ella, por su parte, había inferido erróneamente que él tenía un conocimiento de esos asuntos que le haría comprender qué sucedía y aceptarlo. No era una mala profesora —admitió J.—, pero en aquella ocasión se había equivocado en su evaluación, porque él carecía de ese conocimiento y casi de cualquier otro: estuvo llamándola durante semanas, primero de forma esporádica y después más y más insistentemente a medida que parecía ponerse en evidencia que ella ya no iba a responder a sus llamadas y que —de no haber otra cosa de la que hablar, lo que podía ser discutido— ella y él tenían que hablar de eso, de su determinación de no volver a contestar sus llamadas. Una tarde la había seguido al terminar la clase con la finalidad de hablar con ella, pero no había llegado a hacerlo: la profesora había entrado a un bar antes de que él pudiera alcanzarla y se había dirigido a un joven que la estaba esperando; el joven tenía su edad, o quizá fuese menor: llevaba una chaqueta a cuadros y la besó en los labios antes de que ella dejara sus cosas en una silla. J. se había sentado tres mesas más allá y había pedido una pinta de cerveza, tratando de captar su mirada; en un momento había comenzado a llorar, por supuesto: el camarero que lo observaba desde la barra se había aproximado a él y había depositado en su mesa una caja de pañuelos de papel, como si ésta fuera el acompañamiento habitual de las bebidas. Al final, la profesora y el joven con el que estaba se habían levantado y se habían dirigido a la salida, pero él no había reunido el coraje para confrontarlos y los había dejado ir. Nunca habían tenido una cita propiamente dicha y jamás se habían encontrado en un lugar público; ésa había sido la única vez —y la última— en la que lo habían hecho, de alguna manera. Las relaciones entre profesores y alumnos, de las que tanto se había escrito en el pasado —y que la nueva moralidad imperante condenaba, tal vez acertadamente—, se basaban en unas presunciones en torno al conocimiento del otro que siempre eran equivocadas, o acababan siéndolo: lo que atraía al maestro no era sólo la juventud del alumno, como algunos suponían, sino más bien el hecho de que éste carecía por definición de conocimiento, era su «virginidad» de ellos, podía decirse, la que excitaba el interés del maestro al comienzo de la relación; cuando ésta terminaba, sin embargo, esa falta de conocimientos resultaba contraproducente, por cuanto impedía al alumno comprender la ruptura y actuar con inteligencia: la relación amorosa entre el maestro y el alumno nunca enseñaba mucho —dijo J.—; por lo menos nada que pudiera ser aplicado en el momento en que terminaba. ¿Estaba Ella dispuesta a creer que su encuentro con la profesora en aquel bar había sido una cita? (Ella asintió.) En ese caso, admitió J., ésa había sido su peor cita, y posiblemente la única que prefería haber olvidado.

Visitaron el Museo de Arte de la ciudad, pero no pudieron pasar de las alambradas que cercaban el predio; nadie les había dicho que el museo había sido abandonado diez años antes —excepto por una escultura de Amilcar de Castro que seguía en el patio delantero— y que todo su contenido había sido llevado a otro sitio, no sabían cuál. Mientras regresaban en silencio al centro de la ciudad —un silencio que sólo J. se molestó en romper, hablándole de un par de obras de Waltércio Caldas que alguna vez estuvieron en el museo y que eran la razón por la que él había querido visitarlo—, Ella estuvo preguntándose qué sucedería cuando su estancia en Brasilia hubiera terminado. J. regresaba a Inglaterra en algunos días, ya se lo había dicho. Llegaron a su hotel sudados y polvorientos, y hubo un instante en que ambos se detuvieron en la recepción sin saber qué hacer. ¿Quería subir a la habitación con él?, le preguntó. Ella sintió la punzada de su deseo —que la asfixiaba, literalmente; era una opresión en el pecho que se parecía a la apnea— y aceptó subir, pero se arrepintió de inmediato. Pensó que tal vez J. sólo estaba tratando de ser cortés o de retribuir el acceso a su intimidad que Ella le había garantizado al llevarlo a su habitación y que iba más allá de su desnudez, que consistía en una disposición de los objetos y unos objetos mismos que, a diferencia de su cuerpo, no eran connaturales sino el resultado de decisiones conscientes y/o de la desidia. Alguna vez —en lo que ya le parecía otra vida— Ella había pasado una temporada relativamente prolongada durmiendo en hoteles; era parte de una investigación que Él estaba realizando para un libro que publicaría poco después y que todavía podía encontrarse en la sección de guías turísticas de algunas librerías pese a que no era en absoluto un libro de ese tipo: su tema era el hotel como una alternativa al hogar, un sitio en el que se ensayaban ciertas nociones de la privacidad y del confort que acababan instalándose en la forma en que imaginamos ambas cosas; en torno a la figura del hotel confluían en el libro —el mejor de los suyos, pensaba Ella— aspectos esenciales del modo en que vivimos, como la existencia de categorías y de clases sociales. A diferencia de lo que sucedía aún en los discursos políticos y económicos, en los que se insistía en la posibilidad del ascenso social y de la igualdad de oportunidades, en los hoteles se aludía explícitamente a la existencia de clases mediante la distribución del espacio de acuerdo con una regla sencilla: más espacio era más poder, también para modificar el espacio. A Él le interesaba ese aspecto de ellos, pero a Ella le resultaba indiferente, habituada como estaba en su condición de arquitecta a que toda modificación del espacio —y su concepción misma, por cierto— fuese producto del dinero; lo que le interesaba era, por el contrario, el fingimiento del hogar que se ponía en escena en el hotel y su estandarización, que se articulaban sobre la concepción errónea de que todas las personas habitan los espacios de la misma manera; de ello podía extraerse la conclusión de que —al menos en los términos en que lo planteaban los decoradores de habitación de hotel— el hogar es el sitio en el que no tropiezas con los muebles: de hecho, el lugar en el que ni siquiera los miras. La puesta en escena del hogar que realizaba la industria hotelera era una forma de miopía, pensaba Ella: música funcional y cuadros cuya abstracción resultaba figurativa.

Aunque sólo llevaban un par de días juntos, el sexo entre ellos había ido perdiendo el carácter de exploración y tentativa que solía tener entre desconocidos —y en cuyo marco la desinhibición también proviene de la indiferencia ante lo que el otro o la otra piense acerca de nosotros— para convertirse en algo distinto. No necesariamente en rutina, sino más bien en una cierta forma de comunicación, en un diálogo sujeto a variaciones pero fundado en la existencia de un idioma común, que ambos comprendían. La habitación de J. era inusualmente estrecha y él no parecía haber pasado mucho tiempo en ella: todo lo que había en la habitación que no pertenecía al hotel eran una maleta pequeña abierta sobre una silla, un periódico inglés doblado en cuatro y un libro junto a la cama; en el baño había un cepillo de dientes eléctrico y un envase de protector solar. Alguien había puesto el mando a distancia del televisor sobre una de las almohadas de la cama, como si estuviera exigiendo al huésped que encendiera el aparato y se entregara a los placeres pueriles del telespectador: ya era de noche, pero ninguno de los dos se había molestado en encender las luces. ¿Qué querían hacer a continuación?, preguntó J. Era una pregunta simple que requería una respuesta sencilla: que Ella dijera si deseaba que se vistieran y fuesen a comer algo fuera o si prefería quedarse en la habitación y pedir que les subieran la comida. Pero Ella estaba absorta en sus pensamientos —que giraban en torno a lo que estaba sucediéndole y a las posibilidades de que se prolongara en el tiempo— y cometió un error. «Yo podría verte en Middlesbrough a finales de marzo, o tú...», empezó a decir, pero se detuvo cuando vio cómo una sombra de alarma cruzaba el rostro del otro. No había previsto que J. tuviera otros planes, algo o alguien en la ciudad en la que vivía que hiciera inviable la continuación de lo suyo en el tiempo, o sencillamente un deseo de que todo ello no fuera más que una aventura: se había dado tan intensamente que parecía difícil imaginar que estuviera guardándose algo para otros, pensó Ella. A su lado, J. fingía que nada había cambiado entre ellos, pero su cuerpo había adquirido una rigidez nueva; en otra época —en su adolescencia, por ejemplo, cuando todo debía ser nombrado para existir y requería un contrato verbal previo— Ella hubiera considerado que J. le debía una explicación, una virtuosa enumeración de sus compromisos previos y una calificación de su importancia; sin embargo, algo que Él hubiese llamado «un mayor conocimiento del mundo», que Ella había adquirido en los últimos años, le hacía comprender que esa explicación era innecesaria y perjudicial para las horas que les quedaban juntos: era su secreto, que entraba dentro de sus potestades y que Ella no debía cuestionar. Un tiempo atrás, Bg. había mencionado una medida que E. y ella empleaban para lo que describían como «minimizar daños» y que consistía en «no contar, no preguntar, no saber» durante sus citas. Por su parte, Ella ni siquiera había buscado tener una, y sin embargo había acabado tropezando con algo parecido a una cita y ésta se había extendido ya a lo largo de dos o tres días, de tal forma que la medida que sus amigas adoptaban parecía digna de consideración y pertinente, de no ser porque ya era demasiado tarde para ponerla en práctica. Algo en J. le había hecho pensar que no tenía secretos, una cierta flexibilidad, pensó Ella, que imaginaba la ambigüedad moral como una especie de entumecimiento; pero J. debía de tenerlos, y Ella sólo podía aceptarlo: esos días en Brasilia iban a ser un paréntesis en la frase —por lo demás, perfectamente articulada, prístina— a la que ambos recurrirían para narrar su vida a un tercero. ¿Quién había recomendado a los escritores noveles y a los amantes de la pulcritud que tachasen —primero y sobre todo— los paréntesis en sus oraciones? No lo recordaba y no tenía importancia: al girarse hacia J., Ella violentó todas las minúsculas partes independientes que imaginaba que conformaban su rostro para que se reunieran en torno a la imagen convencional de una sonrisa —más efectiva por cuanto era falsa, como resultaba evidente para ambos— y le dijo que esa noche le apetecía tomar sake, y que tenían que vestirse y bajar a la recepción para preguntar dónde conseguirlo.

A los doce años J. había recogido un pequeño erizo que había encontrado al pie de un árbol, le contó esa noche en el restaurante; por entonces ya había oído algo acerca del trabajo de Konrad Lorenz y la noción de impronta y se las había arreglado para estar allí y ser lo primero que viera cuando el animal abriese los ojos. El erizo lo había tomado por su madre, naturalmente: lo seguía a todas partes, dormía con él, solía subirse a sus piernas cada vez que sentía miedo. «Pero lo más llamativo —dijo— fue que, al tiempo que yo le enseñaba cosas, el erizo comenzó a enseñarme cosas a mí, empezó a ejercer una influencia sobre mí que yo no había imaginado. Más tarde leí que Lorenz tampoco la había creído factible, pero supongo que es lo que hace posible la existencia de niños lobo y cosas así: si observas el comportamiento de algo o alguien el tiempo necesario, le otorgas también la posibilidad y el derecho de que observe el tuyo». «Y su observación condiciona tu comportamiento...», observó Ella. «... Del mismo modo que la tuya condiciona el suyo —dijo J.—. El erizo fue atropellado por un coche cuando tenía unos seis o siete meses de vida, según mis cálculos. Sólo Dios sabe qué podría haber sucedido si su influencia persistía», agregó, pero a continuación dijo que la que él había asimilado en ese periodo había sido suficiente, de alguna manera. «Me volvió duro, me volvió despierto», dijo. Los dos se quedaron en silencio mientras a su alrededor los empleados del restaurante recogían pequeños platos de sushi y las botellas minúsculas en las que servían la salsa de soja y el sake. Una vez más, Ella se preguntó qué era lo que J. le ocultaba y si no se trataba de una vulnerabilidad para la que no había sido educado y con la que no sabía qué hacer, como la mayoría de los hombres de su generación; sobre su anécdota infantil se imprimían otros significados, que hacían a la cuestión de que aquello que se observaba terminaba convirtiéndose en una propiedad —por lo común, devastadora— del observador, pero también a asuntos como la debilidad y la fuerza, de los que no habían hablado antes. J. se identificaba con un animal cuya proximidad —dadas ciertas circunstancias— podía provocar daño a otros, y Ella se preguntó por qué lo hacía, quién había instalado en él esa convicción acerca de su carácter que a Ella le parecía errónea, aunque era evidente que su conocimiento de él era circunstancial y no le permitía afirmar esto último con certeza. Al igual que otras personas —como Ella misma, por cierto—, J. había sido el objeto de una acusación que había acabado aceptando; alguien le había dicho alguna vez que él hacía daño a las personas que lo rodeaban y él, por alguna razón, había creído que esa acusación lo describía perfectamente, que era el núcleo en torno al cual giraba su pasado y lo que él haría con su futuro. Aunque podía haber sido falsa, al menos en ese momento, esa acusación había acabado definiéndolo, en cierto sentido: al día siguiente, por la tarde, Ella lo acompañó al aeropuerto y lo besó antes de subirse de nuevo al taxi en el que habían llegado. Quiso decirle que algo de él la iba a acompañar siempre, de alguna manera, pero no se atrevió a hacerlo. Después vio desfilar las calles de Brasilia a través de las ventanillas del automóvil y tuvo una sensación de pesadez y alivio, y pensó que iba a tener que dedicar las siguientes semanas a olvidar su proximidad y lo que ésta había significado, pero también pensó que ambos habían sorteado un peligro de alguna índole; sobre todo, pensó en J. —no pudo evitarlo— como una especie de erizo, y estuvo pensando en él de esa manera durante las horas siguientes, también mientras observaba desde su habitación de hotel los fuegos artificiales que daban paso a otro nuevo año: no como un plantígrado u otro animal al que se pareciera físicamente, sino como un erizo —*a hedgehog* había dicho él, y también un *burr*—, un animal nocturno pero huidizo y de naturaleza contradictoria.

7

M. regresó antes de lo que había dicho que lo haría; su tren no había abandonado la estación aún cuando comenzó a enviarle mensajes de texto; como todos los suyos, estaban dirigidos a Él pero no esperaban respuesta, eran parte de la conversación que M. mantenía consigo misma, que le permitía presenciar por razones que Él desconocía. Quería ir a cenar esa noche con Él, dijo: estaba deseosa de discutir algunas cuestiones. «¿Qué tiene de dulce una monja? ¿Cuántas variantes pueden encontrarse a la mezcla de azúcar, huevos y grasa de cerdo?», escribió. A continuación le envió una noticia acerca de la reposición de una pieza sobre las pérdidas de un puñado de personas anónimas, que participaron en la documentación previa a la dramaturgia: unas llaves, un gato, paraguas, la cartera, su pareja. No había información alguna sobre si todas esas personas habían recuperado lo que habían perdido y —en ese caso— cómo, y cuando le preguntó esa noche a M., ella se quedó mirándolo como si no supiera de qué le hablaba.

Un interés compartido y relativamente inexplicable por la repetición en materia culinaria los había hecho ponerse de acuerdo en que irían a un nuevo restaurante andaluz, donde M. tendría la oportunidad de comer lo que venía comiendo desde hacía diez días. M. estaba eufórica, lo cual era algo inusual en ella, y monopolizó la conversación con el relato de sus vacaciones, que incluía varias intoxicaciones alimenticias de miembros de su familia, un accidente doméstico en el que uno de sus tíos más ancianos —todos se llamaban igual, pensó Él— cayó por las escaleras y, sin embargo, no se rompió ningún hueso, un par de peleas; después todos se habían abrazado poco antes de que comenzara el nuevo año y una de sus tías había confesado entre lágrimas —tras engullir sus uvas, aunque no necesariamente tragarlas— que el pequeño I., su hijo, no había faltado a la cena familiar por preferir estar con sus amigos, sino porque el joven —y sus amigos, por cierto— habían sido detenidos el día anterior por la policía de Algeciras mientras se encontraban en el puerto aliviando una embarcación de su carga: el pequeño I. —diecinueve años, un metro y ochenta y ocho centímetros de estatura, noventa y nueve kilos de peso, expulsado de seis colegios, del último de ellos por destrozar una ventana con la cabeza para ganar una apuesta— era un incordio para la familia, que consideraba su existencia una ofensa a un buen nombre y a un honor que ésta nunca había poseído, pero que había esperado adquirir algún día, al menos hasta que el joven —ya convertido en un repetidor frecuente del cuarto grado de ESO, con cuyas aulas estaba tan familiarizado como con la cartera de su madre— había comenzado a vender pequeñas cantidades de droga a sus compañeros en el baño de la escuela y había sido descubierto.

Naturalmente, ya tenía un niño: su novia le había dado uno el año anterior, que la madre del pequeño I. y la de su novia se esforzaban por mantener con vida cada vez que sus padres perdían el interés en él o se sentían sobrepasados por las circunstancias, dos cosas que sucedían con frecuencia. M. conocía la historia y se había retirado temprano, mientras los miembros de su familia se pasaban unos a otros la responsabilidad por el comportamiento de su primo, y la televisión insistía en la programación de Nochevieja. Por su parte, M. creía que esa responsabilidad no concernía a su familia —o no exclusivamente a ella—, sino a lo que describía como «lo que sucede cuando el capitalismo tardío se instala en sociedades precapitalistas»: en la región de la que ella venía —dijo— el capitalismo industrial nunca había funcionado, y casi todos permanecían a flote gracias a una trama extraordinariamente densa de extorsiones, tráfico de influencias y prácticas al margen de la legalidad, cuyo mejor ejemplo era el narcotráfico: éste sólo demandaba una adhesión a las estructuras precapitalistas, «naturales», de la familia y el clan, que eran las únicas que funcionaban en la región y, en general, en el resto del país. La insistencia de las empresas del capitalismo tardío por presentarse como «una gran familia» facilitaba la transición, en cierto sentido: en el futuro todos seríamos narcotraficantes, si no lo éramos ya, incluso aquellos que no vendan drogas, dijo M.

«¿Qué más tienes sobre nuestros insectos?», preguntó repentinamente. Aunque estaba habituado a que el estado de ánimo de M. fluctuase con frecuencia y a que cambiara de tema de conversación sin explicaciones, la pregunta lo desconcertó. Al recuperarse le habló de un parásito de los grillos cuyas larvas se alojaban en el interior del ortóptero y lo devoraban por dentro; cuando habían triplicado su tamaño original —y ocupaban por consiguiente todo su cuerpo, excepto la cabeza y las patas—, las larvas se apoderaban de su sistema nervioso y le ordenaban arrojarse al agua, pero ellas permanecían en la orilla, donde buscaban una nueva víctima.

«No creo que *víctima* sea la palabra correcta», dijo M. Para ella no había delito si lo que tenía lugar era algo parecido a la lucha por la supervivencia. Agregó que «le gustaba» —como si se tratase de una historia que Él había escrito, y no de una noticia científica— la parte en la que la larva colonizaba el sistema nervioso del grillo y le ordenaba arrojarse al agua; al final el grillo era un zombi, dijo, un trabajador del capitalismo tardío: fuerza de trabajo sin control de sus acciones, completamente enajenada de un resultado de su trabajo que consistía en la reproducción de otra especie, que no le daba nada a cambio. Él no estaba tan convencido del símil, sin embargo. «¿Es de eso de lo que estamos hablando? ¿De sexo y capitalismo?», preguntó. M. sonrió como si hubiera sido descubierta. «Vayamos a una discoteca —le propuso, fingiendo que daba un golpe sobre la mesa—. Buscaremos a una chica agradable y te ayudaré a conquistarla, soy buena en eso: lo único que necesito es que mantengas cerrada esa boca tuya», dijo. M. buscó con la vista a la persona que los había atendido y le hizo un gesto para que le trajese la cuenta. «¿Es necesario pasar por esto?», le preguntó Él, y ella lo observó con curiosidad, como si lo viera por primera vez en su vida. Naturalmente, y a pesar de que era M. la que había pedido la cuenta, el empleado del restaurante se la entregó a Él, cuya solvencia era escasa pero a ojos de quien los había atendido debía de estar garantizada por su condición de hombre. «No, no es necesario», respondió M., y le dijo que fuesen a su apartamento.

208

8

Algo después de comenzar, M. lo apartó y se dio la vuelta para mirarlo a los ojos; después lo besó y recostó la espalda contra la pared: alzó una pierna para que la penetrara. Él lo hizo poco a poco, con embestidas que lo introducían más y más en ella hasta que lo alcanzó un orgasmo repentino. Nunca se hubiese imaginado que fuera así, pensó: esa intensidad, y una proximidad que habían establecido tiempo atrás al hacerse amigos y que en ese momento accedía a un estadio que ninguno de los dos conocía previamente pero que ambos habían deseado conocer durante cierto tiempo. Cuando M. se dejó llevar hasta la cama y se recostó en ella, Él le abrió las piernas y sumergió entre ellas su rostro; unos minutos después notó cómo el cuerpo de M. comenzaba a temblar y a continuación se estremecía en oleadas. Él se recostó a su lado y estuvo un momento escuchando cómo su corazón recuperaba su ritmo habitual. No habían terminado, sin embargo, y M. se deslizó de su abrazo y se montó a horcajadas sobre Él: le provocó un orgasmo de una intensidad desusada, y a continuación ella misma alcanzó el suyo con unos golpes breves y precisos de la pelvis. Al descender sobre Él, M. lo besó con rabia en el cuello; le dejó un moretón, que Él sólo descubrió al día siguiente, por la mañana.

9

Al día siguiente, por la mañana, ambos se turnaron para ducharse y después se vistieron dándose la espalda; sometida a la claridad del nuevo día —que parecía entrar por todos los rincones de la casa—, su desnudez les parecía inapropiada, a diferencia de la noche anterior. Una cosa le resultaba desconcertante, al menos a Él: que su intimidad con M. —que era el producto de la amistad que ambos cultivaban desde hacía varios años, que se había intensificado en los últimos meses y había hecho que se acostaran juntos— constituía en ese momento un obstáculo para una mayor intimidad entre ellos, incluso para el diálogo. El apartamento de M. —que Él no había visitado antes y que tampoco iba a poder recorrer ese día— le pareció conocido, sin embargo; no tanto por la gran cantidad de libros y el lugar predominante que éstos ocupaban en la vivienda —que era, por otra parte, el que solían ocupar en los apartamentos de personas como M. y como Él, cuyas inclinaciones los llevaban a acumular libros independientemente del hecho de que trabajasen «con» ellos—, sino más bien porque en las paredes no había cuadros ni ningún otro tipo de decoración, no había ninguna señal de que M. tuviera interés en adornar su carácter o presentarlo bajo una luz más favorable. Mientras desayunaban en silencio en la cocina, se preguntó si el hecho de haberse acostado con su amiga constituía un paréntesis en su amistad o —lo que era más probable— le ponía fin, ya fuese para dar paso a una relación menos superficial o porque la nueva intimidad entre los dos hacía inviable que continuaran siendo amigos. Pensó que necesitaba una explicación y que tal vez M. también la necesitara o pudiese ofrecerla, lo cual hubiese sido enormemente útil para ambos; pero también calculó que ninguno de los dos —y mucho menos M.— aceptaría siquiera sugerir lo que tantos decían en circunstancias similares, que la noche anterior estaban borrachos, que no comprendían qué les había sucedido, que lo que más les importaba era que siguiesen siendo amigos, etcétera. Una opinión extendida y que ambos conocían bien condenaba las transgresiones a una norma no escrita de acuerdo con la cual no se debía tener sexo con las amistades. Y sin embargo, buena parte de la intensidad del goce que habían sentido la noche anterior se debía al hecho de que eran amigos, de que el conocimiento del otro que tenían los había llevado a involucrarse de una manera en que posiblemente no lo hubiesen hecho de haber sido dos desconocidos; era el hecho de conocerse bien, y de que el sexo ratificase al tiempo que desmintiera lo que ambos solían pensar del otro cuando respondían a la pregunta de cómo era —así como, por supuesto, la manera en que éste ratificaba o desmentía lo que ambos habían pensado que podía ser el sexo con el otro, un pensamiento que también desempeñaba un papel en las amistades, o en casi todas ellas—, lo que había otorgado al hecho un valor añadido. Se trataba de un valor —por decirlo así— absoluto, pero precisamente a causa del hecho de que era un agregado, también era frágil, podía acabarse por la vergüenza o por la repetición. Él no quería que terminara, sin embargo, y esperaba que M. quisiera lo mismo. Pero su amiga no parecía tener intención de decírselo, de ser así: cuando por fin habló, le dijo que no había pensado ir a trabajar ese día, pero que tenía que pasar por su oficina para recoger unos libros; por supuesto, Él no se ofreció a acompañarla.

V. Siete meses (I)

1

D. aseguraba que había «terminado» con los hombres, pero su convicción de haberlo hecho se debilitaba a medida que hablaba, y además, ya había dicho cosas similares en el pasado, con esas o con otras palabras. Como todas las veces anteriores, Ella no podía hacer mucho más que escucharla: la había invitado a cenar en cuanto había regresado a Madrid, algo alarmada por los mensajes que su amiga le había enviado cuando estaba fuera. Pero D. parecía haberse calmado; su malestar había dado paso a una cierta forma de resignación que exageraba involuntariamente. Durante mucho tiempo Ella había creído que la manera en que ciertas cosas se narran está condicionada por la naturaleza, el carácter, de esas cosas; pero había acabado aprendiendo que era más bien al revés: si D. parecía menos desesperada que cuando le había escrito esos mensajes era, posiblemente, porque al intentar contarle lo que le había sucedido comprendía que de todo ello surgía un relato algo trivial, no importaba cuánto se afanara por mejorarlo. De hecho, D. tenía razón —admitió Ella—, porque su historia era una banalidad: había estado acostándose durante algunas semanas con un hombre, pero éste ya tenía pareja; D. lo había descubierto cuando, por fin, el hombre la había invitado a su apartamento. ¿Que cómo era? Pequeño. Oscuro. Mal amueblado. La sala estaba atiborrada de máquinas de gimnasia y un gran espejo se extendía de pared a pared, lo que permitía hacerse una idea de su propietario —sí, tenía un buen cuerpo—, pero también de una dedicación intensiva a sí mismo que podía llegar a impedirle destinar su tiempo a otras personas. No era así, sin embargo, y D. se había dado cuenta de ello al utilizar el baño del apartamento por segunda vez —en la primera oportunidad había entrado rápidamente y no había reparado en nada, a excepción de una cortina rayada con pintura fosforescente sobre la que podría haber sacado algunas conclusiones—: debajo del lavabo, en un mueble, había un gran cepillo entre cuyas púas se enredaban unos cabellos largos y rubios. Pero aquel hombre que era su amante habitual desde hacía algunas semanas estaba —¿lo había dicho ya?— inapelablemente calvo. D. había «terminado» con los hombres, volvió a decir; pero antes había puesto punto final a su historia con ése en particular de una manera muy simple: había tomado el cepillo y se había peinado unos minutos hasta dejar sus propios cabellos —oscuros, gruesos, unos cabellos portugueses, decía orgullosa— enredados entre las púas, junto a los de la otra.

2

M. estuvo evitándolo durante varios días, pero cuando finalmente contestó sus mensajes lo invitó a su apartamento y volvieron a dormir juntos. Nunca lo miraba a los ojos cuando se acostaban ni decía su nombre, pero lo besaba y le daba indicaciones breves para que Él hiciera una cosa u otra como ella la prefería. Él no hablaba, por su parte: tenía la impresión de que ella no quería que lo hiciera. Estaban conociéndose de nuevo, y el sexo se volvía menos y menos impersonal a medida que lo practicaban. Por lo demás, M. solía vestirse con rapidez después de hacerlo y pasaba a fingir que no había sucedido nada; en una ocasión, mientras dormían, Él había querido abrazarla y ella lo había rechazado suave pero firmemente. Alternaba la voracidad y la distancia, que delimitaban las dos situaciones que presidían ese nuevo estadio de su relación —una amatoria y otra platónica, una en la que no hablaban, en la que casi no se miraban, y otra en la que hablaban sin cesar, una en la que lo compartían todo y otra en la que procuraban tratarse como extraños— y que ella intentaba mantener separadas, Él no comprendía bien con qué propósito.

A lo largo de esos días una suma de situaciones impidieron que se entregara a la embriaguez amorosa que podría haber sentido y que —acabó comprendiendo— era precisamente lo que M. quería evitar que Él sintiera, para que no la sintiera ella tampoco y no se dejase ir. Una noche decidieron ir al cine y a último momento se les sumó una de las amigas de M.; después de la película —alguien tenía un problema, otra persona lo ayudaba a solucionarlo; todo se conjuraba en su contra; cuando parecía inevitable que resolvieran el problema, el sistema se lo impedía; habían escogido una comedia realista, creía Él, pero el realismo excesivo de su director había hecho imposible una solución más afable: otro accidente en la historia de la cinematografía— Él las acompañó al apartamento de M. y quiso subir con ellas, pero M. lo rechazó en la puerta; cuando intentó besarla a manera de despedida, M. no dejó que lo hiciera delante de su amiga, que sin embargo ya debía de haberlo comprendido todo. A la mañana siguiente, Él le preguntó si estaban juntos y ella le respondió que por supuesto y se enfadó con Él durante algunos días. Una noche, después de tener sexo, M. recibió una llamada y se encerró en el baño para responderla, Él nunca supo de quién.

Un tiempo atrás había comenzado a pensar por fin qué libro le gustaría escribir a continuación: tenía notas, pero éstas no apuntaban en ninguna dirección en particular —pensaba—, o lo hacían hacia una que Él prefería no recorrer, que era el daño y la forma en que era experimentado por la sociedad europea en ese momento. Dadas su situación personal y la precariedad del arreglo que había establecido consigo mismo para aceptar el hecho de que Ella lo había dejado —y del que Él mismo dudaba en ocasiones—, no creía estar en condiciones de escribir un libro sobre el tema; y sin embargo tropezaba regularmente con artículos en la prensa, con filmes y libros sobre el asunto y con situaciones en las que se hablaba de una forma u otra acerca del daño y se procuraba establecer cómo vivir con él. Más a menudo, lo que veía era que el daño —que la sociedad europea parecía no poder siquiera mencionar, que permanecía innombrado y ominoso en el fondo de su cultura— era comercializado extensivamente a través de aplicaciones de teléfono, libros de autoayuda y ficciones autobiográficas —que se asemejaban en gran medida—, canciones que hablaban de él, seguros médicos y de vida, cámaras de vigilancia, alimentos libres de pesticidas, terapias alternativas y de las tradicionales —aunque era evidente que las primeras superaban largamente el alcance de las segundas: incluso ofrecían la posibilidad de sanar el daño que se le había infligido al sujeto en vidas pasadas—, discursos xenófobos y una política exterior comunitaria que se decantaba por el aislamiento, créditos bancarios y maestrías, colegios privados y cursos de especialización y de idiomas: todos esos bienes y servicios participaban de una industria cuyo objetivo explícito era morigerar el miedo de sus clientes —a perder su empleo, a no volver a encontrarlo, a que no lo encontraran sus hijos, a ser desvalijados o a caer enfermos, a perder sus ahorros—, pero el origen de ese miedo era, por una parte, la percepción de un daño que se les había infligido y del que parecían desconocerlo todo a excepción de sus efectos; y, por otra, la convicción errónea de que era posible evitar que volvieran a hacérselo.

A sugerencia del médico que visitaba por sus dificultades para dormir —estas mismas, también, producto del daño—, Él había comenzado a dar largos paseos al atardecer que a veces lo conducían a los parques de las afueras; su propósito era cansarse lo suficiente como para poder conciliar el sueño, pero, por el contrario, las caminatas lo excitaban, le producían un vigor singular al que contribuían el aire frío y —allí donde los había— el sonido de los pájaros, que Él no podía identificar pero por el que se sentía enormemente agradecido; nunca había pensado que añorase la experiencia de caminar entre árboles —impensable en el centro de la ciudad, por otra parte, dado el desprecio que los madrileños parecían sentir hacia cualquier forma de vegetación en las calles—, pero así era: sus caminatas acallaban el ruido de su mente, pero también ofrecían a quien lo deseara el espectáculo de las muchas maneras en que las personas exhibían su daño, la mayor parte de las veces tratando de ocultarlo. De hecho, las superficies reflectantes y gráciles que habían devenido la estética preferida por los arquitectos y los diseñadores de tecnología en los últimos tiempos daban cuenta de la presencia brutal de ese daño en la cultura: la aparente ligereza de sus creaciones pretendía negar el peso del perjuicio bajo el cual vivían todos desde hacía años, Él también.

3

Muchas veces Ella había pensado que el grupo de mensajería instantánea que compartía con sus amigas, y los intercambios que tenían lugar en él, que a menudo suponían su intervención en los asuntos de las otras, las convertían a todas en las *ghostwriters* de las historias de las demás, en particular de las amorosas. Por una parte, esto le parecía bien; por otra, sin embargo, pensaba que la utilidad de esas intervenciones, por bienintencionadas que fueran, sólo podía ser juzgada respecto de una especie de «ideal de la relación» que —estaba convencida de ello— no existía: todas hubiesen vivido las historias de las otras de una forma completamente distinta. Acerca de su intención de estar sola por un tiempo —que D. había hecho pública en el círculo de amigas a consecuencia de su último desengaño amoroso: el cepillo de cabello, etcétera—, algunas consideraban que no se correspondía con su verdadero deseo, que era volver a enamorarse; otras, que sí lo hacía pero que no convenía a sus intereses. (D. era de la opinión contraria, por supuesto.) Sobre todo ello, también, A. tenía unas estadísticas que ratificaban sus opiniones, las suyas y las de D. Las aplicaciones de citas —en las que todas las amigas estaban o habían estado ya— apuntaban a una concepción de las personas como mercancías y de la experiencia amorosa como un intercambio de servicios, dijo: según algunos estudios, la fotografía del perfil era lo primero —y en ocasiones lo único— que se consultaba antes de interesarse por alguien; cuando se producía la coincidencia o *match* entre dos usuarios, la iniciativa era tomada generalmente por las mujeres; si lo hacían los hombres, era en un periodo nunca superior a los cinco minutos y con mensajes de una media de doce caracteres. ¿Qué se podía decir en esa extensión?, se preguntaba A. (En contrapartida, los mensajes de las mujeres eran diez veces más largos en promedio y —por absurdo que pareciera— quienes utilizaban emoticonos tenían más probabilidades de que el intercambio con la otra persona acabase en sexo, aunque, en realidad, éste sólo tenía lugar una vez cada diez coincidencias, decía.) (Una de cada diez no parecía mucho, afirmaron todas.) Pero la estadística era incluso más desalentadora, insistió A. Por cada *match* se producían ochenta y dos rechazos, prácticamente los mismos que en la vida real. La diferencia entre una y otra —es decir, entre la vida real y la virtual, que J. había puesto en duda— era relevante y daba la razón a A. cuando ésta decía que los hombres eran todos unos cerdos, unos mentirosos, etcétera: según otro estudio, el cuarenta y dos por ciento de los que utilizaban las plataformas de contactos estaban casados o tenían una pareja. Los hombres habían sido condicionados culturalmente para valorar a las mujeres por su atractivo físico y no por su personalidad, que les interesaba bastante menos; por la misma razón —dijo A.—, creían que, si eran lo bastante atractivos, las mujeres les perdonarían algunos pequeños defectos personales, como, por ejemplo, estar casados.

D. sólo había tenido mala suerte, concluyó A. La solidaridad para con ella, que se había instalado entre las amigas a lo largo de la cena —y del consumo de alcohol, que la mayor parte de ellas había adquirido en tanto hábito en su primera juventud, cuando todavía en algunos círculos se lo consideraba un privilegio masculino y se censuraba a las mujeres que bebían—, las inclinaba a hacer pequeñas confesiones, ya fuera para mostrarle a D. que lo que le había ocurrido podría haberles pasado también a ellas o simplemente porque deseaban hablar. Mientras se sucedían las risas y las historias, las exclamaciones de indignación y los silencios que guardaban cuando algo les decía que debían hacerlo, Ella había comenzado a pensar que ése era un momento en el que no había modelos históricos a los que recurrir en busca de guía si eras una mujer soltera, lo cual aumentaba las posibilidades de éstas pero también las hacía sentir más inseguras respecto de sus decisiones. Bg. tenía intercambios de mensajes con hombres que se extendían durante semanas, pero nunca se encontraba con ellos. (Porque no era el sexo sino la intimidad lo que le interesaba, había dicho.) A menudo, E. abandonaba las conversaciones con sus candidatos repentinamente y sin explicaciones, no sabía por qué. (E. era el origen de la mayor parte de las historias que Ella le había contado a J. cuando habían hablado sobre las citas; con frecuencia decía que sus novios siempre encontraban chicas mejores que ella, y su voz al hacerlo denotaba una ligerísima exasperación que la definía.) Sólo A. estaba casada, pero su aporte se limitaba —porque era evidente que ninguna de ellas deseaba conocer su opinión, que era el producto de una y sólo una forma de ser mujer en ese momento histórico, no la más expuesta a los cambios de las mentalidades que se habían producido en las últimas décadas— a cuestionar unas decisiones que ella no había tomado ni hubiese tomado de haber sido alguna de sus amigas. (También acerca de esto último tenía estadísticas, que ninguna de ellas deseaba conocer.) A. recibía regularmente fotografías de su hijo, que borraba; había exigido a su marido que se las enviara para constatar que el niño, que había dejado a su cuidado, seguía durmiendo; sin levantar la vista de su teléfono, dijo que lo que le sucedía a D. era que tenía miedo de volver a cometer un error en su elección, pero que el error era, desde el punto de vista estadístico, inevitable. F. no estaba de acuerdo; le respondió que no era posible equivocarse en las aplicaciones y en las páginas de contactos porque en ellas siempre se podía volver a elegir. Ella, por su parte, tenía la impresión, en cambio, de que nadie estaba eligiendo, sino sencillamente seleccionando, entre un repertorio de posibilidades establecido de antemano que tendía a la minimización de las diferencias; muy pronto —pensó mientras pedía otra botella de agua—, la estandarización de la forma en que las personas hablaban de sí mismas y se presentaban en todas esas redes para aumentar sus posibilidades de resultar atractivas se desplazaría a otros ámbitos y sería celebrada como la ideología dominante, pero la diferencia seguiría allí, bajo la superficie del perfil, en la confrontación entre éste y la realidad, complicándolo todo.

No era algo que sus amigas desearan escuchar, por supuesto, de modo que volvió a llenar su vaso con agua y se abstuvo de participar en la conversación. Ella había escogido el restaurante, lo había reservado: en algún sentido, era la anfitriona de esa noche, pero, aunque el intercambio de informaciones y de historias de unas y otras —la atmósfera de la cena, se podía decir— había sido la más adecuada a su propósito desde el comienzo, había preferido cederle el protagonismo a D. hasta decidir si quería contarles lo que le ocurría, que hasta ese momento había guardado para sí misma a consecuencia de una especie de intuición de que no debía hacerlo. Al igual que en relación a muchas otras de las cosas que le habían sucedido en las últimas semanas, sobre las que tenía sentimientos encontrados que a veces la asustaban, Ella no sabía si debía contarlo, de manera que prefirió no hacerlo. Cuando cambió de opinión, sin embargo, hacia el final de la cena, sus amigas se quedaron perplejas y a continuación empezaron a hacerle preguntas atropelladamente, a menudo repitiéndose unas a otras, también, en la expresión del desconcierto que sentían. No importaba que Ella lo hubiera planeado todo, también todo aquello que podía pensar que saldría mal o que constituía un imponderable: para sus amigas se trataba de una catástrofe. En el momento en que, a pesar de ello, comenzaron por fin a felicitarla —de una manera algo torpe, y movidas, pensó, por lo que debía de ser algo parecido al decoro— ya era tarde para que sus felicitaciones le parecieran sinceras, y tuvo que contenerse para no romper a llorar. Al despedirse fuera del restaurante un momento después, creyó percibir que el modo en que le decían adiós sugería que estaban despidiéndose de manera definitiva; muchas de ellas iban a tener niños en los próximos años —pensó—, pero parecían creer que la maternidad era una forma de la pérdida: estaban diciéndole adiós a la que Ella había sido y a lo que habían sido desde que habían empezado a ser amigas, comprendió. De hecho, el grupo de mensajería instantánea que compartían permaneció en silencio, a partir de esa noche, durante varias semanas, mientras su cuerpo se transformaba y Ella se transformaba con él en una trayectoria paralela y que sólo había previsto parcialmente.

4

Varias veces a lo largo de esos días pensó en Él y quiso llamarlo para contárselo todo. Pero no lo hizo. No padecía ninguno de los inconvenientes que supuestamente acompañaban a la gestación durante esas semanas, pero sí se sentía cansada y algo sola; todavía no se lo había dicho a sus padres, pero podía prever una reacción ambigua por su parte que el tiempo —de esto estaba segura— iba a convertir en aceptación, como había sucedido con cada una de sus decisiones. Un proyecto en el que había estado trabajando el año anterior había sido aprobado, pero uno de sus jefes había introducido en la propuesta lo que llamaba su «sello» y en breve la ciudad tendría otro parche de cemento con el que desafiar al sentido común; la displicencia con la que su empleador había rechazado sus objeciones no le parecía esta vez una manifestación más de un tipo de misoginia al que estaba habituada, sino algo así como una señal por parte de su jefe de que éste había perdido la confianza en Ella o se sentía despechado: estaba segura de que el estúpido incidente de la cena de finales de año era ya conocido por todos en la oficina, y una vulnerabilidad nueva que no había experimentado hasta ese momento, así como su sentido de la vergüenza, le hicieron prometerse a sí misma que abandonaría su empleo. No lo hizo, sin embargo, y su concesión a las circunstancias le pareció la primera que hacía a su proyecto de ser madre. Un médico le dijo que su niño ya podía abrir los puños y la boca; otra le hizo escuchar los latidos de su pequeño corazón, que le parecieron un tambor de guerra.

5

Sabía conducir, pero prefería que fueran los demás los que lo hicieran por Él, aunque, en general, lo que más le gustaba era no ir a ningún sitio y observar el espectáculo del mundo desde donde fuese que viviera en ese momento; sin embargo, había insistido en que salieran de la ciudad y se dirigían a la sierra en un coche alquilado. M. tenía una forma de conducir que a Él le pareció la expresión perfecta de su personalidad, una mezcla de improvisación y control que manifestaba por igual una enorme seguridad en sí misma —que resultaba aparente— y una inseguridad profunda, que permanecía oculta. No era una combinación inusual, por supuesto. Pero había algo en el modo en que M. lidiaba con ella que a Él lo dejaba perplejo; el hecho de que lo hubiera seducido y después se negase a dar los siguientes —y previsibles— pasos lo desconcertaba y lo hacía sentirse incómodo: cuando le había mostrado el termo de café y las viandas que había preparado para la excursión —y que pensaba que tomarían en el coche, puesto que en la sierra había nevado ya—, M. pareció irritada, por ejemplo. «Ah, vamos a jugar a los novios», había suspirado sin mirarlo, y Él se había sentido —una vez más, como le sucedía a menudo con M.— completamente fuera de lugar.

Algo en todo ello le recordaba una de sus primeras relaciones, con una joven de su colegio; excepto por el hecho de que Él tenía catorce años en ese momento —una edad que, si no invitaba al optimismo, tampoco lo hacía a la decepción absoluta—, no había casi nada del periodo que le gustase recordar. Pensaba que, si hubiera conocido a M. por entonces, esas semanas que llevaban juntos habrían tenido al menos el atractivo de las primeras experiencias —que, por lo común, se derivaba de la falta de otras con las que compararlas— o el placer, y la culpa, de la transgresión religiosa. Naturalmente, todo se trataba de una cuestión de perspectiva. M. se le parecía en cuanto a que, al igual que a Él, no le desagradaba estar rodeada de personas pero evitaba que éstas se acercaran lo suficiente como para amenazar un equilibrio que creía precario. Mientras conducía, le hablaba de un libro que estaba editando; como casi todos ellos —es decir, como casi todos los que se publicaban desde hacía un par de años—, el libro ofrecía los atractivos simultáneos de estar «basado en una historia real» y leerse «como una novela». A Él la renuncia de la literatura de ficción a su tarea de inventar —lo que fuera: una identidad, un sentido de comunidad entre el autor y sus lectores, una posibilidad de que las cosas no fuesen como eran— le parecía peligrosa al tiempo que reveladora de los tiempos que se vivían; pero, en última instancia, el tema no le interesaba mucho. ¿Sabía M. que un uno por ciento de los animales utiliza herramientas?, preguntó. M. asintió, confusa, y trató de continuar con su relato, pero Él no había acabado. El tráfico frente a ellos se había detenido y alguien que llevaba un ramo de flores en la parte superior del maletero comenzó a tocar el claxon histéricamente. «Las ardillas machos se masturban después de copular con las hembras; al parecer para evitar el contagio de enfermedades de transmisión venérea —continuó—. Un cierto tipo de cabra consigue practicarse sexo oral a sí misma, cosa que, según el *Informe Kinsey,* casi un tres por ciento de los hombres ha hecho alguna vez. Dos osos del zoológico de Zagreb se practican la felación uno al otro alternativamente, según reportes». «¿Me estás proponiendo algo?», preguntó M. entre risas.

Nunca llegaron a la sierra; al ver que la fila de coches frente a ellos no disminuía, M. le propuso que dieran la vuelta y Él se vio obligado a aceptar. Regresaron a la ciudad encajonados en otra larga hilera de vehículos que fluía como una mancha de aceite en un río de aguas contaminadas. M. se había atrincherado una vez más en el silencio en el que se sumía en ocasiones, cuando alguna cosa que a Él le pasaba inadvertida —que ni siquiera era capaz de ver— la contrariaba; oscilaba entre el mundo exterior y uno propio del que Él sólo había tenido un vislumbre; como el de todas las personas, el suyo parecía un mundo en el que reinaba la confusión, así como una decepción imprecisa quizá orientada tanto hacia los demás como hacia sí misma. Acerca de esa decepción, Él no sabía nada. En cierto modo, por alguna oscura razón, no quería saber: cada pequeño incidente, cada manifestación de la confrontación existente entre el mundo interior de M. y la realidad que la rodeaba, le recordaban, por contraste, la facilidad con la que todo había discurrido en las primeras semanas con Ella, cuando ambos estaban embargados de una cierta sensación de ingravidez, de perspectiva ilimitada. M. —por su parte— parecía considerarlo una carga, al menos de a ratos; un obstáculo para la persistencia de una soledad a la que parecía haberse habituado. Los dos estaban juntos, pero permanecían separados e insatisfechos, tratando de resolver necesidades que no tenían mucho que ver con las del otro; eran un montón de barro de la infancia, frustraciones tontas y malentendidos, que no conducía a ningún sitio y con el que no se podía modelar figura alguna. Dos personas lastimadas cuya diferencia principal con una pareja —con cualquier pareja, pensó Él— era que las heridas que tenían no les habían sido infligidas todavía por el otro. (¿Sabía M. que, en setenta y ocho años de edad, una persona padece en promedio unas nueve mil setecientas sesenta y dos pequeñas heridas? Él lo había leído en algún lugar, como casi todo lo que sabía.) No era una diferencia insustancial, concluyó. Pero no respondió el mensaje que M. le envió esa misma noche, horas después de que lo hubiera dejado en la puerta de su apartamento; en realidad, ni siquiera le hubiese hecho falta leerlo, ya que conocía de antemano su contenido. Una vez, al ir a besarla, M. le había dicho que la idea errónea de que las mujeres eran dulces y gráciles sólo se había perpetuado en el tiempo para disciplinarlas y como reflejo de una masculinidad que se debilitaba; a continuación ella había actuado con dulzura y con gracia, por supuesto, pero Él se había quedado confuso y vacilante, incapaz de no desear atravesar la distancia que su amiga le imponía, pero imposibilitado, también, de saber en qué punto quería M. que se detuviera.

Esa noche, después de recibir su mensaje, pensó en escribirle un correo electrónico diciéndole lo que pensaba, si es que podía hacerlo; cuando lo terminó, se dijo que tal vez fuera a herirla, y que lo mejor era escribir una carta más conciliadora; borró el mensaje y volvió a escribir, pero se detuvo cuando se dio cuenta de que estaba escribiendo el mismo mensaje que había redactado un momento antes, exactamente igual, como si hubiera memorizado las palabras para describir lo que sentía y no pudiera evitar repetirlas, fueran o no las correctas.

6

Al dar cuenta de ella en su trabajo —cuando, por lo demás, ya resultaba evidente—, la noticia fue recibida con un cierto desagrado que nadie se tomó la molestia de disimular. Ella había previsto que eso era lo que sucedería, por supuesto: en las profesiones que Ella y sus amigas ejercían, el embarazo constituía una forma de resistencia —a menudo la única disponible, si se excluía la baja por depresión— ante la demanda de más y más resultados que recaía sobre todos los trabajadores, pero especialmente sobre las mujeres. Las empresas —el estudio de arquitectura, por ejemplo— se decantaban por emplear a un tipo específico de candidato, mujeres jóvenes, por lo general poco después de que completaran sus estudios, sin cargas familiares ni perspectivas de tenerlas: su disponibilidad absoluta —de la que las incontables horas extras que debían prestar eran apenas una de las manifestaciones— se sostenía en la promesa infundada de que estaban haciendo carrera, pero esa promesa quedaba desmentida por la existencia de un techo de cristal que ninguna de ellas atravesaba nunca, no importaba cuánto mirasen hacia arriba. Para cuando se instalaba por fin en ellas, contra todo deseo y todo mecanismo de negación, la certeza de que la carrera que se les había prometido tenía lugar, si acaso, sobre el fondo desmoralizador de un callejón sin salida, a las mujeres como Ella sólo les quedaban un puñado de opciones para sustraerse, recuperando el control de sus vidas: la constatación de que lo que se les había hecho —y se habían hecho a sí mismas, también— era algún tipo de enfermedad que debía ser curada o la salvación mediante un proceso irreversible contra el que sus empleadores nada podían hacer y que atribuían a una especie de necesidad: es decir, a la emergencia de una irracionalidad temporaria vinculada con la biología de sus empleadas. Ésta los obligaba a buscar una solución provisoria, pero ya establecida: dar con otra mujer joven que acabase de completar sus estudios y no tuviera cargas familiares ni perspectivas de tenerlas; cuando Ella ya no pudiese trabajar más, entrevistarían a algunas y les harían a todas la misma pregunta, que Ella recordaba bien: si tenían planes de quedarse embarazadas; sólo un puñado de ellas iba a declarar que esa pregunta les parecía improcedente; la mayor parte diría que no tenía planes de hacerlo, y su incorporación iba a ser celebrada por todos con un brindis en el callejón sin salida, poco antes de que comenzara la carrera.

No tenía la impresión de estar realizándose de ninguna manera, sin embargo; a diferencia de lo que solía decirle A. —que había sido la primera de sus amigas en romper el silencio que se había impuesto en la comunicación entre ellas desde que les había dado la noticia—, no sentía ningún tipo de completitud y no pensaba en las transformaciones que estaban teniendo lugar en su cuerpo más y más aceleradamente como la manifestación de ningún logro particular, excepto, si acaso, el de haber podido hacer las cosas del modo en que las había pensado, como algo con cuyas consecuencias —que de momento le eran desconocidas, con la salvedad de sus aspectos más físicos— sólo cargaría Ella.

Su decisión de pasar por todo ello sola, con las fuerzas que pudiera extraer de su soledad y de la nueva fragilidad que sentía y que la desconcertaba —habituada como estaba desde su adolescencia a no derrumbarse, a no ratificar las impresiones que otros tenían de que una mujer se derrumbaría o no podría sola, en esa o en otras circunstancias similares—, era anterior a la noticia de su embarazo, que simplemente la había acrecentado. No era la primera mujer que se creaba para sí una feminidad articulada en torno a la negación de los aspectos más estereotípicos de la feminidad, por supuesto; y en esas circunstancias, fue otra mujer la que se le acercó. F. se convirtió en una compañía recurrente en sus visitas al hospital, donde a veces la ayudaba a vestirse y a desvestirse y en una ocasión le sostuvo la mano, la primera vez en que pudo ver el rostro incipiente de su hijo —o hija: Ella había pedido a los médicos que no le revelaran su sexo— dibujándose en un monitor. La de hacerse imprescindible dondequiera que se encontrase —incluso aunque sus funciones no resultaran claras, como en la oficina— no era la única habilidad de la que su amiga disponía, descubrió Ella en esas semanas: también era excelente para crear un vínculo con las personas sin necesariamente intimar con ellas; es decir, sin pagar por esa intimidad el precio habitual de la confidencia. F. se volcó en asuntos sobre los que Ella no había pensado, como inscribirla en clases de preparación al parto, ayudarla a dar con ropa que se adecuase a los cambios de su cuerpo —una tarea que, descubrieron, era ímproba, puesto que la mayor parte de la ropa para embarazadas con la que tropezaban parecía destinada a degradar a la mujer a la condición de un recipiente informe—, asistirla con la compra; aguantar a su lado, sobre todo, la mirada de conmiseración que le dirigían aquellos médicos y las enfermeras que veían su doble condición de embarazada y mujer soltera como una especie de carga, como una situación contraria a la naturaleza de las cosas.

No lo hacía sólo por altruismo, pensaba Ella, sino por curiosidad y quizá por aburrimiento, porque F. había terminado rompiendo con su novio: su generación creía estar hollando un territorio desconocido con sus experiencias de parejas abiertas y flexibles, pero, al igual que las de los padres de personas como Ella —de cuyos antecedentes los jóvenes como F. podrían haberse beneficiado de no ser porque su juventud les impedía concebir siquiera la existencia de un antecedente—, esas experiencias tropezaban una y otra vez con la naturaleza humana, que tiende a la posesión y a la volatilidad. F. había creído que la incorporación de un tercer elemento en su pareja —más específicamente, de la editora de revistas de la que le había hablado ya— le otorgaba a éste el carácter de un suplemento. Pero lo que había acabado descubriendo era que una sucesión de circunstancias la había desplazado a esa posición a ella, al menos para su novio. Podía ser el sexo, intentaba razonar a su lado mientras esperaban en los hospitales; la forma en que éste constituía para F. —y para muchas otras personas, por cierto— un territorio que siempre parecía sólo parcialmente explorado hacía pensar a su amiga que tal vez la editora de revistas aquella sabía más de él o lo habitaba mejor. Ella, en cambio, creía posible que no fuera eso lo que hubiera roto su relación, sino más bien la novedad que había constituido en ésta la aparición del tercer elemento, no importaba que esa novedad se enmascarase como sexo o no. De hecho, le resultaba difícil imaginar que pudiera terminar de otra manera un trío como el que F. y su novio y la editora de revistas habían conformado; pensaba que no había ninguna buena razón para creer que los proyectos utópicos que aspiraban a cambiar la naturaleza humana pudieran resistir su confrontación con la realidad —mucho menos si no modificaban las condiciones económicas que le daban forma a ésta—, pero también consideraba que esos proyectos eran los únicos que permitían a los más jóvenes soportar un presente que se les volvía deliberadamente en contra bajo la apariencia de que satisfacía sus deseos. A su alrededor todo parecía haber sido creado por ellos y para ellos, pensaba: los espacios de trabajo que se asemejaban a guarderías infantiles, la conectividad absoluta y el fin de los horarios laborales predecibles y de los empleos estables, las aerolíneas baratas y la nostalgia de las modas del siglo anterior; todos ellos eran el testimonio de su paso por el mundo, pero, como sucedía casi siempre, no eran tanto su resultado como una imposición que se les había hecho. No le sorprendía que F. hubiese creído que era posible mejorar su pareja —«optimizarla», hubiese dicho ella— mediante la «adquisición» de un tercer integrante. Era parte de una generación que no concebía la sustracción como una forma de enriquecimiento, excepto un puñado de sus miembros, que constituían una minoría a la que F., con su generosidad y sus contradicciones, y con su perplejidad por una ruptura que no había podido predecir —pero cuyo dolor también pasaría, como todo—, no pertenecía, claramente.

7

Antes del mediodía ya habían terminado de cargarlo todo; habían llegado en la mañana, y Él se había despertado a raíz de los gritos que se dirigían unos a otros y los bocinazos ocasionales con los que los conductores que se habían aventurado estúpidamente en esa calle les exigían que moviesen el camión, que entorpecía el tránsito. No sabía que iban a cerrar la librería; de hecho, ni siquiera lo había previsto. No había percibido ningún indicio de que eso fuera a suceder, excepto la reducción del número de personas que entraban al local, que tal vez ratificaba el descenso de las ventas del que algunos se quejaban desde hacía años. Naturalmente, Él nunca había pensado que un descenso en las ventas de libros supusiese una disminución del número de lectores, el cual, en su opinión, no dejaba de crecer desde hacía décadas. (Propiciando cambios en la forma de concebir la lectura y su objeto, por supuesto.) Quizá todo el problema fuera otro, la presunción de que la literatura podía ser algo distinto de lo que había sido siempre, algo parecido a una disciplina olímpica para los más aptos y los mejor entrenados.

El problema no era sólo la desaparición del negocio editorial —a la que, de hecho, ese mismo negocio contribuía volcando más y más su atención en objetos que no eran libros ni se les parecían, como archivos de texto, grabaciones, tráileres y cosas así: de hecho, sus mejores autores eran ya los actores, los cantantes y los presentadores de telediarios y de vídeos para adolescentes—, sino más bien la de una cierta forma de comprender la relación entre las palabras y el mundo. Todas las experiencias históricas de los últimos trescientos o cuatrocientos años —Él lo sabía bien, como cualquier lector— habían sido inspiradas por textos; todas las personas que se habían resentido del estado del mundo —es decir, todas las que habían actuado con sensatez— habían expresado su disenso a través de la palabra escrita. La experiencia de la modernidad —de la que Él, en tanto ensayista, era deudor incluso en mayor medida que el resto de los individuos— entrañaba y era definida por la de unos sujetos que tenían una relación específica con el lenguaje, para negociar, para intervenir, para persuadir a quienes aún no habían sido persuadidos y para atribuir nuevos nombres a todo aquello que había sido mal nombrado o carecía de ellos. La emergencia de usos distintos para las palabras —que «fijaban» a las personas en las discusiones que mantenían en las redes sociales, excepto allí donde borraban sus mensajes, lo cual a Él le parecía una demostración más de la devaluación de esas palabras— y la falta de plausibilidad de las noticias que eran producidas y difundidas en ese momento —más aún, la aparente imposibilidad de continuar «nombrando» el mundo de otra forma que no fuese de la manera en que lo hacía la abrumadora mayoría— estaban poniendo fin a la experiencia de la modernidad y, con ella, a las sociedades que —con enormes contradicciones y a costa de mucha sangre— habían otorgado a sus ciudadanos el derecho a expresarse en tanto sujetos políticos. Nada que a Él le preocupase en exceso, sin embargo; su interés principal por esos días consistía de forma particular en que su casero mandase arreglar el aparato de aire acondicionado del apartamento: mientras esperaba estoicamente —ese año el verano se había anticipado, una vez más—, se pasó la mañana observando cómo los empleados de la mudanza metían en un camión decenas de cajas y las estanterías que habían pertenecido a la librería hasta el día anterior; uno de ellos, el que parecía el jefe, tenía un bigote imposible, de narcotraficante colombiano o de actor argentino, algo horrible de ver reptando sobre el labio de alguien.

Antes del mediodía ya se habían llevado todo y en la fachada de la antigua librería sólo había un cartel informando que el local estaba disponible: si no estaba equivocado, pondrían allí, en breve, una tienda de ropa o —más probablemente— un restaurante de cadena, el tipo de negocio que encarnaba como ningún otro en qué se había convertido el consumo cultural de la mayor parte de las personas. Al enviarle a M. una fotografía del cartel, ésta le respondió con una decena de emoticonos de caras tristes y llorosas: desde hacía algún tiempo, incluso quienes se dedicaban a hacer libros, como M., los preferían a las palabras.

8

¿Cuántas cosas necesitaba un niño, en particular uno que no había nacido todavía? ¿Qué necesitaba su madre, excepto a alguien que la abrazase en determinados momentos del día y le recordase que ella era algo más que un mero recipiente? A. había comenzado a bombardearla con anuncios de productos sin los cuales, decía, la maternidad devenía dificultosa o directamente imposible: edredones para cuna, zapatos para bebé, pequeños tejanos, andaderas, sillas «para comer», cambiadores, monitores de audio y vídeo, coches, calentadores de biberón, almohadas de lactancia, termómetros para la bañera, cunas «de viaje», esterilizadores. Por su parte, Ella era más bien escéptica, en relación con esos productos y casi con cualquier otra cosa, incluyendo las clases de preparto y las de yoga para embarazadas en las que F. la había inscrito: su amiga, que la acompañaba a ellas, era la única mujer en la sala, junto con la profesora, que todavía podía verse los pies.

Trataba de no sacar conclusiones, que le parecían susceptibles de ser erróneas, y se esforzaba por no suponer que su experiencia englobaba la totalidad de las formas posibles de estar embarazada. No tenía la impresión de que convertirse en madre fuera para Ella un logro ni una conquista, no se sentía más mujer por estar embarazada, no creía saber más del mundo ni de Ella misma por lo que estaba sucediéndole. En las formas incipientes de solidaridad que veía entre sus compañeras en las clases, y en la manera en que se apoyaban unas a otras, creía percibir algo así como una experiencia común y un modo de dar cuenta de su situación que creaba entre ellas un sentido de comunidad. Pero Ella se sentía excluida de ese colectivo, no sabía si a raíz de sus prejuicios o como resultado del hecho de que, a diferencia de todas sus compañeras, Ella había decidido tener a su niño sola: si la experiencia o las experiencias de la maternidad establecían un abismo infranqueable entre las mujeres que tenían niños y las que no los tenían, también parecían establecer —al margen de lo que sus gestos de solidaridad pudiesen significar— decenas de pequeñas divisiones entre las mujeres que tenían niños o iban a tenerlos, como si la maternidad fuera un campo de batalla en el que las líneas que dividían a los ejércitos en liza fuesen dibujadas de nuevo una y otra vez al hilo de unas señales en las que Ella no reparaba, que era incapaz de percibir realmente. Lo que esas líneas separaban era a las «buenas madres» de las «malas madres», que estaban enzarzadas en una disputa que parecía remontarse a los tiempos antiguos, y en la que Ella —era evidente— pertenecía al segundo de los bandos, sin haber hecho nada para merecerlo. A veces, por ejemplo cuando se cambiaba de ropa, antes o después de las clases, creía reconocer en los rostros de las otras mujeres una mirada piadosa; hablaban de edredones para cuna, zapatos para bebé, pequeños tejanos, andaderas, sillas «para comer», cambiadores, monitores de audio y vídeo, coches, calentadores de biberón, almohadas de lactancia, termómetros para la bañera, cunas «de viaje», esterilizadores: a diferencia de Ella, sus compañeras en las clases lo habían comprado casi todo ya.

Un día le preguntó a su matrona qué era lo más raro que había visto a lo largo de su trayectoria. Ni siquiera sabía por qué se lo había preguntado; esperaba algo sórdido o grotesco y, sin embargo, lo que ésta le contó después de pensárselo un momento fue algo bien distinto. La mujer era pequeña y enérgica como una partícula atómica que acabaran de descubrir, y pudo ver su sonrisa reflejándose en la superficie del vaso de té que sostenía en la mano mucho antes de verla en su rostro. La mujer estaba pensándose si debía contárselo o no, lo que indujo en Ella inmediatamente una avalancha de imágenes —de niños sin piernas o unidos por el tronco como las figuras de los naipes; la clase de imágenes que convocaban un terror atávico en las mujeres en su estado—; sin embargo, lo que contó al fin fue que una vez asistió a un parto por lo demás común del que participó el marido, un hombre que tenía el rostro lleno de verrugas al que no recordaría ya excepto por ese detalle y por lo que sucedió unos once meses después: asistió a otro parto del que participaba el marido, y era el hombre de las verrugas. Naturalmente, el hombre fingió que no la conocía, pero la matrona revisó los registros y su nombre coincidía con el del parto del año anterior, que ella había anotado en una libreta, como todos los nacimientos que asistía. En ambos casos —es decir, en los dos partos— el hombre de las verrugas parecía muy enamorado de la mujer que daba a luz; en los dos casos, también, había sostenido al recién nacido como si se tratase de la primera vez que lo hacía en su vida, con una mezcla de temor y orgullo. La partera nunca supo si el hombre había roto con la mujer del primer parto, o si la segunda de las mujeres sabía de la existencia de la primera. Volvió a verlo una vez más, admitió tras una pausa, incitando las dudas que Ella albergaba sobre el carácter de la partera y sobre su salud mental; había sido —por supuesto— en un parto, seis meses después, del que el hombre de las verrugas participaba en su condición de marido.

VI. Seis minutos

1

Al entrar en la cafetería sintió que el aire frío y seco lo golpeaba en el rostro con la misma intensidad que el aroma del café y las voces de los clientes. Llevaba unos veinte minutos en busca de una que le agradara y se había ido alejando de su barrio hasta alcanzar la calle que lo separaba del distrito comercial de la ciudad; era del tipo de personas al que le gusta leer en las cafeterías —cuyo placer parece derivarse tanto de la lectura como de la observación, así como del hecho de ser visto leyendo, probablemente—, pero en los últimos años había dejado de hacerlo debido a la situación en la que se encontraba el mundo. Por todas partes había catástrofes climáticas, sequías desoladoras a las que seguían lluvias torrenciales a las que seguían devastadoras sequías, al tiempo que estallaban guerras de mayor o menor intensidad en decenas de lugares sólo aparentemente remotos; más cerca, todo tendía a acelerarse, incluyendo la manipulación y el acoso selectivo. ¿Quién había dicho aquello de que no eran tiempos buenos pero tampoco mejorables? No lo recordaba. Quienquiera que hubiese sido no le parecía un humorista, sin embargo. Tenía la impresión de que las personas habían comenzado a decir públicamente —y a menudo con violencia— lo que en años anteriores tan sólo se habían atrevido a sostener amparados en el anonimato del que creían disfrutar en las redes sociales. Muy pronto, y de la misma manera en que sus opiniones se habían convertido en noticias gracias a la percepción errónea de que internet era un espacio «neutral» —y también, en buena medida, por culpa de una prensa que tenía una actitud servil respecto a los medios digitales—, sus opiniones acerca de la inferioridad de ciertas razas, su convencimiento de que era más apropiado dejar morir en las fronteras a los extranjeros que asumir el posible impacto cultural de su presencia, la preferencia por los mensajes políticos más extremistas, el desdén por las minorías y, de forma más específica, por aquellos de sus integrantes que no se conformaran con hablar en «su nombre» y de acuerdo con una agenda muy limitada, todo ello iba a devenir ideología dominante, si es que no lo era ya. ¿Sabía M. —es decir, ¿se lo había contado Él ya?— que las percas y los salmones salvajes estaban desapareciendo? Unos investigadores estadounidenses habían descubierto un tiempo atrás que los antidepresivos que se volcaban en los ríos junto con las aguas fecales los volvían una presa fácil de sus depredadores. Una exposición excesiva a la realidad podía destruir a cualquiera, pensaba Él; había comenzado a dormir con cierta regularidad de nuevo, pero tenía pesadillas que lo dejaban confuso y exhausto; por las mañanas, en ocasiones, bastaba con echar una ojeada al pronóstico del tiempo para que cualquiera se viniese abajo, y los periódicos debían de estar aprovechándose de ello, de alguna manera: algo le decía que seguramente el miedo ya había penetrado hasta en el crucigrama, y por las noches tenía conversaciones consigo mismo que no le eran de utilidad alguna. («Desastre, suceso desgraciado e inesperado.» «¿Catástrofe?» «Dolor, sufrimiento: cuatro letras.» «Daño.» «Pronóstico: nueve letras, comienza con uve.» Etcétera.) A veces no todo ello le parecía irreversible, sin embargo; en especial los días en que no recibía correo y podía hacerse la idea de que el mundo lo había olvidado, cuando creía comprender que la falta de contacto directo con las personas era una solución plausible al problema de cómo seguir respetándolas.

Nunca había estado en esa cafetería, aunque se encontraba cerca del lugar donde trabajaban y era —así le dijo— el sitio favorito de F., que se entretuvo hablándole de sus pasteles hasta que Ella estuvo a punto de tener una arcada.

Llevaba un libro sobre babuinos que había comprado unas semanas atrás y el periódico, que desplegó en cuanto se puso en la cola frente a una caja registradora; su casero no había mandado arreglar el aparato del aire acondicionado aún, y la cafetería —pensaba Él— iba a convertirse en algo parecido a su segundo hogar hasta que eso sucediera. M. no había querido recibirlo en su casa; cuando Él se lo había sugerido a través de un mensaje de texto, ella le había respondido con el enlace a una noticia que se había publicado en el periódico el día anterior: una mujer —de seguro una con el corazón roto, pensó Él al principio— había intentado suicidarse chocando contra la fachada del Museo de las Relaciones Rotas durante la madrugada.

(En realidad —leyó más tarde— la mujer no quería suicidarse ni tenía ningún interés en el museo. Había cometido una infracción sin importancia unas calles atrás y había embestido la fachada del museo mientras huía. Después de chocar había dejado el coche y había tratado de escapar nuevamente, pero la habían detenido. En su declaración ante las autoridades había admitido que no sabía de qué estaba escapando en verdad y había pedido disculpas a los responsables del museo y a dos peatones, a los que había atropellado. Éstos ya estaban fuera de peligro.)

La noticia tenía importancia sólo porque se la enviaba M. y por lo que —en el diálogo que mantenían a base de memes y noticias verdaderas y falsas, de emoticonos y alusiones a lo que a Él le parecían los restos de la comunicación en internet— sugería o parecía decir de ella. ¿Quién era la mujer que escapaba? ¿Y de qué escapaba en realidad? Posiblemente ni siquiera M. lo sabía.

Ella había pedido una infusión, que la empleada de la cafetería había querido convencerla de verter en una taza monstruosa, elefantiásica. La joven tenía unos dedos gruesos y cortos en los que Ella no pudo evitar reparar. Eran como diez pequeños muslos que se enredaban en torno al asa del tazón mientras la joven balbuceaba algo acerca de un descuento en el que Ella no tenía interés, para variar. «No tengo ningún interés, para variar», dijo, y a continuación le pidió disculpas.

Alguna vez había pensado que sucedería y se había preguntado cómo iba a ser y dónde y cómo reaccionarían ambos. Lo que sentía por Ella —que llevaba prácticamente un año tratando de conjugar en pasado, sin conseguirlo— la tenía siempre como misterio y como variable, excepto en lo que hacía a su integridad, a su impaciencia ante las visiones estereotipadas y las personas que permanecían atadas mucho tiempo a algo y a su rechazo a la crueldad y a la injusticia, que eran aspectos de su carácter sobre los que Él carecía de dudas. Él, por su parte, creía saber que, de volver a verla, sabría cómo comportarse. Y sin embargo, cuando levantó la vista del periódico al oír una voz que conocía, que venía del pasado o de lo que Él deseaba que fuese el pasado —aunque en realidad era el presente; nunca había dejado de serlo, al menos para Él—, se vio avasallado por el número y la intensidad de las sensaciones que lo asaltaron; sintió, sobre todo, un dolor agudísimo en el pecho y una parálisis de los miembros que le impidieron abandonar la cola y salir de esa cafetería, como dictaba el sentido común.

Lo vio por el rabillo del ojo mientras pagaba o simplemente notó la incomodidad de alguien unos pasos detrás de Ella: siempre había sido buena para percibir las reacciones que provocaba. Pero su presencia debió de tomarla por sorpresa, porque al verlo, Ella, por su parte, también se vio asaltada por una gran cantidad de sensaciones y de ideas. Quizá ése era todo el asunto: siempre habían sentido lo mismo, aunque tal vez lo vieran desde distintos puntos de vista, y era esa pequeña divergencia la que los había distanciado, por lo menos temporalmente.

Al verla recordó con incomodidad que en el último año no había comprado ni una sola prenda de ropa al tiempo que Ella parecía haber renovado su armario por completo. Tuvo el temor —que hubiese reprimido en otras circunstancias— de que Ella viera en Él algo parecido a un resabio, una especie de resto arqueológico de una época pasada. (Nunca compraba ropa, por otro lado, y presumía de haber renunciado al placer de comprar, que nunca había comprendido.) Ella, por su parte, tenía otro corte de cabello y un vestido nuevo, observó: por alguna razón había dejado de usar únicamente pantalones, se dijo mientras la negación operaba en Él convenciéndolo de que nada se le estaba escapando. ¿Por qué, sin embargo, al apartarse de la caja de la cafetería para dirigirse a Él, parecía moverse con pesadez y dificultad, como inmersa en una gravedad nueva? ¿Y por qué se llevaba las manos al vientre?

Ella estalló sobre Él como una gran ola helada cuando toca la orilla; en ese momento estaba arrastrándolo consigo por las calles mientras barría a personas y vehículos, destrozaba los cristales de las tiendas, arrancaba los árboles de cuajo cambiándolo todo de sitio.

«Hola», le dijo. Al murmurar una respuesta, ni Él estuvo seguro de lo que contestaba. «¿Cómo van las cosas?», le preguntó Ella; su voz —pensó Él— era más grave de lo que la recordaba, o quizá había adquirido una resonancia particular porque el cuerpo del que surgía se había ensanchado a consecuencia de sus nuevos usos. «¿Cómo van las tuyas?», respondió Él. «Aquí ves», dijo simplemente Ella. «Yo... —comenzó Él, que trataba de disimular la sorpresa, más bien el impacto, que le producía verla en ese estado—. Enhorabuena porque... A ti y a tu pareja debe... Es...». Ella negó con un gesto. «Quise llamarte para contártelo, pero yo...», empezó a explicarse. Él se obligó a asentir y le dijo que no era necesario que siguiera; una joven se había acercado a ellos con una bandeja y Ella apartó la mirada de su rostro para presentársela. F. se dirigió a una mesa al fondo del local y entre los dos se instaló de nuevo el aire de expectación y levedad que siempre había existido cuando estaban juntos, prácticamente hasta el final; una mezcla de intimidad y posibilidades ilimitadas que a Él siempre le había parecido la manifestación de algo que los convertía en parte de una totalidad mayor, de algo que tenía más que ver con las grandes tareas que las personas habían acometido a lo largo de la historia, a menudo sin tener una idea cabal de qué era lo que estaban haciendo y por qué, que con las minúsculas decisiones que tomaban todos los días y los conflictos que éstas acarreaban.

Un monolito negro estaba dirigiéndose hacia ellos en ese momento desde el fondo del espacio y del tiempo, y el amor que sentían el uno por el otro era el pegamento que mantenía todo unido hasta su llegada, cuando alguien leyera los signos grabados en su superficie oscura.

«Yo... —balbuceó Ella—. ¿Puedes darme tu teléfono?», le preguntó, y Ella le extendió la mano, como si fueran adolescentes. Al tomarla de la muñeca y comenzar a escribir sobre su piel sintió una mezcla de familiaridad y extrañeza que lo dejó perplejo; cuando terminó, Ella se llevó la mano a los ojos. «Tu caligrafía nunca... ¿Esto es un nueve?», le preguntó, y Él sonrió y asintió por un instante. A continuación Ella apartó la mano de su rostro y volvió a observarlo. «¿Cómo estás?», le preguntó finalmente. Él se encogió de hombros. «No lo sé, pienso que me suceden cosas y las confundo con algún tipo de progreso, pero no estoy seguro», dijo Él. «A mí me pasa igual», respondió Ella; hizo un gesto en dirección a su amiga y Él dio un paso atrás. Al despedirse, Ella posó una de sus manos sobre su mejilla y la dejó allí un instante, y Él sintió una gravidez en los brazos, un adelgazamiento del aire de cuya desaparición tuvo al marcharse una impresión vivísima y dolorosa. Pudo verla todavía una vez más —desde la acera, a través del escaparate—, sentándose junto a F. No había comprado ningún café, pero eso parecía no tener ya ninguna importancia.

VII. Siete meses (II)

1

Ella se había sentado en el alféizar de la ventana y Él podía ver su perfil recortado por la luz, las líneas de su rostro y de su gravidez —que todavía era nueva para Él— destacándose sobre el fondo de los edificios y del cielo. No era la primera vez que lo visitaba en su apartamento, pero sí la primera en la que se mostraba interesada por lo que sucedía en la calle y por el puesto que Él había escogido para contemplarla. En las ocasiones anteriores se había limitado a mirar a su alrededor y curiosear entre sus cosas con algo de perplejidad. ¿Eso era todo?, le había preguntado al terminar cada una de sus inspecciones. Era como si comprendiera de manera súbita lo que Él había entendido bastante antes, al separarse de Ella: que no necesitaba mucho para sí mismo, y que los cinco años que habían pasado juntos habían redundado en una cierta forma de la obesidad —una acumulación anormal de objetos y de relaciones innecesarios— que les había impedido avanzar excepto del modo en que se avanza arrastrando un peso muerto; de a ratos, ese peso les había quitado el aliento y los había sumido en una parálisis de la que Ella los había liberado involuntaria y dolorosamente al dejarlo. Él había encontrado por su cuenta, y sin proponérselo, una forma de sobriedad, y esa sobriedad, a la que Ella había aspirado durante años sin saber cómo definirla y qué nombre darle, era su regalo para Ella desde ese momento.

Al regresar a su apartamento aquel día después de volver a verla había encontrado en su teléfono móvil un mensaje de Ella. Por un instante había tenido la intuición refulgente de que no iba a volver a saber de Ella, y, sin embargo, le había escrito en cuanto se habían despedido en la cafetería. Algo en Ella tendía a lo imprevisible, pensó Él. Pero eran esa imprevisibilidad y su autonomía —que tan poco «femenina» podía parecerles a algunos— las que le habían atraído de Ella la primera vez y en ese momento volvían a atraerlo, a pesar de su estado y de la suma de sentimientos que éste le provocaba: de perplejidad, de incomprensión y de resentimiento, de alegría y de pesadumbre. Afuera la ciudad seguía emitiendo ese murmullo que tanto lo fascinaba: hablaba de voluntad y posibilidades, creía; de la inevitabilidad y la esperanza. Unas diecisiete niñas en Gloucester, en el estado de Massachusetts, habían pactado quedarse embarazadas al mismo tiempo para criar a sus hijos juntas, había leído unas semanas atrás; según las autoridades del instituto en el que estudiaban, se habían aprovechado de un mendigo de veinticuatro años que las había embarazado, no se sabía si deliberadamente. Quizá su embarazo era producto de circunstancias similares, pensó en aquella ocasión; pero descartó la idea de inmediato, cuando le pareció evidente que su decisión, si la había tomado, debía de tener otras causas, algunas de ellas relacionadas con su propia negativa cuando todavía estaban juntos. Más tarde Ella iba a contárselo todo, pero sólo sucedería cuando las conversaciones que comenzaron a mantener a diario, por lo común al teléfono, habían vuelto a crear el mundo íntimo de susurros y pequeñas bromas que siempre había constituido su refugio de cara a un presente que lo permeaba inevitablemente todo, incluso lo que se hacía para darle la espalda. También los embarazos de las niñas de Gloucester: habían sido determinados tanto por su fantasía

256

de conformar algo parecido a una tribu —la única unidad política que todavía parecía funcionar, a diferencia de los Estados nacionales— como de ser una solución mágica a las incertidumbres que se cernían sobre su localidad, una ciudad de treinta mil habitantes cuya economía se había hundido en las últimas décadas.

A duras penas consiguió contenerse y no devolverle la llamada de inmediato, pero pronto —al día siguiente, por la noche— volvieron a hablar sin la torpeza que había caracterizado su encuentro en la cafetería. Por fin había terminado esa especie de hiato que se había establecido cuando se separaran, en el que ya no eran quienes habían sido pero todavía no habían descubierto qué era lo que iban a ser. Durante años las conversaciones habían sido su café de las mañanas, una afirmación de la convicción compartida de que el día que comenzaba sería mejor que el anterior y ellos no lo desaprovecharían; sus llamadas nocturnas —que ambos empezaron a esperar con impaciencia— otorgaban al día, en cambio, un sentido retrospectivo; además tenían mucho que contarse, y lo hicieron poco a poco. De esas primeras conversaciones por teléfono Él extrajo el convencimiento de que Ella había cambiado: de pronto su embarazo dejó de asemejarse a una catástrofe, que era lo que le había parecido al principio y —en general— cada vez que algún conocido o una amiga le habían dado la noticia de que tendrían un niño, para darle la impresión de que era algo muy distinto, la manera en que Ella —tal vez sin saberlo, o de otra manera y con otras palabras— había conseguido articular en torno a un solo acto su exigencia de una autonomía y una individualidad que no negociaba con su necesidad de dar amor y ser amada. Ninguno de los dos creía en una ley moral, ni Ella ni Él pensaban que existiese nada parecido a un bien en sí, pero eran buenos para escoger lo que les convenía aunque eso los apartase de los otros. Con el transcurso de los días, Él iba a comenzar a sentir un anhelo ardiente de que el tiempo —que parecía haberse detenido desde que se habían separado— volviese a correr, a la vez que un deseo que siempre había tenido un único objeto, no importaba cuánto hubiera hecho Él por ocultárselo a sí mismo. Que eso supusiese aceptar las condiciones que las circunstancias habían impuesto sobre ellos —aunque, desde luego, había sido Ella la que las había creado— no le pareció un obstáculo tan pronto como resultó evidente que Ella seguía interesada en Él. Fue una noche en la que cenaban en un restaurante pequeño, en lo que Ella denominaba, con algo de nostalgia, «el viejo barrio» y era, de hecho, el sitio en el que Él vivía aún, en Malasaña. Los coches todavía circulaban por el centro de la ciudad, y el modo en que se sucedían unos a otros y se arracimaban en las esquinas hacía que a Él le parecieran una especie de escritura morse del universo, un mensaje dirigido a nadie. («¿Estás rompiendo conmigo por WhatsApp?», le había respondido M. cuando Él le había escrito para hablarle de Ella; era una pregunta irónica, por supuesto; pese a ello, a continuación, M. le había enviado un enlace a un blog titulado «The Last Message Received», pero habían cenado juntos en un par de ocasiones desde entonces, la intimidad que habían compartido añadiéndole una intensidad nueva a su amistad de la que ésta no se resentía, más bien al contrario.) Por todas partes había posibilidades y limitaciones. Ella hizo un gesto como cualquier otro de los que hacía siempre, y allí comenzó todo de nuevo.

Tenía un cabello blanco, el primero. Esa noche se retiró un mechón del rostro para mostrárselo con un punto de vanidad y Él lo rozó con los dedos: una rugosidad que desconocía. ¿Era por esa razón que había decidido tener un niño?, le preguntó ingenuamente. Un tiempo después iba a pensar que Él, por su parte, había tomado la decisión de criar al niño a su lado porque la amaba y porque había decidido renunciar a su rechazo a ser padre; iba a pensar que lo que diferenciaba el amor del deseo —que con tanta frecuencia tendían a ser confundidos— consistía en que el primero conocía la renuncia al tiempo que el segundo no. ¿No era eso lo que descubría Calipso cuando permitía a Odiseo —«press'd unwilling in Calypso's arms», «constrain'd his stay, / With sweet, reluctant, amorous delay», había traducido Pope— regresar a Ítaca con su esposa y su hijo, si el relato era correcto y no había sido tergiversado? ¿Que en realidad no era sólo deseo lo que Calipso había sentido por el viajero? Lo que iba a descubrir, por su parte, era que en realidad Él no podía tomar esa decisión y no lo había hecho, entre otras razones, porque las diferencias de percepción y experiencia entre lo que constituía ser un padre y lo que era no serlo resultaban tan grandes que el abismo que existía entre ambos hacía imposible la evaluación de sus ventajas y desventajas y, en general, la discusión entre los defensores de ambas experiencias. La verdad es que no sabía en qué consistía ser un padre antes de que fuera a serlo, y después ya no podría saber cómo habría sido su vida de no convertirse en uno. La comunicación entre ambas esferas era imposible, iba a descubrir. Pero también decidir lo era. Y la respuesta que Ella le dio aquella noche, cuando le preguntó por qué razón había decidido ser madre, se lo hizo ver por primera vez y de forma definitiva. «Nunca elegimos —le respondió—, sólo vivimos en lo que es. Lo que no es existe sólo como idea, y como toda idea, no puede ser habitada. Permanece a la espera, mientras uno cree que decide algo.»

No eran las palabras que Él quería escuchar, debió de pensar después de decirlas: al final de la noche —cuando Él se giró para detener un taxi—, Ella lo abrazó por la espalda, brevemente.

Habían decidido que buscarían un apartamento en el centro de la ciudad, en ese o en algún otro barrio; sus amigos con niños se habían marchado a la periferia argumentando que allí había apartamentos más grandes y parques para sus hijos, pero eso suponía —pensaban Él y Ella— forzar a esos niños a hacer propia la dieta de centros comerciales, terrenos baldíos, autobuses nocturnos, estaciones de subterráneo desangeladas, hostilidad y rotondas que era propia de las afueras, de Madrid y de casi cualquier otra urbe. Sabían de lo que hablaban: ambos habían crecido en los suburbios de sus respectivas ciudades y querían demostrar —al menos, demostrarse a sí mismos— que era posible criar a un niño en el centro; tenía que ser posible si el proyecto de unas ciudades que fuesen habitadas —y no meramente visitadas—, y que había fundado la sensibilidad moderna y todo lo que con ella había irrumpido en la historia, todavía seguía en pie a pesar de las amenazas de las franquicias y sus beneficiarios. Se trataba de una decisión política, por supuesto; aunque la forma en que ambos pensaban en ese aspecto de la decisión que habían tomado era, de hecho, diametralmente opuesta. Para Ella, regresar al centro era un modo de ser consecuente con la manera en la que concebía las relaciones entre un sujeto y el lugar que habita y con el propósito que la había animado a convertirse en arquitecta, en su primera juventud. Para Él, en cambio, era una forma de resistencia. Un modo de realizar un gesto bello y tal vez inútil en dirección a la manera en que creía que las cosas debían ser y muy posiblemente ya no serían. No se trataba de pesimismo —aunque era evidente que podía ser visto de esa manera, si se lo deseaba—, sino más bien de un convencimiento que tenía desde hacía años, a consecuencia de la simple observación: que la generación a la que Ella y Él pertenecían era la última que nacía libre, relativamente a salvo —y sólo si se había sido beneficiario de un privilegio del que ambos disfrutaban, por cierto— del miedo, que unos y otros habían instaurado como el régimen político dominante desde que un puñado de fanáticos había destruido dos torres en Nueva York, y de la vigilancia por parte del Estado y de las empresas que algunos justificaban en nombre de su seguridad.

Otras personas empleaban argumentos similares —y también erróneos, deliberada o involuntariamente— para disculpar, en algún sentido, el final de los empleos seguros, la eliminación de los derechos de los trabajadores, la desarticulación de la cultura que éstos se habían dado, el surgimiento de un hiato, de un nuevo ámbito a medio camino entre lo que se definía de manera imprecisa como los entornos digitales y el mundo real, en donde las mentiras y las falsedades que con tanta facilidad se distribuían en esos entornos proyectaban sus consecuencias bajo la forma de regímenes totalitarios y manifiestamente contrarios a las libertades individuales. Ni siquiera su convicción de que las naciones tenían derecho a equivocarse y que la historia se repetía a sí misma una y otra vez —y sin dejar enseñanza alguna, por supuesto— lo había preparado para la sociedad a la que habían sido arrojados; era como si el proyecto —más bien la promesa, nunca cumplida del todo— que apenas unos siglos atrás formulara un puñado de personas ilusas y clarividentes en una cierta *Declaración de los derechos del hombre y del ciudadano* hubiese sido cancelado, interrumpido antes siquiera de que comenzase y sin que nadie hubiera sido informado. Al proyecto de una sociedad de iguales —con sus lamentables yerros y las terribles tragedias que había propiciado, eso también debía ser dicho— le eran hostiles ideas antiguas y nuevas, ideas de un orden que los partidarios de las antiguas rechazaban por considerar que ellos no eran iguales a otras personas, por ejemplo a las de otro género y otra raza: los defensores de las nuevas ideas —por su parte— hablaban desde una diferencia que los individualizaba al tiempo que los invalidaba como partícipes del tipo de discusiones que conformaba la vida política de una sociedad. Eran inmigrantes, mujeres negras, homosexuales, activistas sociales, representantes de minorías religiosas y étnicas; estaban poniendo patas arriba la relación entre opresores y oprimidos, pero en última instancia —y éste era uno de sus motivos de preocupación, al margen del hecho de que sus simpatías estaban con ellos, inevitablemente— sus esfuerzos no cuestionaban la forma, la estructura de esa relación, que perduraba con un simple intercambio de nombres. Si éste era un inconveniente visible de sus luchas, había otro, que a Él le inquietaba aún más, y era su visión de la identidad como algo inamovible, como un obstáculo y una posibilidad, pero sobre todo como una posibilidad de tomar la palabra siempre que se lo hiciera «en nombre de» esa identidad y en defensa de sus intereses.

Mientras Ella observaba la calle y Él la contemplaba haciéndolo —mientras, en algún sentido, Él miraba la ciudad y pensaba en los asuntos de la ciudad a través de los resquicios que dejaba el cuerpo de Ella en la ventana—, todo parecía envuelto en un aire de inminencia. Su niño —¿o era una niña?— iba a nacer en un par de meses o tal vez antes: el hecho de que Ella hubiese nacido de forma prematura suponía un antecedente o no, Él no lo sabía. Alrededor de este hecho privado pero sustancial arreciaban las batallas de la época, y Él había escogido atravesarlas junto a Ella y a su hijo —y a F., que estaba en todos los sitios en los que estaba Ella, por fortuna—; tal vez era así como se conformaban las familias. A lo largo de toda su vida había aspirado a disfrutar de una posición privilegiada para contemplar esas batallas sin participar de ellas, pero los acontecimientos de los últimos meses habían cambiado las cosas: también habían cambiado —era evidente— la forma en que Él y Ella pensaban en sí mismos, y muy pronto tendrían otros nombres, para ellos y para el hijo que iban a tener. A diferencia de muchas personas, Él siempre había pensado en la identidad como un punto de llegada, nunca como uno de partida, y pensó que tal vez tendría que escribir sobre ello en alguna ocasión, como hacía siempre que trataba de entender algo. Se había equivocado al suponer que le bastaba con la vida de sus ideas; por una parte, porque era obvio que Él no sólo vivía en ella; por otra, porque esa vida tenía lugar en el presente. Tenía una deuda con él, y tal vez consigo mismo: la tenía, desde luego, con Ella y con el hijo que criarían.

No había hecho el voto de confianza en el futuro que se suponía que acompañaba a la idea de convertirse en un padre —también, y en mayor medida, en una madre, por supuesto—, no tenía confianza en él y no albergaba ninguna esperanza. Quizá Ella sí, no se lo había preguntado; tal vez había comprendido algo que Él aún desconocía. Al volver a encontrarse, al aceptarla una vez más y ser aceptado por Ella, no había tenido lugar en Él ninguna transformación dramática, aunque se trataba —evidentemente— de una transformación todo lo dramática que podía ser siendo Él quien era. Nada había cambiado, por supuesto, excepto su determinación de abrazar el presente y hundirse con él; también su voluntad de ser otro y de serlo a su lado. La tarde había caído ya, y aunque en ese momento los días todavía eran relativamente largos —el verano iba a terminar en unas semanas, otra vez—, el apartamento ya estaba a oscuras y Ella había abandonado su puesto en la ventana para dirigirse al sitio donde se encontraban los libros. Él se había dicho alguna vez —pero de inmediato se había retractado ante sí mismo, avergonzado por su frivolidad— que el amor que sentía por Ella tenía que ser inmortal, una especie de fluido que se distribuía por el universo y del que sólo eran un recipiente. Lo que había aprendido en esos meses era, sin embargo, que la única criatura inmortal que existe es una pequeña medusa de entre cuatro y once milímetros llamada *Turritopsis nutricula,* que es capaz de rejuvenecer de forma permanente: cuando llega a la madurez, regresa a su juventud, repitiendo una y otra vez su ciclo vital. Los científicos la observaban desde hacía años y nunca habían visto morir a ninguna; en cambio, muchos de ellos habían muerto ya de muerte natural, en accidentes de tráfico, en aviones que caían en las selvas o en el mar: de las formas, en fin, en que mueren los científicos, generalmente lejos de sus esposas o esposos. La *Turritopsis nutricula* era originaria del Caribe, pero se estaba extendiendo por todo el planeta, había leído. En ese momento los mares estaban siendo poblados por pequeñas criaturas inmortales con forma de lámpara sobre las que podían sacarse todas las conclusiones del mundo, o tal vez ninguna.

No era su prioridad sacar ninguna conclusión, sin embargo. Mientras la oscuridad se extendía por el apartamento —al tiempo que lo iluminaba todo, podía decirse—, Ella hojeaba los libros con un interés y una urgencia nuevos. ¿Sabía Él que en el local vacante frente a su apartamento iban a poner una librería?, le había dicho un instante atrás, pero Él ya había visto esa mañana a un par de jóvenes introduciendo cajas en su interior, una pequeña y nueva esperanza. «¿Por qué a todos los libros les faltan páginas?», preguntó Ella repentinamente, todavía con uno en las manos, y Él se dio cuenta de que iba a tener que contarle todo, comenzando esa vez, y por fin, desde el principio.

Agradecimientos

Esta novela se alimenta de una cantidad relativamente limitada de experiencia personal y de algunas lecturas, así como de un gran número de testimonios de amigos y conocidos; quiero darles las gracias a todos ellos por contarme sus experiencias amorosas y ayudarme a pensar en lo que éstas revelaban acerca de la forma en que vivimos hoy. Mi agradecimiento se extiende también a la Fundación BBVA por apoyar la escritura de este libro y a Juan José Millás, Gunilla Sondell, Jorge Fernández Díaz, Estrella García, Pilar Reyes y Manuel Vilas por otorgarle el Premio Alfaguara de Novela. Varias personas han contribuido desde el comienzo a la realización de este proyecto con su entusiasmo y su sostén: Pilar Álvarez, Claudia Ballard y el equipo de William Morris Endeavor; gracias a todos ellos, al igual que a Annalisa Proietti, Margit Knapp, Diana Miller, Leandro Sarmatz, Cristina Fuentes y Matías Rivas, Daniel Gascón, Juan Cruz Ruiz, Iker Seisdedos y Javier Rodríguez Marcos, Dunia Gras y María Victoria Torres, Carolina Reoyo, Julia Salvador, Melca Pérez, Paco Goyanes y Ana Cañellas, Mónica Carmona, Rodrigo Fresán y Ray Loriga, Alan Pauls, Lola Arias y Graciela Speranza, Carlota del Amo, Javier Frómeta, Eduardo De Grazia y José Sabán. Este libro es para Giselle Etcheverry Walker *(In a world of steel-eyed death, and men who are fighting to be warm / Come in, she said / I'll give you shelter from the storm)* y para Claudio López de Lamadrid, que viene con nosotros.

Índice

I. Veinticuatro horas 9

II. Una semana 29

III. Cinco años 71

IV. La campaña de Navidad 155

V. Siete meses (I) 213

VI. Seis minutos 243

VII. Siete meses (II) 253

Agradecimientos 267

Patricio Pron es autor de seis libros de relatos, entre los que se encuentran *Trayéndolo todo de regreso a casa* (2011), *La vida interior de las plantas de interior* (2013) y *Lo que está y no se usa nos fulminará* (2018), así como de ocho novelas, entre ellas, *El comienzo de la primavera* (2008, ganadora del Premio Jaén de Novela y distinguida por la Fundación José Manuel Lara como una de las cinco mejores obras publicadas en España ese año), *El espíritu de mis padres sigue subiendo en la lluvia* (2011), *Nosotros caminamos en sueños* (2014), *No derrames tus lágrimas por nadie que viva en estas calles* (2016) y *Mañana tendremos otros nombres* (2019; Premio Alfaguara de novela); también de la novela para niños *Caminando bajo el mar, colgando del amplio cielo* (2017) y del ensayo *El libro tachado: Prácticas de la negación y del silencio en la crisis de la literatura* (2014). Su trabajo ha sido premiado en numerosas ocasiones (entre otros, con el premio Juan Rulfo de Relato 2004), antologado de forma regular y traducido a una docena de idiomas. En 2010 la revista inglesa *Granta* lo escogió como uno de los veintidós mejores escritores jóvenes en español del momento. Más recientemente recibió el Premio Cálamo Extraordinario 2016 por el conjunto de su obra. Pron es doctor en filología románica por la Universidad Georg-August de Göttingen (Alemania) y vive en Madrid.

XXII Premio Alfaguara de novela

El 23 de enero de 2019, en Madrid, un Jurado presidido por el escritor Juan José Millás, e integrado por los escritores Manuel Vilas y Jorge Fernández Díaz, la editora Gunilla Sondell, la librera Estrella García, y Pilar Reyes (con voz pero sin voto), directora editorial de Alfaguara, otorgó el **XXII Premio Alfaguara de novela** a *Mañana tendremos otros nombres* de **Patricio Pron**.

Acta del Jurado

El Jurado, después de una deliberación en la que tuvo que pronunciarse sobre cinco novelas seleccionadas entre las setecientas sesenta y siete presentadas, decidió otorgar por unanimidad el **XXII Premio Alfaguara de novela,** dotado con ciento setenta y cinco mil dólares, a la obra presentada bajo el seudónimo de **No soy Stiller**, cuyo título y autor, una vez abierta la plica, resultaron ser *Mañana tendremos otros nombres* de **Patricio Pron.**

En primera instancia el Jurado quiere destacar la enorme cantidad de libros presentados y la gran calidad de todos los originales finalistas.

En cuanto a la novela ganadora, *Mañana tendremos otros nombres* es la fascinante autopsia de una ruptura amorosa, que va más allá del amor: es el mapeo sentimental de una sociedad neurótica donde las relaciones son productos de consumo. Bajo la anonimia de unos Él y Ella, construye la historia de dos personajes que son vagamente conscientes de su alienación. Un texto sutil y sabio, de gran calado psicológico, que refleja la época contemporánea de manera excepcional y toma el pulso a las nuevas formas de entender los afectos.